AKAL UNIVER

Maqueta: RAG

Ramón Akal González
Apartado 400. Torrejón de Ardoz
(Madrid)
I.S.B.N.: 84-7600-037-5
Depósito Legal: M-18792-1985
Printed in Spain. Impreso en los Talleres Gráficos de
GRAFISA. Gráficas Internacionales. S.A.
c/Emilia, 58 - Madrid-29

CESÁREO RODRÍGUEZ-AGUILERA DE PRAT

GRAMSCI Y LA VÍA NACIONAL AL SOCIALISMO

Prólogo
Jordi Solé Turá

AKAL

A MODO DE PRESENTACION

El peligro de las tesis doctorales es que el formalismo propio del texto académico acabe diluyendo ante el lector normal la sustantividad de las ideas expuestas. Este no es el caso en la presente obra. Cesáreo Rodríguez-Aguilera de Prat, Profesor Adjunto de mi Cátedra de Derecho Político de la Universidad de Barcelona, ha escrito pura y simplemente un gran libro sobre Gramsci.

La tarea no era fácil. Entre nosotros, Gramsci es a la vez un autor muy citado y un gran desconocido. Hace algunos años, bajo el franquismo, eso estaba justificado. Si no me equivoco, yo fui el primero que publicó unas antologías de Gramsci, en catalán y en castellano, a mediados de los años sesenta. Fue una publicación cautelosa, llena de referencias ambiguas para burlar la censura. Pero sirvió para dar noticia del autor más allá del círculo reducido que conocía la publicística italiana o que tenía acceso a algunas versiones sudamericanas. Luego vinieron otras antologías —entre ellas la magnífica de Manuel Sacristán— y empezaron a florecer los estudios monográficos —como los de Laso, Bermundo, Fernández Buey, Fontana y otros. Hoy puede decirse que el pensamiento de Gramsci forma parte de la conciencia colectiva de un amplio sector dela izquierda de nuestro país, sobre todo desde que se han ampliado las posibilidades de relación con la literatura política italiana y desde que Gramsci empezó a ser tomado en serio por algunos sectores de la izquierda francesa, desde Althusser y Poulantzas hasta Christine Buci-Glucksmann, pasando por algunos divulgadores de talento, como Portelli o Texier.

Pese a esto, creo que Gramsci es todavía en nuestro país un gran desconocido. Todavía hoy su nombre se utiliza más con fines de polémica inmediata —a veces sectaria, incluso— que como punto de referencia en las discusiones de fondo sobre el presente y el futuro del pensamiento marxista y la configuración de las fuerzas de izquierda en un país de las características del nuestro. Entre otras cosas, falta —o más exactamente, faltaba— una obra de sistematización de su pensamiento que tuviese en cuenta además todas las aportaciones realizadas en función de los avatares más recientes de la política italiana y de los partidos comunistas en Europa. Y digo que faltaba porque creo que el presente libro de Cesáreo Rodríguez-Aguilera de Prat cumple plenamente este objetivo. Estoy seguro de que cuando termine su lectura, el lector coincidirá con mi apreciación y comprobará que no es un simple elogio ritual.

Si la esencia profunda del método de Marx se resume en aquella frase, recordada por Engels, en la que decía: «Todo lo que sé es que yo no soy marxista», la del pensamiento de Gramsci podría resumirse igualmente negando radicalmente toda pretensión de fijar un sistema gramsciano. No hay tal sistema, y el presente libro lo demuestra.

Por eso a mí me produce una cierta desazón ver como a veces se utilizan algunos de los conceptos forjados por Gramsci como si fuesen categorías no sólo intangibles e intemporales sino también capaces de resolver por sí solas algunos de los problemas más complejos de la estrategia política de la izquierda en Europa. Pienso, por ejemplo, en conceptos como el de «bloque histórico» o el de «hegemonía», enormemente sugerentes pero llenos de problemas en sí mismos —sobre todo en lo que se refiere a la práctica política.

El libro que el lector tiene ahora en sus manos es, a la vez, una excelente sistematización del pensamiento de Gramsci y una visión crítica no sólo de este mismo pensamiento sino también de la peripecia histórica en que se elaboró.

Gramsci es, sin duda, una de las raíces del eurocomunismo. Pero ni lo prevé en toda su complejidad ni resuelve todos sus problemas. El tema de la revolución de la mayoría en una Europa de capitalismo desarrollado, en un mundo dividido en rígidos bloques político-militares, y sometido a la amenaza nuclear, en un mundo que puede confundir el socialismo con la tremenda experiencia de los países del Este, en un mundo que conoce los logros y las dificultades del movimiento de liberación en los antiguos imperios coloniales, la crisis profunda del sistema de relaciones económicas y sociales del mundo capitalista desarrollado, el terrible conflicto nortsur, etc., el tema de la revolución de la mayoría —núcleo central del concepto de eurocomunismo— no se puede resolver con la simple traslación de los conceptos elaborados por Gramsci en otro momento histórico, por más que la reflexión gramsciana se sitúa en la misma onda y en la misma problemática general.

Más aún: algunos de los conceptos centrales del pensamiento de Gramsci se sitúan claramente al margen de las realidades actuales, como ocurre en su concepción del partido de vanguardia o «Príncipe moderno», para seguir una terminología que él utilizó para burlar la censura de sus carceleros y que algunos han convertido en categoría conceptual. Este es uno de los aspectos que más claramente se demuestran en el presente libro.

¿Quiere esto decir que hay que considerar a Gramsci como un autor superado? De ninguna manera. Una de nuestras tareas es, precisamente, integrar a Gramsci en el cuerpo de nuestra propia cultura política. Una de las grandes cuestiones de la política española es, precisamente, la ausencia de una auténtica tradición comunista, tanto en el plano político como en el ideológico.

En los años clave de la formación del movimiento obrero español, antes de la guerra civil de 1936-39, las tradiciones político-culturales predominantes en éste eran el socialismo y el anarquismo. La tradición propiamente comunista se ha desarrollado en dos situaciones especialmente difíciles: durante la guerra civil, la primera; durante la dictadura franquista, la segunda.

En el curso de 1936-39 el comunismo se desarrolló con fuerza, pero como movimiento esencialmente militar. Y la guerra fue perdida por el movimiento obrero en su conjunto, en circunstancias especialmente dramáticas.

Bajo el franquismo se desarrolló una segunda fase de la tradición comunista. Pero ésta, pese a las grandes pruebas de heroísmo, de constancia y de lucidez de sus protagonistas, no consiguió nunca superar el nivel de una amplia vanguardia y tampoco terminó con una victoria clara y rotunda. Al final del franquismo no triunfó la ruptura sino la reforma y el propio Partido Comunista tuvo serias dificultades para insertarse en la nueva legalidad.

Cierto que esta tradición no se desarrolló de manera igual en toda España. En Cataluña, por ejemplo, el PSUC surgió como un movimiento de unificación entre comunistas, socialistas y sectores proclives al nacionalismo. Y durante el franquismo, la lucha por la democracia siempre se pudo vincular a la defensa de la autonomía y esto dió al PSUC un papel como partido auténticamente nacional que al PCE le resultó más difícil asumir.

Pero el hecho es que, salvadas estas diferencias, el movimiento comunista en España ha carecido de una sólida tradición político-cultural y de una elaboración teórica sustancial. Se han hecho análisis coyunturales más o menos sólidos o, al contrario, consideraciones genéricas poco ligadas a la realidad.

Por otro lado, es evidente que la problemática actual del movimiento obrero y del marxismo como método no se puede reducir al ámbito estricto de cada Estado nacional, sobre todo en una Europa que se encuentra encorsetada por unas fronteras heredadas del pasado y por unos compartimientos nacionales que chocan con la propia internacionalización de las fuerzas productivas y de las ideas.

Conocer a Gramsci para integrarlo en nuestra propia cultura sigue siendo, pues, una tarea necesaria. Lo que algunos iniciamos tímidamente hace años, en circunstancias especialmente difíciles, puede ser llevado a cabo ahora con nuevas fuerzas y nuevas posibilidades. Y siempre con una condición inexcusable: que la tarea no consista en combatir los dogmas institucionalizando nuevos dogmas en nombre del antidogmatismo. Como todo pensador vivo, Gramsci es hijo de un momento y de unas circunstancias determinados. Para entenderlo y para integrarlo en nuestra propia problemática hemos de empezar por situarlo en la que él vivió.

El libro de Cesáreo Rodríguez-Aguilera de Prat está hecho con este espíritu y es justo subrayarlo. Por eso sólo me queda felicitarme de que la obra haya culminado y se publique. Y animar al lector a que se sumerja en sus páginas, con la seguridad de que al final me agradecerá el consejo.

Universidad de Barcelona, marzo de 1983.

JORDI SOLE TURA

PROLOGO

Esta obra tiene su origen en la tesis doctoral que leí en la Facultad de Derecho de la Universidad de Barcelona, bajo la dirección de Jordi Solé-Tura, sobre la teoría de la revolución de Gramsci en abril de 1980. El objeto fundamental de mi estudio consistió en individualizar todos aquellos factores originales de su pensamiento político referentes a la temática de la transición al socialismo en Occidente. En efecto, la aportación de Gramsci acabó resultando pionera en la búsqueda de *vías nacionales* diferenciadas para cada proceso revolucionario según las características y condicionamientos de cada país y sociedad. Por esta razón titulé entonces mi trabajo «Cuestión nacional y revolución socialista en Gramsci». Sin embargo, diversos miembros del tribunal me hicieron notar, acertadamente, que ello podía dar lugar a equívocos desde el momento en que los términos «cuestión nacional» tenían —y tienen— una larga tradición específica que se refiere, en lo esencial, a la existencia de minorías nacionales en Estados plurinacionales, con los consiguientes problemas políticos que de aquí se derivan. Esto significaría que, manteniendo la formulación inicial, podría entenderse que mi estudio sobre Gramsci se centraría, por ejemplo, en el tema del sardismo. No era en ese sentido en el que había utilizado aquella clásica expresión, sino en el de la especificación nacional del proceso revolucionario en Italia con relación al modelo bolchevique.

Por estas razones me ha parecido más adecuado vincular la reflexión teórica y política de Gramsci sobre la revolución con la expresión acuñada por Togliatti y el PCI en su VIII Congreso de 1956; es decir, con la idea de una «vía italiana» al socialismo. Con ello no pretendo decir, en absoluto, que Gramsci sea responsable de las conclusiones políticas a las que llegaron Togliatti y el PCI en esa cuestión, puesto que aquel proporcionó muy pocas indicaciones de carácter práctico y táctico sobre su estrategia, pero sí que es posible afirmar la continuidad de una misma idea. Tanto Gramsci como Togliatti coincidieron en la tesis sustancial de que la revolución en Occidente debería seguir forzosamente una vía más compleja y a largo plazo que la adoptada por los bolcheviques en Rusia, basándose para ello en la conquista progresiva de un amplio consenso social alrededor del programa socialista. Sólo en este aspecto establezco lazos de continuidad sin involucrar a Gramsci en las conclusiones políticas de Togliatti centradas en el carácter constitucional y parlamentario de ese avance, puesto que aquel nunca se refirió a estos medios.

En esta obra, que recoge parte de los materiales de la tesis que se refieren a los aspectos teóricos de la cuestión, se analiza la visión de Gramsci sobre la historia de Italia en cuanto base que refuerza su convicción estratégica. Especial atención merece la referencia a su análisis del carácter y la naturaleza del Estado moderno puesto que, no sólo representa un notable salto cualitativo dentro de la teoría política marxista, sino que explica y fundamenta su línea revolucionaria. La lucha por la hegemonía —polémico concepto que se presta a diversas interpretaciones— y la formación de un nuevo «bloque histórico» bajo la dirección del «príncipe moderno» completan la panorámica que aquí se ha pretendido analizar.

Desde la perspectiva de hoy es indiscutible que la aportación gramsciana sigue conservando una buena vigencia, especialmente por el rechazo de pretendidos modelos universales de socialismo y por el énfasis en la movilización democrática de la mayoría del pueblo, bajo la dirección política de la clase obrera, en el terreno de la sociedad civil. Con todo, las crecientes dificultades del «eurocomunismo», el importante bloqueo de las fuerzas progresistas en Europa occidental, la gran crisis económica mundial y la continua internacionalización de los Estados capitalistas matizan considerablemente las perspectivas de un avance democrático y gradual al socialismo. Sin embargo, no por ello el significado profundo de esa concepción debe desecharse.

Ciertamente no es lícito hacer decir a Gramsci cosas que éste nunca sostuvo, ni fundamentar una determinada línea política actual en afirmaciones genéricas y dispersas de aquél, ni tampoco hay que pretender encontrar la solución de todos los interrogantes y lagunas teóricas actuales en su obra. Buscar una nueva dimensión de Gramsci, situarlo históricamente, valorar su gran contribución teórica al marxismo y aprender de su ejemplo como combatiente revolucionario es el mejor homenaje que se le puede rendir y que yo he deseado hacer con mi trabajo.

INTRODUCCION

Las interpretaciones actuales de Gramsci.

Para comprender mejor la gran diversidad de interpretaciones que se han dado y dan sobre la obra de Gramsci es necesario referirse a las fases de desarrollo de su pensamiento político [1]. Se constata así que diversos autores han privilegiado una parte o época de su actuación, mientras que otros la han considerado unitariamente. A partir de ahí la polémica prosigue con relación a la legitimidad de sus continuadores, lo que obedece, obviamente, a puntos de vista políticos diferentes [2]. Las contínuas referencias de los estudiosos a Gramsci a

---

[1] Entre las obras que *introducen* el pensamiento político de Gramsci cabe destacar las siguientes: C. Boggs, *El marxismo de Gramsci*, Premia, México, 78. C. Colombo, *Gramsci e il suo tempo*, Longanesi, Milán, 77. G. Gensini y otros, *Gramsci e noi* (1937-77), La scuola del Partito. Quaderno n.º 1; PCI, Roma, 77. A. Giordano, *Gramsci, la vita, il pensiero, i testi esemplari, Sansoni, Milán, 71.* J. M. Laso Prieto, *Introducción al pensamiento de Gramsci*, Ayuso, Madrid, 73. C. L. Ottino, *Concetti fondamentali della teoria política di Antonio Gramsci*, Feltrinelli, Milán, 56. S. F. Romano, *Gramsci*, Utet, Turín, 65. C. Salinari y M. Spinella, *Il pensiero di Antonio Gramsci*; Editori Riuniti, Roma, 76.

[2] Muy abundantes son los estudios que *interpretan* la obra de Gramsci, por ello se ofrece tan sólo una breve selección de los mismos: A. R. Buzzi, *La teoría política di Antonio Gramsci*, Fontanella, Barcelona, 69. G. C. Jocteau, *Leggere Gramsci. Una guida alle interpretazioni*, Feltrinelli, Milán, 75. M. A. Macciocchi, *Pour Gramsci*, Du Seuil, París, 74. L. Maitan, *Attualitá di Gramsci e política comunista*, Schwarz, Milán, 57. G. Marramao, *Per una crítica dell'ideologia di Gramsci*, Quaderni piacentini n.º 46, XI, 72. S. Merli, *I nostri conti con la teoria della «rivoluzione senza rivoluzione» di Gramsci*, Giovane crítica, n.º 17, 67. G. Nardone, *Il pensiero di Gramsci*, De Donato, Bari, 71. R. Orfei, *Antonio Gramsci, coscienza Crítica del marxismo*, Relazioni sociali, Milán, 65. L. Paggi, *Studi e interpretazioni recenti di Grasmci*, crítica marxista, n.º 3, 66. T. Perlini, *Gramsci e il gramscismo*, Celuc, Milán, 74. A. Pozzolini, *Che cosa ha veramente detto Gramsci*, Ubaldini, Roma, 68. M. Sacristán, *La interpretación de Marx por Gramsci*, Realidad, n.º 14, 67. G. Tamburrano, *Antonio Gramsci. La vita, il pensiero, l'azione*, Lacaita, Bari, 63. B. Tosin, *Con Gramsci*, Editori Riuniti, Roma, 76.

un momento u otro de su vida obligan, por tanto, a efectuar estas consideraciones sobre la formación de su pensamiento [3].

Inicialmente, hasta el comienzo de la primera guerra mundial, Gramsci se proclamó sardista independentista, partidario de expulsar a los «continentales» de la isla, para simpatizar poco después con el socialismo. En la Universidad de Turín conectaría con un grupo de jóvenes vinculados al PSI, recibiendo entonces la decisiva influencia intelectual de Croce y Labriola. Al estallar la contienda mundial, Gramsci, desde «Il Grido del Popolo», defendió la tesis de una neutralidad matizada, lo que le valió los reproches de intervencionista. Sin embargo, Gramsci apoyó las resoluciones antimilitaristas de las Conferencias socialistas internacionales de Zimmerweld y Kienthal, identificándose con el sector intransigente del PSI. Tras el impacto de la revolución rusa, Gramsci se sitúa en el ala izquierda del socialismo italiano para intentar renovar en profundidad al viejo partido obrero. Sin embargo, el hecho más decisivo para su formación será participar en calidad de dirigente en los acontecimientos del «bienio rojo» y, especialmente, en el movimiento de los Consejos de fábrica.

En este período Gramsci recibió una cierta influencia del sindicalismo revolucionario procedente de Sorel y también de las tesis de Rosa Luxemburg. Gramsci reconoció a Sorel capacidad de innovación y originalidad crítica por haber revalorizado la voluntad revolucionaria, pero no compartió su «antipoliticismo» absoluto. En todo caso recuperó la idea de la iniciativa soreliana, dándole un contenido diferente, sobre todo tras el fracaso de la ocupación de las fábricas [4]. El grupo del ON consideró hasta ese momento que la toma del poder estaba a la orden del día por la maduración de las condiciones objetivas dada la profunda crisis de posguerra, la influencia de los acontecimientos rusos en las masas y el clima europeo pre-insurreccional generalizado (Hungría, Alemania, Austria).

Tras la derrota del movimiento de los Consejos, Gramsci se alinearía sobre las posiciones escisionistas y sectarias, por antisocialistas, de Bordiga, rompiendo definitivamente con todo el PSI para contribuir a la fundación del PCI. A partir de aquí Gramsci inicia un laborioso proceso de asimilación del leninismo que no madurará del todo hasta su estancia en la URSS. Desencantado por las insuficiencias del «espontaneismo» de los Consejos de fábrica, Gramsci se aferró al rígido punto de vista de Bordiga que privilegiaba de forma absoluta el rol vanguardista del partido obrero revolucionario; de ahí sus profundos desacuerdos con la «línea general» de la IC a partir del III Congreso, que inauguró la política del «frente único» [5]. Tasca ha seña-

---

[3] Recientemente se ha presentado una interesante tesina sobre esta cuestión que abarca el primer período de la actividad política de Gramsci: C. Mitja Servisé, *En los orígenes del pensamiento político de Gramsci*, Universidad Autónoma de Barcelona, Facultad de Derecho, 79.

[4] Para esta influencia vid. F. Bracco, *Il giovane Gramsci e Sorel. En:* F. Ferri y otros, *Sorel. Studi storici e ricerche*, Obschi, Florencia, 74.

[5] Vid. un significativo, aunque parcial, análisis de estos acontecimientos en el es-

lado que el ON fracasó por su ausencia de reflexión sobre el tema del partido político del proletariado, lo que supuso su subordinación práctica tanto a los maximalistas como a Bordiga, por ello la visión histórica oficial posterior del PCI, que presuponía la continuidad sustancial del ON con el propio PCI, es ideológica e irreal[6].

Con su estancia en la URSS y la difícil formación de un nuevo grupo dirigente en el PCI durante 1923-24, Gramsci modifica su anterior visión del proceso revolucionario y capta la esencia dialéctica del leninismo de manera no dogmática. La nueva orientación política, que ponía el énfasis en los objetivos antifascistas y en las consignas democráticas, fue mucho más acorde con la realidad. Desde este momento, su defensa en primer lugar del «Antiparlamento», a continuación de la «Asamblea republicana basada en los Consejos obreros y campesinos» y, finalmente en la cárcel, de la Asamblea constituyente representan sucesivos jalones en su reflexión sobre la táctica revolucionaria más conveniente para Italia. Con esta temática Gramsci quiso evitar el aislamiento nacional de la clase obrera, a la vez que desarrollar la política del frente único, lo que le conduciría a elaborar una estrategia específica para el socialismo en Occidente[7].

En los escritos de la cárcel, que coinciden con un nuevo distanciamiento político de Gramsci en relación a la IC que propugnaba la línea «ultraizquierdista» del «tercer período», se observan nuevos temas de interés y otro lenguaje[8]. En estos textos Gramsci reflexiona sobre las causas de las derrotas de las revoluciones obreras en Occidente y profundiza en el estudio de diversos problemas teóricos para desbloquear la situación de estancamiento surgida. Esto explica su análisis histórico del Estado italiano y del bloque dominante en su país, así como el rol de los intelectuales y el proceso de conquista de la hegemonía. A pesar de la censura y los límites carcelarios el pensamiento de Gramsci siguió vivo, pudiendo romper de alguna manera su aislamiento y entroncar positivamente con un proyecto revolucionario de futuro que sirviera a la lucha de la clase obrera paralizada entonces por el stalinismo y la social-democracia. Como ha dicho Anderson:

> «Gramsci es la única excepción a esta regla y este es el sello de grandeza que lo distingue de todas las otras figuras de esta tradición. Es lógico que así sea, pues sólo él encarnó en su persona la unidad revolucionaria de teoría y práctica, tal como la definía la herencia clásica (...). Después de Gramsci, ningún otro marxista de Europa occidental lograría realizaciones similares»[9].

---

tudio de G. Tamburrano, *Fasi di sviluppo del pensiero político di Gramsci». En:* A. Caracciolo y G. Scalía, *La cittá futura. Saggi sulla figura e il pensiero di Antonio Gramsci*, Feltrinelli, Milán 59, pp. 115-37.

[6] A. Tasca, *I primi dieci anni del PCI*, Laterza, Bari, 71, p. 82.

[7] L. Paggi, *Antonio Gramsci e il moderno principe*, Editori Riuniti, Roma, 70, pp. XIX y XXIII (Introducción).

[8] Vid. al respecto la reciente obra de U. Cerroni, *Lessico gramsciano,* Editori Riuniti, Roma, 78.

[9] P. Anderson, *Consideraciones sobre el marxismo occidental*, Siglo XXI, Madrid, p. 59.

Por último, es importante subrayar la profunda sustancia democrática y nacional de los QC escritos en una coyuntura histórica especialmente desfavorable por las derrotas de los revolucionarios, el ascenso de los fascismos, la burocratización de la URSS y la creciente subordinación de los PC internacionales al «Estado-guía». Gramsci sentó así las bases para el desarrollo de una vía original y específica al socialismo en Occidente que adquiriría extraordinaria importancia en lo sucesivo.

Expuesto brevemente el proceso intelectual de Gramsci es necesario referirse a la polémica interpretativa a que ha dado lugar. Para simplificar su exposición se ha adoptado un esquema que recoge las principales líneas de enfoque y agrupa a diversos estudiosos según sus afinidades. Cabe hablar así de una línea interpretativa «oficial» que vincula estrechamente Gramsci a Togliatti y que fundamenta la política del PCI en la teoría de aquél. El máximo representante de esta tendecia es, naturalmente, el propio Togliatti y ha sido desarrollada más matizadamente por investigadores como De Felice, Paggi y Spriano. Al margen de esta visión se sitúan todos los demás, aunque divergen notablemente entre sí. Por su parte autores liberales y social-demócratas, que se han ocupado de Gramsci, han tendido a desmarcarlo por completo de la tradición del PCI con la pretensión de apropiárselo. Este ha sido el intento de Bobbio, Buzzi, Matteucci, Nardone y, sobre todo, de Tamburrano. Una corriente «radical» ha insistido en la dicotomía antagónica entre un Gramsci siempre revolucionario y un Togliatti reformista y manipulador. Las obras de Bonomi, Macciocchi y Salvadori, desde ángulos diferentes, expresan este punto de vista. Por último la tendencia más «izquierdista» rechaza total o parcialmente el legado de Gramsci, considerándolo como el máximo responsable que ha fundamentado teóricamente la actual línea «revisionista» del PCI. Algunos de sus representantes han querido «salvar» algunos elementos del pensamiento gramsciano, dividiéndolo en dos fases: el período consejista revolucionario y el carcelario reformista. Sin embargo, la mayoría de estos estudiosos niega cualquier virtualidad revolucionaria a Gramsci, tanto los que revalorizan a Bordiga (Belli-Galli, De Clementi), como los que parten de posiciones trotsquistas (Maitan), o los que no se incluyen específicamente en ninguna tendencia concreta (Marramao, Merli, Perlini)[10].

Sintetizando este panorama hay que exponer el contenido de las observaciones y críticas de cada tendencia para comprender el alcance teórico que ha tenido la polémica. Como ya se ha señalado, la visión tradicional del PCI parte de la identidad sustancial entre Gramsci y Togliatti, poniendo precisamente el énfasis en los elementos innegables de continuidad que existen entre ambos para dar una mayor consistencia teórica a su línea política. Tras la Liberación fue inevitable una inicial mitificación de Gramsci como mártir antifascista y su

---

[10] Una buena orientación sobre los debates interpretativos de Gramsci se halla en la obra de G. C. Jocteau, *Leggere Gramsci. Una guida alle interpretazioni*, op. cit.

presentación se hizo exclusivamente bajo el prisma de la gran autoridad de Togliatti [11]. Durante una primera fase se privilegió al Gramsci teórico con la idea de entroncarlo con la tradición cultural progresista italiana; de ahí el interés por el «Risorgimento» o la crítica a Croce, subvalorándose la temática referida al Estado, el Partido, el bloque histórico y la hegemonía [12]. En el clima cultural asfixiante dominado por el stalinismo, dentro del panorama comunista, el recurso culturalista a Gramsci sirvió de refugio para muchos intelectuales comprometidos con el PCI, a los que, forzosamente, la retórica estéril y dogmática soviética (Zdanov) no podía agradarles.

Sin embargo, a partir de 1956, tras el trauma para el movimiento comunista internacional que suspuso el XX Congreso del PCUS, se empezó a analizar la temática referida a los elementos citados. El desarrollo de los debates condujo a diferentes interpretaciones del pensamiento y la obra de Gramsci a principios de los años 60. Así, la primera reacción de ciertos grupos intelectuales fue la de sugerir una neta oposición entre un Gramsci revolucionario y un Togliatti oportunista que habría instrumentalizado la figura del primero para justificar la «vía italiana y constitucional al socialismo», consagrada en el VIII Congreso del PCI [13]. Pronto surgió una nueva línea de demarcación en los componentes de este segundo grupo: entre los que valoraban positivamente toda la trayectoria de Gramsci y los que sólo recuperaban su período «consejista» argumentando que, en la cárcel, al perder el contacto con la realidad de la lucha de clases, aquel habría acabado por sustentar tesis practicamente reformistas.

El mejor conocimiento de la historia del comunismo italiano (gracias a la obras de Fiori, Leonetti, Lisa y Spriano, entre otros) permitió posteriormente una notable diversificación de posturas y un mayor realismo en los estudios «oficiales» sobre Gramsci, que ya no ocultaban sus diferencias con Togliatti. No deja de ser significativo el hecho de que ciertos intelectuales socialistas y liberales intentaran presentar la imagen de un Gramsci demócrata ajeno al comunismo, aunque algunos de estos autores estuvieron más preocupados por criticar las lagunas del marximo que en ocuparse de la propia obra de Gramsci. En esta misma dirección, pero con criterios bien opuestos, otro núcleo de intelectuales, agrupados alrededor de la «Rivista storica del socialismo» y los «Quaderni piacentini», sostuvieron que Gramsci siempre fue ajeno al marxismo y que más bien habría que insertarlo dentro de la tradición liberal-democrática del antifascismo genérico y no «de clase». Este polémico punto de vista llegó a distorsionar la propia historia del movimiento obrero italiano por las diferencias políticas que estos grupos mantenían entonces con el PCI. Según esta

---

[11] P. Togliatti, *Gramsci*, Editori Riuniti, Roma, 67, p. 37 y sigs.

[12] Vid. sobre el tema el artículo de L. Paggi, *Studi e interpretazioni recenti di Gramsci*, Crítica marxista, n.º 3, 66.

[13] Vid. el estudio de G. Amendola, *Gramsci e Togliatti*. En: *Comunismo, antifascismo, resistenza;* Editori Riuniti, Roma, 67, pp. 133-85.

visión Gramsci sería el responsable de la *actual* política del PCI, reconociendo así los vínculos existentes entre Gramsci y Togliatti, pero con una perspectiva diametralmente diferente a la sustentada por este partido. Por otra parte, consideraron que el intento de «salvar» a Gramsci por parte de algunos sectores que querían situarse «a la izquierda» del PCI era doblemente peligroso puesto que esta idea encubría, en el fondo, una nueva forma de reformismo más sútil, aludiendo concretamente al grupo del «Manifiesto» (Rossanda, Pintor). Para Merli, que es quizás el principal defensor de este criterio, Gramsci nunca fue ni actuó como un marxista revolucionario [14]. La línea antifascista preconizada por Gramsci desde 1923 resultó «legalista» (sic) y «desmovilizadora». Además su teoría de la hegemonía, legitima un Estado de tipo «intermedio», ni capitalista, ni socialista, que pospone indefinidamente la revolución proletaria. El democratismo y el interclasismo populista explicarían la idea de la revolución en dos tiempos, de la que sólo se concreta el primero, esto es, el abatimiento del fascismo, para edificar un Estado «constitucional» (sic). Para este autor la herencia gramsciana es fundamentalmente negativa por sus desviaciones historicistas e intelectualistas. El «centrismo» de Gramsci lo llevaría a sustentar ideas reformistas tales como la revolución burguesa *frustrada* en Italia, la alternativa «nacional-popular» y la «reforma intelectual y moral». Como ha señalado Paggi [15], al estudio de Merli le falta una reflexión sobre la historia de Italia en relación con el PCI. El fascismo supuso el inicio de una verdadera estrategia de lucha por el poder para los revolucionarios y plantearía, a largo plazo, el problema de los límites de la validez del leninismo en países de capitalismo avanzado. Gramsci era bien consciente, en contra de los reproches que le dirige Merli, de la identidad fascismo-capitalismo, pero deducía una alternativa *necesariamente* nacional y popular, no sólo para derrocar al régimen fascista, sino para abrir la vía al socialismo.

Marramao ha insistido en este tipo de interpretación parcial basándose en los análisis de Riechers y Lores [16]. Se reconoce que toda la obra de Gramsci es unitaria y que no es recuperable para el marxismo revolucionario ninguno de sus elementos. Toda la reflexión teórica de Gramsci estaría viciada por el ideologismo y el radicalismo democrático que intentan combinar Hegel, Ricardo y Roberpierre, sin llegar a comprender la esencia del marxismo. Por último, dentro de esta visión, hay que citar a Perlini [17] cuya agresiva obra contra el PCI es un violento rechazo de todo el pensamiento gramsciano. La teoría de

---

[14] S. Merli, *I nostri conti con la teoria della «rivoluzione senza rivoluzione» di Gramsci», op. cit.*

[15] L. Paggi, *Studi e interpretazioni recenti di Gramsci», op. cit.*

[16] *G. Marramao, Per una crítica dell'ideología di Gramsci,* Quaderni piacentini, n.° 46, XI, mar., 72, pp. 74-92. Ch. Riechers, *Gramsci, Marxismus in Italien,* Europäische Verlagsanstalt, Frankfurt, 70. J. Rodríguez, Lores, *Die Grundstruktur des marxismus. Gramsci und die philosophie der praxis,* Makol verlag, Frankfurt, 71.

[17] T. Perlini, *Gramsci e il gramscismo», op. cit.*

la hegemonía se contrapondría frontalmente a la dictadura del proletariado, a la vez que la preocupación nacional haría perder la perspectiva internacionalista. Todo ello conduciría a Gramsci irremediablemente hacia tesis social-demócratas.

A partir del Congreso de Cagliari (1967), Gramsci empezó a adquirir una proyección internacional, especialmente en Francia, donde Althusser y sus colaboradores tomaron en consideración las aportaciones del gran revolucionario italiano. A pesar de las críticas de historicismo y de idealismo que le dirigieron, lo cierto es que el propio Althusser, en su conocida obra sobre los «aparatos ideológicos de Estado», ha utilizado muchas ideas de Gramsci sobre el papel de las superestructuras. En el congreso citado se mantuvieron posiciones muy diversas, desde una actitud crítica y negativa que consideraba a Gramsci como la causa de los peores excesos del historicismo post-stalinista, hasta la actitud patriótica que le valoró como a un héroe nacional situado por encima de las luchas políticas italianas. Las intervenciones de Bobbio canalizaron el interés de la reflexión sobre Gramsci hacia temas políticos, situándolos siempre en su contexto histórico. Quizás lo más interesánte fue observar por primera vez posturas divergentes entre miembros del propio PCI (Amendola y Paggi).

En los últimos años se ha desarrollado la divulgación de Gramsci fuera de Italia, especialmente en Francia donde un amplio grupo de intelectuales se ha ocupado de su obra, iniciándose un fructífero debate teórico (Buci-Glucksmann, Garaudy, Macciocchi, Piotte, Portelli, Texier) sobre los conceptos claves de Estado, bloque histórico, hegemonía, intelectuales, guerra de posiciones, sociedad civil y otros. Todos ellos han señalado, desde diferentes perspectivas, que la obra de Gramsci es, hasta ahora, la tentativa global más profunda que plantea la cuestión de la transición al socialismo en los países occidentales de capitalismo desarrollado y que, en muchos aspectos, va «más allá» de Lenin. En nuestro país los debates sobre Gramsci son más recientes y de menor proyección, dado el escaso conocimiento de su obra. Sin embargo, importantes estudiosos (Bermudo, Capella, Fernández-Buey, Laso Prieto, Sacristán, Solé-Tura) han contribuido con sus obras a un mejor conocimiento de su pensamiento. En todo caso es importante destacar que los trabajos de Jordi Solé-Tura sobre Gramsci fueron pioneros en España, lo que resulta evidente a partir de su notable intervención en el II Congreso de estudios gramscianos celebrado en Cagliari en 1967.

En Italia se está desarrollando una importante polémica sobre la presunta incompatibilidad entre hegemonía y pluralismo, a partir de la política actual del PCI, en la que participan diversas fuerzas sociales y culturales (sobre todo la revista socialista «Mondoperaio»). En este sentido el problema de los límites de la continuidad tradicional entre Gramsci y el PCI es objeto de crecientes matizaciones, incluso por miembros destacados de este partido (Amendola, Napolitano). Tras la publicación de la excelente edición crítica de los QC, a cargo de Gerratana, se dispone, por fin, de un instrumento fundamental para el exacto conocimiento de como los diversos temas teóricos de reflexión se le fueron presentando a Gramsci según las motivaciones de cada momento [18]. A principios de 1977 el PCI ha organizado en el Instituto Togliatti un seminario sobre los conceptos de hegemonía, partido y Estado en Gramsci, como homenaje al 40 aniversario de su muerte, aunque la contribución fundamental ha sido el III Congreso nacional bajo el epígrafe de «Política e storia in Gramsci», celebrado en Florencia a fines del mismo año. Dada la precisa coyuntura del país, no es casual que se debatiera profundamente sobre conceptos tales como «revolución pasiva» y transformación del Estado, desde el momento en que las polémicas sobre el alcance del «compromiso histórico» traducían preocupaciones inmediatas de la vida política Italiana. Sobre todo las intervenciones de Ingrao y Paggi contribuyeron notablemente a enriquecer aspectos teóricos y políticos de gran actualidad de la obra de Gramsci.

[18] *Quaderni del Carcere (QC)*, cuatro vols. Einaudi, Turín, 75.

Capítulo I.

GRAMSCI Y LA HISTORIA DE ITALIA

Dado el enfoque de este estudio, se ha resaltado el factor nacional como el componente esencial de la teoría de la revolución en Gramsci, de ahí que se exponga su visión de la historia italiana contemporánea. En particular, éste centró su atención en el periodo conocido tradicionalmente como «Risorgimento», puesto que sólo su estudio profundo podía explicar el fenómeno fascista, que no era un mero «paréntesis oscuro» como pretendían Croce y los liberales, y el fracaso de los Consejos de fábrica en el bienio 1919-20. Además, para comprender más cabalmente los rasgos particulares del movimiento obrero italiano, Gramsci analizó su tradición política e ideológica para ver sus insuficiencias y necesidades en el presente. A pesar de que el grueso de sus reflexiones sobre estos temas lo elaboró en los QC, ya en el período del ON se pueden vislumbrar algunas importante intuiciones y lúcidos puntos de vista sobre la especificidad histórica italiana. Por ello se harán referencia a ambas fases, dando primacía naturalmente a los escritos carcelarios por su mayor madurez y más acabada definición. Será también necesario reseñar el alcance de la polémica sobre el historicismo de Gramsci y su eventual desviación teórica idealista con relación al estudio de la historia y su actitud frente a las ciencias sociales.

Gramsci centró su interés histórico especialmente sobre dos períodos fundamentales de Italia por representar coyunturas excepcionales y álgidas, desde el punto de vista de la dialéctica renovación-conservación y de la lucha de clases. En primer lugar, analizó la función de las Comunas medioevales como origen de una incipiente burguesía mercantilista y las razones de su fracaso y, a continuación, el carácter del Renacimiento italiano relacionado con el humanismo intelectual anterior a la Reforma europea paralela. En este marco la figura de Maquiavelo destaca no sólo desde la perspectiva de la historia de las ideas políticas, sino como anticipador de la alternativa progresista y unitaria más coherente con las necesidades nacionales.

Delimitado el período de la Comuna y el Renacimiento Gramsci, obviando el estudio de los siglos «oscuros» de la historia moderna italiana, analiza la fase del *Risorgimento* desde el momento en que éste plantea todos los grandes problemas de la revolución burguesa italiana. En esta etapa la lucha por la hegemonía entre diversas fracciones del liberalismo resultaría decisiva a la hora de imponer un determinado tipo de Estado y un marco económico y social. Es decir, el *Risorgimento* impuso un modelo de dominación política y unas alianzas de clase dirigidas por la burguesía industrial del norte que conformarían decisivamente al Estado italiano contemporáneo, dándole unos caracteres específicos inconfundibles. El interés de Gramsci por el *Risorgimento* no es, pues, arqueológico o erudito, sino claramente político y contemporáneo. Como corolario lógico Gramsci escribió diversas observaciones sobre el rodaje del Estado unitario tras 1870 y especialmente sobre el denominado «transformismo» que caracterizaría toda la vida política italiana hasta el fascismo. Los límites del Estado liberal, sus compromisos y su difícil posición de equilibrio en la sociedad liberal italiana motivaron la marginación absoluta de las clases populares, especialmente del proletariado y los campesinos pobres, de la vida política oficial, desarrollándose así corrientes espontáneas y anárquicas de tipo «subversivo» e inorgánico que marcarían también profundamente la tradición de la lucha popular en Italia. Esto explica las contradicciones y carencias del PSI y su función de «cojinete» entre el Estado y la sociedad civil.

En definitiva, el estudio de la historia italiana le permite a Gramsci articular teóricamente su visión del proceso revolucionario nacional y perfilar más acabadamente toda la problemática estratégica de la transición en Occidente.

1. SOBRE EL «HISTORICISMO» EN GRAMSCI Y SU RELACIÓN CON LAS CIENCIAS SOCIALES.

En líneas generales se puede afirmar que el pensamiento de Gramsci se inserta en la polémica mecanicismo-historicismo, especialmente teniendo en cuenta sus críticas, por una parte, al fatalismo economicista, representado tanto por Kautsky como por Bujarin [1], y, por otra, en sentido inverso, al idealismo propio de Croce y Sorel. El método analítico de Gramsci ha sido definido como «historicismo absoluto» (incluso «humanismo absoluto») puesto que incluye en su contexto histórico las escalas de valor de las que parte [2], pero no es un nuevo dogmatismo. Ciertamente la historia tiene para Gramsci un carácter

---

[1] Véanse al respecto las abundantes notas que Gramsci dedicó a la obra de Bujarin, *Teoría del materialismo histórico. Manual de sociología popular,* agrupadas bajo el epígrafe «Observaciones y notas críticas sobre una tentativa de Ensayo popular de sociología» en QC, II, pp. 1.396-1.450.

[2] N. Badaloni, *Il marxismo di Gramsci,* Einaudi, Turín, 75. pp. 133 y sigs.

totalizante ya que el pasado esta contenido en el presente y éste, a su vez, es la ilustración del pasado [3], pero esta afirmación debe entenderse dialécticamente. En efecto, estudiar el pasado histórico no debe tener un sentido especulativo, sino directamente político:

> «si escribir historia significa hacer historia del presente, un gran libro de historia es aquél que en el presente ayuda a las fuerzas en desarrollo a ser más conscientes de sí mismas, y, por tanto, más concretamente activas» [4].

Y abundando en el tema:

> «La historia nos interesa por razones «políticas», no objetivas» [5].

Es decir, el conocimiento científico de un proceso histórico sirve para conocer el presente y para calibrar las previsiones políticas que tenga cada clase.

Gramsci, en su interpretación histórica global, puso mucho énfasis en el papel de la voluntad revolucionaria como elemento determinante para configurar la realidad. Tanto es así que concibió unitariamente los conceptos generales de historia, política, economía y sociología desde el momento en que la experiencia sobre la que se funda la *filosofía de la praxis* [6] es la misma historia. Al respecto no debe olvidarse que Gramsci negaba la existencia de una pretendida objetividad al margen de la historia y la sociedad por su carácter «metafísico» y especulativo [7]. La realidad del mundo es una creación de la subjetividad humana y es aprehendida en su devenir histórico. No existe, por tanto, una naturaleza abstracta, sino unida a relaciones históricamente determinadas y constatables por un procedimiento crítico.

Para superar el economicismo determinista Gramsci elabora nuevas categorías conceptuales (hegemonía, bloque histórico, crisis orgánica) que contribuyen a desarrollar las ciencias sociales al vincularse estrechamente a las necesidades del presente [8]. Así el estudio de la historia se produce con un sentido práctico y contemporáneo. El historicismo gramsciano se manifiesta como la inversión del historicismo crociano y como encuentro real entre historia y política:

---

[3] A. R. Buzzi, *La teoría política de Antonio Gramsci,* Fontanella, Barcelona, 69, p. 31.

[4] QC, III, pp. 1.983-84.

[5] QC, III, p. 1.723.

[6] Gramsci acuñó en la cárcel el concepto de filosofía de la praxis como equivalente de materialismo histórico o marxismo, pero no sólo por razones de censura, sino también por necesidades de conceptualización propia. La complejidad de esta noción en toda su profundidad impide su desarrollo en esta nota, pero debe reseñarse su carácter dialéctico y global. Vid. en particular sus «Apuntes para una introducción y una dirección al estudio de la filosofía y de la historia de la cultura»; QC, II, pp. 1.375-95.

[7] Sobre este punto, vid. R. Cessi, *Lo storicismo e i problemi della storia d'Italia nell opera di Gramsci,* en «Studi gramsciani», Editori Riuniti, Roma, 58, p. 469 y sigs.

[8] A. Pizzorno, *sobre el método de Gramsci (de la historiografía a la ciencia política),* en «Gramsci y las ciencias sociales», Pasado y Presente, Córdoba, 70, p. 41 y sigs.

«si el político es un historiador (no sólo en el sentido de que hace historia, sino en el sentido de que operando en el presente interpreta el pasado), el historiador es un político y en este sentido (...) la historia es siempre historia contemporánea, es decir política [9].

Como ha señalado Cerroni [10] Gramsci lleva a cabo una operación histórica global, dando un modelo de unión y fusión entre praxis política e historia de la cultura nacional superando al economicismo, el provincianismo cultural y el dogmatismo. En este sentido su aportación teórica se sitúa fuera no sólo de la tradición de la II Internacional sino incluso de la propia Internacional Comunista que seguía aplicando criterios de las ciencias naturales a la historia. La teoria «objetiva» de las fuerzas productivas permaneció tenazmente en la tradición del movimiento obrero por su apariencia de «cientifismo», pero reduciendo la iniciativa autónoma de las masas y, por tanto, el papel del momento subjetivo (y de la voluntad revolucionaria) en la historia. Así, por ejemplo, las derrotas del movimiento obrero eran vistas como «inevitables» ya que el capitalismo «todavía» no había llegado a su grado óptimo de madurez. Ante este punto de vista es evidente que la interpretación del marxismo como filosofía de la praxis por Gramsci produjo un vuelco teórico y político sustancial [11].

Se ha querido ver en el historicismo gramsciano la presencia de elementos crocianos con relación a la concepción de la contemporaneidad de la historia, pero es fácilmente constatable el rechazo del idealismo y de la historia ético-política en los QC, como recuerdan Galasso y, más recientemente, Ragonesi [12]. En efecto, Gramsci constata que todo el esfuerzo teórico y filosófico de Croce se centra en su pretensión de liquidar el materialismo histórico [13], pero con criterios metodológicos anacrónicos y políticamente conservadores. Para Gramsci el historicismo de Croce no es más que un nuevo hegelianismo degenerado y mutilado por su tendenciosidad ya que está obsesionado por la irrupción de las masas en la historia contemporánea. Su sistema está viciado por su carácter especulativo y antihistórico que omite deliberadamente los momentos más agudos de conflictividad social para presentar un desarrollo armónico del proceso histórico. Así Croce inicia sus *narraciones* históricas desde 1815 para Europa y desde 1870 para Italia, prescindiendo de las fases rupturistas anteriores sin las que no se puede comprender el resto [14]. Para Gramsci la historia contemporánea de Italia se caracteriza ante todo por la ausencia de iniciativa

---

[9] QC, II, p. 1.242.

[10] U. Cerroni, *Gramsci y la teoría política del socialismo,* en «Teoría política y socialismo»; Era, México, 76, p. 139.

[11] F. Marek, *Gramsci e la concezione marxista della storia,* en «Gramsci e la cultura contemporánea», vol. II, Editori Riuniti, Roma, 67, p. 14.

[12] G. Galasso, *Croce, Gramsci e altri storici,* Il Saggiatore, Milán, 67. S. Ragonesi en la obra colectiva de B. De Giovanni y otros, *Egemonía, Stato, Partito in Gramsci,* Editori Riuniti, Roma, 77, p. 206.

[13] QC, II, p. 1.214.

[14] QC, II, p. 1.227.

popular unitaria y, a continuación, por la reacción de las clases dominantes contra el «subversivismo» esporádico y elemental de las masas populares. Croce no haría más que actualizar los criterios tradicionales de la historiografía moderada italiana rehabilitando a sus protagonistas. Para Gramsci este historicismo no sería en absoluto una teoría científica, sino el reflejo de una tendencia práctico-política, en definitiva, de una ideología caduca. Por eso hay que valorar con exactitud la importancia de su aportación y:

> «reducirlo a su alcance real de ideología política inmediata, despojándolo de la grandeza brillante que se le atribuye como manifestación de una ciencia objetiva, de un pensamiento sereno e imparcial que se coloca por encima de todas las miserias y contingencias de la lucha cotidiana, de una desinteresada contemplación del eterno devenir de la historia humana» [15].

En definitiva, el historicismo de Gramsci vincula en un «bloque» la estructura y las superestructuras y une filosofía e historia [16], expresando así una actitud revolucionaria ante el trasfondo de la historia que no se reduce sólo a una sucesión de acontecimientos, sino que es un proceso dialéctico contradictorio. Así Gramsci no tiene un punto de vista ascendente y progresivo-unilineal de la historia, ya que, si bien la humanidad realiza cada vez su mayor universalidad racional según sus posibilidades, de ello no se deduce un camino predeterminado. Gramsci destaca los elementos negativos del Estado (para las fuerzas progresistas), no para condenarlo en bloque, lo que no tendría sentido, sino para demostrar que la historia ha sido conducida por grupos e ideas limitados y que la única forma de superarlo es a través de una política revolucionaria. Hasta el presente las clases subalternas (o «instrumentales», en otra de sus expresiones) han carecido de historia o, mejor, la han vivido paralelamente a la de las clases dominantes que han dirigido el rumbo nacional. Consciente de esta realidad, Gramsci introduce en la historia del movimiento obrero la temática nacional como elemento fundamental de la política en cada formación social. En última instancia la conocida distinción entre Oriente y Occidente procede de ese punto de vista, como ha señalado Lopuchov [17].

Destacados estos elementos puede constatarse que el historicismo de Gramsci se aleja considerablemente del idealismo, teniendo en cuenta además que la noción de estructura está en el fondo siempre presente. Sin embargo, Gramsci ha sufrido los reproches de desviacionismo idealista desde el campo marxista procedentes de Della Volpe, y sobre todo, de Althusser. Especialmente para este último las fórmulas teóricas de Gramsci son «abstractas» y originan peligrosos equívocos [18]. Althusser argumenta que contra el positivismo Grams-

---

[15] QC, II, p. 1.327.

[16] QC, II, p. 1.255. Sobre este punto vid. L. Paggi, *A. Gramsci e il moderno principe*, vol. I, *op. cit.*, p. 8 y sigs.

[17] B. Lopuchov, *Gramsci e l'elemento storico-nazionale della lotta politica*, en «Gramsci e la cultura contemporánea», vol. II, *op. cit.*, p. 220.

[18] L. Althusser, E. Balibar, *Para leer el capital*, Siglo XXI, México, 72, pp. 13-17. Especialmente el capítulo «El marxismo no es un historicismo», pp. 130-56.

ci individualizó correctamente uno de los componentes de toda filosofía, esto es su relación con la política, pero olvidó su relación con las ciencias. Según este criterio, Gramsci subvalora el rol de las ciencias y las sitúa exclusivamente como método instrumental y guía para la acción, produciéndose en este caso una importante laguna: Gramsci no destacaría el papel distintivo de las ciencas en cuanto productoras de conocimientos objetivos. La consecuencia práctica que se deriva es la reducción de la filosofía a simple ideología, impidiendo que se pueda dar así una definición completa de la filosofía al ignorar su relación específica con las ciencias. En conclusión, y esta es la tesis central de Althusser, Gramsci confunde el «materialismo dialéctico» (la filosofía marxista) con el «materialismo histórico» (la ciencia de la historia), según la conocida y discutida distinción teórica que ha efectuado el filósofo francés. Se amalgaman así la filosofía y la ciencia de la historia en la filosofía de la praxis, por lo que Gramsci ideologizaría el saber histórico vinculándolo al bloque histórico, perdiendo la actividad teórica especificidad propia para reducirse a una mera práctica empírica que confunde economía, política, ideología y ciencia. La historia se convertiría en una solución en sí misma, lo que resultaría una notable aporía, como ha señalado por su parte Pizzorno [19]. En definitiva, Gramsci sería entonces el responsable de la «desviación» historicista del marxismo, dados sus equívocos teóricos que reducen el conocimiento científico verdadero (o «tesis filosófica justa»). Gramsci, al extender abusivamente la noción marxista de «superestructura» por incluir en ella a las ciencias, hace que la «práctica teórica», es decir, la búsqueda de conocimientos, pierda «especificidad».

En realidad, Althusser reduce el significado del historicismo a una mera *combinación* de elementos, olvidando que Gramsci no pretende hacer una filosofía de la vida en general, sino de la revolución. Además su historicismo no es un mero voluntarismo que ignore las contradicciones objetivas de la realidad, sino que, por el contrario, las asume plenamente incluso como sistema de investigación, por lo que este tipo de crítica resulta excesivamente teoricista [20]. Con todo el propio Althusser reconoce que hay importantes aspectos recuperables del pensamiento «historicista» de Gramsci, así:

> «debemos 'salvar', salvaguardar aquello que el 'historicismo' de Gramsci contiene de *auténtico,* a pesar de su formulación dudosa y de sus inevitables equívocos teóricos. Lo que el 'historicismo' tiene de auténtico en Gramsci es, esencialmente, la afirmación de la naturaleza *política* de la filosofía, la tesis del carácter *histórico* de las formaciones sociales (y de los modos de producción que las componen), la tesis correlativa de la *posibilidad* de la revolución, la exigencia de la *'unión de la teoría y la práctica',* etc...» [21].

---

19 A. Pizzoorno, *op. cit.*, p. 62.

20 Sobre la polémica relacionada con el historicismo y el punto de vista de Althusser son muy interesantes las aportaciones de P. Vilar. P. Vilar, B. Fraenkel, *Althusser, método histórico e historicismo,* Anagrama, Barcelona, 72. P. Vilar, *Historia marxista, historia en construcción. Ensayo de diálogo con Althusser,* Anagrama, Barcelona, 74.

21 L. Althusser, Op. cit., pp. 13-17.

Expuestas estas tesis puede decirse que el trabajo de conceptualización desarrollado por Gramsci no reduce el historicismo a simple contingencia ya que pone de relieve las condiciones estructurales que originen los acontecimientos e interrelaciona todos sus elementos. Como ha señalado Gallino reducir Gramsci a mero historicista que afirma que la única forma de conocimiento es la historia es falsearlo [22].

Para Gramsci el estudio de las sociedades debe articularse a partir de tres fuentes clásicas: la filosofía (entendida como praxis), la política (Estado-Sociedad civil) y la economía (el «valor»), incluyendo en ocasiones como cuarto elemento la historia ya que la sociedad nunca es estudiada como fenómeno genérico, tal como hacían los sociólogos positivistas, sino histórico. La desconfianza de Gramsci hacia las «ciencias sociales» se debe a que estaban instrumentalizadas por el positivismo y el materialismo vulgar. Para Gramsci la fortuna de la sociología estaba en relación con la decadencia de la ciencia política en beneficio de concepciones evolucionistas y mecanicistas que se limitaban a describir fenómenos sociales sin explicarlos ni, por supuesto, extraer consecuencias prácticas. La pretensión de estudiar las sociedades con el método de las ciencias naturales es estéril porque empobrece el concepto de Estado e ignora la lucha de clases al considerar su objeto como estático y permanente [23].

El panorama sociológico italiano del momento estaba dominado por Spencer y traducía a nivel nacional el darwinismo social imperante. Los seguidores de esta corriente eran en general de una mediocridad científica considerable (estos intelectuales fueron designador despectivamente por Gramsci como «lorianos», en honor a su máximo representante) y «sociólogos» de tipo lombrosiano como Ferri, Niceforo, Orano o Sergi explicaban la sociedad basándose en factores biológicos individuales o estableciendo analogías biológicas aplicadas al «organismo social». En la práctica sus «explicaciones» pseudocientíficas iban destinadas a consolidar los prejuicios racistas con relación al subdesarrollo del Sur. La pretensión de estos «sociólogos» era suplantar al marxismo con un punto de vista mecanicista y positivista ya criticado en su día por el propio Labriola.

Gramsci no admitía la posibilidad de una sociología científica porque siempre adolecería de voluntarismo y porque su alcance último era querer suplantar al marxismo. En este sentido sólo la filosofía de la praxis, desde su punto de vista, puede aspirar legítimamente a analizar y examinar con rigor las formas de intervención de los hombres en la historia. La sociología pretende descubrir «leyes», vinculando así a priori la *acción* de los hombres, lo que es absurdo puesto que la historia es producto de su iniciativa y no puede ser predeterminada. Gramsci tiene evidentemente un concepto de «ley» sociológica muy rígido ya que para él sólo se puede hablar, en cierto modo, de leyes estadísticas («los grandes números») que sólo valen:

[22] L. Gallino, *Gramsci y las ciencias sociales,* en Pizzorno, *op. cit.,* p. 9.
[23] QC, III, p. 1.765.

«en tanto amplias masas de la población permanecen esencialmente pasivas»[24].

El concepto de «ley» sólo puede ser válido en cuanto expresa determinadas tendencias aproximativas, pero no sirve para explicar globalmente los problemas sociales. Los dos límites más graves de la sociología consisten precisamente en su inútil búsqueda de leyes generales para «resolver» el problema práctico de poder preveer los acontecimientos históricos y el hecho de que pretenda ser un sucedáneo de la filosofía.

Con respecto a la economía Gramsci reconoció su especificidad e importancia decisiva en la conformación de la estructura, analizando no sólo la economía política clásica sino también la experiencia soviética a través de obras como la de Lapidus y Ostrovitianov[25]. A pesar de que apreció los trabajos de Einaudi, Gramsci normalmente liquidó con poco detenimiento las aportaciones de los principales economistas liberales del momento como Graziadei, Pantaleoni, Lionel o Robbins. Con todo el interés de Gramsci por las ciencias económicas y su conocimiento de las mismas fue bastante superior a lo considerado habitualmente[26].

La ciencia política es considerada con mayor atención por su carácter amplio que abarca todos los fenómenos sociales[27]. También en este campo la sociología positivista ha hecho estragos al reducir la ciencia política a la «pequeña política» y al parlamentarismo, confundiendo los planos. En este sentido Gramsci desarrolla una rigurosa crítica contra los teóricos de las *élites* (Pareto, Mosca, Michels,) víctimas del formalismo y el teoricismo empirista. Especialmente los trabajos de Michels que teorizaban la inevitabilidad de que todos los modernos partidos de masas degenerasen objetivamente en reducidas oligarquías dirigentes, son objeto de polémica[28]. También la tesis de la «clase política» de Mosca es rechazada por Gramsci en cuanto tentativo confuso de interpretar el fenómeno de los intelectuales y sus conexiones con la vida estatal y social[29].

Algún autor como Galli ha sostenido que la teoría de las élites está implícitamente presente en el pensamiento de Gramsci a partir de su valoración positiva de la vanguardia revolucionaria[30]. Así exceptuando el período del «Ordine Nuovo», Gramsci siempre se habría inclinado sobre posiciones «elitistas», especialmente tras aceptar íntegramente el punto de vista leninista sobre el partido obrero revolu-

---

[24] QC, II, p. 1.429.
[25] QC, II, pp. 1.285-86.
[26] Entre las abundantes notas dedicadas a cuestiones económicas, vid., por ejemplo en QC, I, pp. 145-60.
[27] C. Luporini, *La metodología del marxismo nel pensiero de Gramsci,* en «Studi gramsciani», *op. cit.*, p. 461.
[28] QC, I, pp. 230-39.
[29] QC, I, p. 956, III, pp. 1.565 y 1.978.
[30] G. Galli, *Gramsci e le teorie delle «élites»,* en «Gramsci e la cultura contemporanea», *op. cit.*, vol. II, p. 211.

cionario. Ciertamente hay un jacobinismo constante en su obra aunque, a diferencia de los elitistas, Gramsci niega que la dirección de un partido de masas revolucionario tenga que ser por definición oligárquica y establece claramente que su única posibilidad de supervivencia como tal organización es precisamente la de ser democrático, esto es, abierto a iniciativas de la base y renovable de forma periódica de abajo-arriba [31].

Sin duda los conocimientos de Gramsci de la sociología contemporánea eran fragmentarios y parciales al ignorar, debido a las limitaciones carcelarias, las aportaciones de Durckheim, Mannheim y, en parte, incluso Weber, pero apuntó elementos de notable interés al insertar las ciencias sociales dentro de una perspectiva histórica y filosófica. Cabe recordar por último que para Gramsci cada tipo de investigación debe crearse su propio método ya que:

> «si los hechos sociales son imprevisibles (...) lo irracional no puede menos que predominar y toda organización humana es antihistórica, es un «perjuicio» [32]..

Es posible constatar la reiterabilidad de algunos fenómenos sociales, como la división entre gobernantes y gobernados y la dialéctica hegemonía-dominación, pero sin olvidar el carácter decisivo de la ciencia política ya que si ésta es el Estado y éste:

> «es todo el conjunto de actividades prácticas y teóricas con el que la clase dirigente no sólo justifica y mantiene su dominio, sino que consigue obtener el consenso activo de los gobernados, es evidente que todas las cuestiones esenciales de la sociología no son más que cuestiones de ciencia política» [33].

2. La Comuna y el Renacimiento: Maquiavelo y las causas de su no continuidad.

En sus notas sobre la historia de Italia y la interpretación del rol de los intelectuales, Gramsci profundizó en el análisis de la fase comunal y del Renacimiento para desarrollar el concepto del Estado y para individualizar las condiciones nacionales de la estructura social italiana [34]. En este sentido estudió la actitud de la primera burguesía mercantilista italiana ante el mundo feudal y su ausencia de una política hacia los intelectuales, como lo demuestra, por ejemplo, la cuestión de la lengua nacional. Gramsci se trazó una amplia perspectiva de estudios sobre la historia de Italia que debían abarcar desde la antigüedad romana, pasando por las Repúblicas comunales medievales y el mercantilismo, hasta el *Risorgimento,* precisamente por su afán

[31] Vid. al respecto D. Confranceso, *Appunti su Gramsci e la teoria delle élites,* en «Appunti sull'ideología-Marxismo e libertá». Feltrinelli, Milán, 68.
[32] QC, III, p. 1.557.
[33] QC, III, p. 1.765.
[34] LC, p. 460.

de esclarecer las raíces de la peculiar conformación de la sociedad italiana [35].

La fuerza de la Comuna medieval se basaba en su sistema económico de tipo corporativo, aunque políticamente ello significó la causa fundamental de su debilidad. Inicialmente las clases populares urbanas tuvieron una gran importancia política al dirigir la administración municipal y mantener un cierto equilibrio con la nobleza. La milicia popular se convierte en la base del poder local y permite el desarrollo de una práctica democrática continuada por la que los cargos públicos están sometidos a control ciudadano que se expresa en Asamblea. Esta experiencia política limitada tuvo un fuerte arraigo durante los siglos XII-XIII, sobre todo en las Repúblicas de Bolonia, Florencia y Siena, aunque no pudo superar su estrecho marco territorial de actuación [36].

En efecto, la Comuna fue, en última instancia, incapaz de superar el feudalismo para crear un Estado nacional debido a la poca homogeneidad de la primera burguesía italiana. Al no saber dejar de lado sus intereses económico-corporativos y arrojar sobre el pueblo todas las cargas fiscales, especialmente los impuestos sobre los consumos, se enajenó su favor. Paralelamente esta burguesía no pudo absorber a los intelectuales tradicionales representados por el clero, aparte de no saber formar una capa intelectual propia, y sucumbió con posterioridad ante los Estados absolutistas extranjeros, renunciando a cualquier proyecto político autónomo [37]. Esto también se debió al fuerte arraigo de las órdenes religiosas feudales y a la gran dispersión de las fracciones políticas vencidas en las interminables luchas comunales. Así, a principios del siglo XV, aunque la tendencia era ya anterior, la Comuna había derivado políticamente en el Señorío y el Principado, lo que expresaba la delegación del poder en las grandes familias oligárquicas por parte del patriciado urbano. A su vez en el terreno económico el espíritu emprendedor de iniciativa comercial de los mercaderes italianos había decaído por completo: esta clase prefirió invertir sus riquezas acumuladas en bienes inmuebles, sobre todo tierras, para tener una *renta* segura procedente de la agricultura, antes que arriesgarlas en empresas comerciales. Se ha intentado explicar tradicionalmente la decadencia de las Comunas a partir de las invasiones turcas que desequilibraron el comercio mediterráneo, del altantismo originado por los grandes viajes y descubrimientos de la época moderna y de las invasiones extranjeras de la península, pero, en realidad, la razón fundamental debe buscarse en el interior de las mismas.

La clave para comprender la crisis política de la burguesía comunal reside en su ausencia de una política audaz de alianzas y en la carencia de personal intelectual dirigente que pudiera rebasar el marco local, quedando así estancada en la fase económico-corporativa ya

---

[35] QC, III, pp. 1.959-60.
[36] QC, I, p. 301 y III, p. 2.284.
[37] QC, I, p. 568.

que su propia *estructura* impedía objetivamente la existencia de un gran Estado territorial[38]. Ante la renuncia política de la burguesía comunal la reacción popular antifeudal se manifestó espontáneamente en fenómenos tales como el savonarolismo y el bandolerismo, con caracteres elementales y arcaicos, pero que, por sí solos, no podían incidir decisivamente en el cambio de la situación general.

La falta de conciencia nacional de esta primera burguesía se manifiesta en el hecho de que todos los intelectuales del período fuesen siempre o los tradicionales o los cosmopolitas, mientras paralelamente no se creó una capa verdaderamente nacional. Sólo Dante y Nicola Cusano intentaron, a pesar de sus fuertes lazos ideológicos con la tradición feudal, rebasar los límites de la Comuna, pero presentando alternativas anacrónicas. Dante es un intelectual de transición que ciera la edad media, pero su doctrina política no tuvo ninguna eficacia. Ciertamente aspiraba a superar la Comuna y el Estado pontificio, pero su solución imperial era regresiva y contradictoria ya que hacía una afirmación laica con lenguaje medieval[39]: Dante «es un vencido de la guerra de clases» ya que «quiere superar el presente, pero con los ojos vueltos al pasado»[40]. Por su parte Cusano intentó con gran intuición, reformar la Iglesia católica (tras el cisma de Oriente y el de Avignon) conciliando las doctrinas husitas y ortodoxas orientales, pero sus deseos de una transformación interior no se correspondían con la rígida realidad eclesiástica, quedando por tanto aislado[41].

Gramsci dió una gran importancia a la cuestión de la lengua porque ello permite comprender el trasfondo de lucha por la hegemonía entre diversas clases sociales y ayuda a comprender la renuncia final de la burguesía comunal a encabezar un movimiento de reivindicación, como ya se ha señalado. Desde el momento en que el pueblo dejó de hablar el latín éste se convirtió en una lengua culta patrimonio de los intelectuales que estaban al margen de aquél. El vulgar sólo se impone cuando el pueblo adquiere protagonismo político, como ocurre en la primera fase de las Comunas, aunque, ante ello, los intelectuales elaboran un *vulgar ilustre* para distanciarse. Esto demuestra una cierta centralización de grupos intelectuales, pero resulta insuficiente pues no se traduce en una hegemonía política y social. La burguesía comunal consigue imponer sus dialectos, pero es incapaz de crear una lengua de alcance nacional con su corolario de una organización política unitaria. Con todo, la imposición de este vulgar ilustre no era tampoco fácil teniendo en cuenta la fuerte presencia de intelectuales extranjeros en la península y del clero que preservaba el latín como lengua culta superior. La caída de las Comunas y el advenimiento al poder de una casta separada del pueblo permite la cristalización de este vulgar ilustre; esto es: los intelectuales potenciales de

38 QC, I, p. 719.
39 QC, I, p. 614, II, p. 758.
40 QC, II, p. 760.
41 QC, I, p. 584.

la burguesía comunal son reabsorbidos en la casta tradicional eclesiástica [42]. La aparición de la lengua vulgar produce así efectos contradictorios ya que, por una parte, expresaba el ascenso político del pueblo, y, por otra, su recuperación por las fuerzas conservadoras al ser valorada como posible lengua culta equiparable al latín, una vez depurada de sus elementos «inferiores».

Esta contradicción entre lengua culta y lengua vulgar se acentuará especialmente durante el humanismo y el Renacimiento y está en la base del desarrollo histórico no nacional. Gramsci criticó el punto de vista tradicional del Burckhardt y De Sanctis sobre el Renacimiento presentado como el apogeo del individualismo laico, aproximándose más bien a las aportaciones de Toffanin sobre el período [43]. Para éste el humanismo consistió fundamentalmente en una reacción aristocratizante contra las Comunas a partir de la recuperación intelectual de una lengua y una cultura ya muertas. Los humanistas eran muy conscientes de que su cultura no conectaba con el pueblo ya que sus vinculaciones con los señores feudales que los protegían y el apoyo de la Iglesia que favoreció esa corriente intelectual resultaron decisivos. Para Gramsci el humanismo no origina el Renacimiento ya que es un hecho cultural reaccionario, una contrarreforma anticipada [44]. La cuestión de la lengua expresa el enfrentamiento de dos concepciones del mundo, la burguesa-popular y la aristocrático-feudal. Así, desde el momento en que el humanismo en Italia se presenta como la recuperación de la antigüedad clásica, es lógico que el Renacimiento se resolviese posteriormente en la Contrarreforma, como demostración de la derrota de la burguesía mercantilista ante el Papado y las fuerzas feudales antinacionales. Por otra parte, en Italia la religión ni siquiera era un posible elemento de cohesión entre los intelectuales y el pueblo, dado su carácter superficial y formal. La Reforma protestante creó Iglesias nacionales, mientras que el triunfo católico en Italia acentuó su cosmopolitismo [45]. En definitiva, el humanismo sólo resultó un fenómeno progresista para las clases cultas italianas, pero fue regresivo desde un punto de vista nacional. Los intelectuales progresistas emigraron del país para colaborar con las monarquías absolutas europeas, mientras que en el interior los intelectuales tradicionales lo hicieron con el Papado [46].

El cosmopolitismo de los intelectuales italianos en la época moderna corresponde a la ausencia de proyecto político nacional de las clases dirigentes peninsulares, por lo que Italia pasó a desempeñar una función internacional subalterna al proveer a los Estados absolutos europeos de personal especializado, contribuyendo así a su moderni-

[42] QC, I, p. 353.

[43] Sobre toda esta época es muy útil consultar la excelente obra de E. Garin, *L'Umanesimo italiano,* Laterza, Bari, 70. Incluye una abundante bibliografía sobre el tema.

[44] QC, II, p. 904.

[45] QC, III, p. 1.129.

[46] QC, III, p. 1.908.

zación. Esta emigración de intelectuales será una constante en la historia moderna de Italia, retrasando la formación de la voluntad nacional-popular y manifestando así la extrema debilidad de la burguesía, incapaz de erigirse como clase dirigente. En suma, tanto la aristocracia tradicional como la propia burguesía mercantilista aceptaron el dominio extranjero, renunciando a dotarse de un Estado nacional. Por ello los intelectuales italianos del Renacimiento, desvinculados del pueblo, desarrollarán una función internacional ya que las clases dominantes de su país no los necesitaban. De ahí que la pretendida «superioridad» de la cultura italiana sobre Europa durante el período no sea más que un mito retórico-literario carente de fundamento puesto que evidenciaba una absoluta ausencia de carácter nacional [47]. La falta de Reforma en Italia tendría consecuencias históricas importantes al conformar unas características peculiares en todas las clases sociales, lo que obliga a efectuar una consideración política diferenciada del país, tal como lo hizo Gramsci [48].

Dentro del período humanista, pero fuera de sus posiciones, Gramsci sitúa a intelectuales como Erasmo, Lutero, Bruno y, sobre todo, Maquiavelo [49]. Dada la extraordinaria importancia que revistió para Gramsci la obra y acción de este pensador político italiano es necesario analizar con cierto detenimiento el análisis que efectuó del mismo en los QC [50]. Para Gramsci, Maquiavelo representó la única alternativa progresista y moderna al feudalismo, pero no pudo triunfar al no contar con apoyo popular, a parte de los condicionamientos internacionales. Maquiavelo es el único intelectual que expresó realmente las exigencias nacionales, aunque no estuvo vinculado «orgánicamente» a la burguesía mercantilista, siendo, en este sentido, una figura de *transición* entre el Estado corporativo representado por la Comuna y el Estado moderno encarnado por la monarquía absoluta [51].

Partiendo de la sugestiva hipótesis de que la teorización de Maquiavelo no es meramente individual sino que respondía a los intereses de un grupo social ascendente muy determinado, portador de un programa democrático-agrario, Gramsci sitúa históricamente, su pensamiento. Maquiavelo está vinculado a su tiempo, en primer lugar a las luchas internas de la República florentina y a su estructura política que no sabía librarse de sus rasgos comunales-municipales típicos

---

47 QC, I, p. 640, III, p. 2.306.

48 Gramsci subrayó que la tradición histórica italiana era, en este sentido, similar a la de Rusia dada la poca homogeneidad del pueblo en ambos países. Gramsci tuvo muy presentes sobre todo los trabajos de Masaryk sobre los intelectuales rusos y el poder teocrático del Estado. Vid. al respecto L. Paggi, *A. Gramsci e il moderno principe, op. cit.*, pp. 86-95.

49 QC, II, p. 906.

50 Sobre las interpretaciones actuales de Maquiavelo ver, entre muchas otras, las de V. Masiello, *Classi e Stato in Machiavelli,* Adriática, Bari, 71, I. Molas, *A cinco siglos de Maquiavelo*, Destino N.° 1.662, Barcelona, 69. J. Solé-Tura, *Reinterpretación de Maquiavelo,* Convivium n.° 32, Barcelona, 70.

51 QC, II, p. 724.

del mundo feudal, a continuación a las luchas de los diversos Estados italianos para imponer un equilibrio interior peninsular obstaculizado sobre todo el Papado y, por último, a las luchas de todos los Estados por un equilibrio europeo [52]. Ante esta situación Maquiavelo escribió obras de «acción política inmediata» y no utopías intelectuales, dirigidas hacia la consecución de un Estado independiente dirigido por un Principe unificador [53]. Hasta el momento sólo Lorenzo el Magnífico había intentado desempeñar ese papel en su previsión genial de organizar una Liga itálica, pero su no continuidad confirmaba la decadencia de la burguesía mercantilista como fuerza hegemónica incapaz [54]. En cierto modo Maquiavelo fue un jacobino «avant la lettre» ya que el Príncipe personifica y encarna la «voluntad colectiva» capaz de romper la anarquía feudal y organizar al pueblo disperso, apoyándose en las clases productivas (campesinos, artesanos y mercaderes), tal como ocasionalmente Valentino —*El Príncipe Negro*— había intentado hacer en Romaña. Dada la situación política general sólo la monarquía absoluta podía permitir la unificación, siguiendo el ejemplo de los grandes «Estados nacionales» europeos. Para Matteucci la asimilación maquiavelismo-jacobinismo procedería más bien de Croce que de Gramsci [55], aunque en realidad existe una diferencia sustancial entre ambos: mientras para Croce Maquiavelo era ante todo un intelectual que elaboraba ciencia y filosofía individualmente, Gramsci lo vincula a su ambiente definiéndolo como un hombre político de acción, un «condottiero» que representa a los sectores más dinámicos de la burguesía mercantilista italiana interesados en suscitar vínculos entre la ciudad y el campo para alargar las funciones dirigentes de las clases urbanas [56]. Por ello su obra «El Príncipe» no es una construcción erudita abstracta, sino un *manifiesto político* dirigido a unificar una voluntad nacional dispersa. En todo caso su carácter utópico no se deriva del hecho de que su progama fuese inaplicable, sino de que no existía el Príncipe para llevarlo a cabo [57]. El drama de Maquiavelo es haber sido una «persona privada», no un dirigente político con poder organizativo; es decir, en parte, fue un «profeta desarmado» [58]. Poderosos intereses internacionales de las grandes monarquías absolutas se entrecruzaban para impedir la unificación de los pequeños Estados italianos bajo un mando único, junto con la renuncia política de la burguesía mercantilista ante la nueva situación. Esto explica, en parte, el feroz antimaquiavelismo polémico que se produjo en la época moderna por parte de los

---

[52] QC, I, p. 588, III, p. 1.572.

[53] QC, I, p. 656.

[54] QC, II, p. 1831.

[55] N. Matteucci, *Gramsci e la filosofia della prassi,* Dotte-Giuffré, Bolonia, 51, p. 58.

[56] QC, II, p. 1.038. Al respecto Gramsci tuvo en cuenta algunas observaciones de Piero Sraffa sobre Maquiavelo como economista al insertarlo no sólo en el mercantilismo, sino incluso acentuando algunos rasgos «fisiocráticos» visibles en su obra. Vid. LC, p. 589. y pp. 615-17.

[57] QC, III, p. 1.556.

intelectuales vinculados a esos Estados que incluían desde los jesuitas vaticanistas defensores del mundo feudal, hasta teóricos modernos como Bodino y Guicciardini. En estos últimos casos las razones son diferentes: por una parte el antimaquiavelismo de Bodino era progresivo porque, fundado ya el Estado territorial en Francia, no le interesaba tanto a la burguesía el momento de la fuerza, excepto a los reaccionarios, cuanto el del consenso:

> «para equilibrar fuerzas sociales en lucha en el interior de este Estado ya establecido» [59].

Con Bodino el tercer estado, es decir, la burguesía, es consciente ya de su peso específico. En cambio Guicciardini señala un retroceso político con relación a Maquiavelo ya que su pesimismo escéptico lo sitúa en una perspectiva conservadora, propia de un intelectual que ha renunciado a todo proyecto transformador, limitándose a describir la realidad sin pretender cambiarla y refugiándose en «il suo particulare» para dedicarse exclusivamente a «la vita negociosa», según sus expresiones [60].

En conclusión, Gramsci analiza vigorosamente este crucial período de la historia de Italia que se cerraba con la derrota de la burguesía comunal, incapaz de asumir la dirección de un proyecto político de alcance nacional y con el aislamiento de Maquiavelo, el máximo teórico del Estado moderno. Todo ello originaría una enorme dependencia de los Estados italianos hacia las grandes potencias europeas y retrasaría considerablemente la formación de una voluntad nacional colectiva, lo que redundaría en prejuicio de las fuerzas progresistas, como posteriormente se comprobaría, en el *Risorgimento*.

3. El «Risorgimento» y los problemas de la revolución burguesa italiana: la unificación nacional como «revolución pasiva»

Gramsci estudió a fondo, en abundantes notas, el período del *Risorgimento,* aportando sugestivas opiniones para tratar de esclarecer el carácter del Estado italiano contemporáneo y la actitud de las diversas clases sociales, con el fin de buscar las formas nacionales más adecuadas para la revolución socialista en Italia [61]. Como ha señalado Galasso [62], eran posibles para Gramsci dos líneas de investigación a partir del análisis de la acumulación capitalista y el desarrollo in-

---

[58] QC, III, p. 1.578.
[59] QC, III, p. 1.574.
[60] QC, I, p. 760.
[61] L. Paggi, *A. Gramsci e il moderno principe», op. cit.*, p. 70.
[62] G. Galasso, *Gramsci e i problemi della storia italiana.* En «Gramsci e la cultura contemporánea», Congreso de estudios gramscianos de Cagliari, Editori Riuniti, Roma, 67, vol. I, p. 306.

dustrial de Italia o bien acentuando el problema de la hegemonía y la formación de un «bloque histórico» dominante en las luchas políticas y sociales del período. Gramsci tendría en cuenta todos estos aspectos precisamente para resaltar la especificidad de las relaciones entre campo y ciudad y entre los intelectuales y las masas populares en Italia, dado su interés político y contemporáneo por la historia nacional[63].

Gramsci critica el punto de vista clásico y nacionalista del historiador Omodeo ya que éste descontextualizaba el período acentuando los rasgos nacionales e ignorando la decisiva influencia de la revolución francesa y del liberalismo europeo[64]. Sólo se puede hablar de «edad del Risorgimento» restringiendo la perspectiva internacional, aunque ésta resultó siempre crucial en la medida en que diversas fuerzas exteriores se oponían o apoyaban la formación de un gran Estado nacional unitario. Una de las cuestiones fundamentales del *Risorgimento* es la dirección del proceso y la lucha por la hegemonía entre diversas fracciones políticas y sociales. Así en la unidad nacional confluyen, por una parte, el interés dinástico de los Savoia y, por otra, el de la burguesía por disponer de un mercado nacional. En efecto, la unificación peninsular no sólo se verificó con bastante retraso respecto a otras naciones europeas, sino que se realizó como «conquista regia» del Estado piamontés dados los limitados objetivos de la propia burguesía italiana, temerosa de desencadenar un movimiento popular y democrático incontrolable.

Las fuerzas nacionales fueron escasas hasta 1848, mientras que las opuestas eran muy superiores, especialmente las clericales. Durante la Restauración posterior a 1815 la proliferación de pequeñas sectas conspirativas patrióticas traducía los avances confusos de las fuerzas nacionales, a pesar del carácter primitivo de su acción política[65]. Sólo tras la derrota de la derecha reaccionaria de Solaro della Margherita en el Estado piamontés por parte de los moderados se despejó el principal obstáculo para impulsar el movimiento unitario. Aceptado el objetivo final, la lucha se centraría ahora en las formas de acceso al mismo. Las fuerzas sociales que protagonizaron el proceso de unificación fueron la burguesía industrial-comercial y los terratenientes que formaron un sólido bloque de toda la derecha contando con el Estado piamontés como agente militar-diplomático para la empresa. Tras 1848 las fuerzas conservadoras se reorganizan al integrarse los sanfedistas y los neo-güelfos en el grupo de los moderados, destinado a ser hegemónico[66]. Este grupo acabó representando al conjunto de las clases dominantes peninsulares, mientras que la oposición democrá-

[63] V. Bondarcuk, *Psicología sociale e storia in Gramsci.* En «Gramsci e la cultura contemporánea», *op. cit.,* vol. II, p. 194.

[64] QC, III, p. 1.961. Gramsci estaba muy ligado a la interpretación histórica de la revolución francesa de Mathiez, desconociendo las aportaciones de Bloch, Febre y, en general, de la sociología alemana sobre el tema.

[65] QC, III, pp. 1.863 y 1.996.

[66] QC, II, p. 944.

tica, personificada por el PdA, fue siempre a remolque del primero. Los progresistas vacilaron a la hora de incluir en su programa determinadas reivindicaciones sociales hondamente sentidas, especialmente la reforma agraria, dejando de apoyarse así en las clases populares. En definitiva, el PdA no ejerció la *función jacobina* que hubiera podido esperarse del mismo, lo que plantea un serio problema histórico. Ciertamente el clima conservador posterior a 1815 en Europa impedía de hecho la formación de un movimiento similar, pero el PdA pudo haber representado a los sectores más progresistas y consecuentes de la burguesía liberal y de los intelectuales, arrastrando detrás de sí a las masas campesinas para poner unas bases democráticas al Estado unitario. En última instancia, el PdA no comprendió el nexo entre la cuestión agraria y la nacional y no supo ver en el campesinado una base social de maniobra formidable, dejándose arrastrar por un nacionalismo abstracto y desaprovechando coyunturas tan decisivas como la dictadura «jacobina» de Garibaldi en el sur y la batalla por la Asamblea constituyente. Evidentemente no se trataba de formar durante el *Risorgimento* un imposible bloque obrero-campesino, como parece insinuar Potte[67], sino de que la burguesía italiana asumiese un rol verdaderamente hegemónico contra la aristocracia. Sin embargo, el *Risorgimento* se desarrolló como un *compromiso* entre todas las clases dominantes peninsulares dirigido por la burguesía del norte, con la sistemática exclusión de las masas populares del nuevo Estado.

Los moderados fueron los representantes *orgánicos* de ese bloque al presentar un programa viable basado en la «diplomatización» de la revolución y en la exclusión de las insurrecciones populares, basando todo el peso de la empresa unificadora en el Estado piamontés que sólo estaba dispuesto a actuar militarmente con medios convencionales. Sin duda este punto de vista retrasó la unidad, pero evitó la revolución democrática. En este sentido la participación popular a través del voluntariado en las luchas militares fue siempre secundaria y reducida:

> «en realidad, además, los derechistas del *Risorgimento* fueron grandes demagogos: hicieron del pueblo-nación un instrumento, un objeto»[68].

Voluntariado y pasividad popular general van mucho más unidos de lo que pueda parecer ya que se trató de una solución de compromiso entre los moderados y los demócratas, impuesta por los primeros[69].

Los moderados ejercieron además una «atracción espontánea» constante sobre la oposición democrática, consiguiendo que hasta el propio Pio IX se situara coyunturalmente en el terreno del liberalis-

---

[67] J. M. Piotte, *El pensamiento político de Gramsci,* A. Redondo, Barcelona, 72, pp. 133 y sigs.
[68] QC, III, p. 2.054.
[69] QC, III, p. 1.998.

mo. Entre Gioberti y Mazzini la intelectualidad italiana optó claramente por el primero ya que ofrecía una alternativa práctica posible, mientras que el segundo se limitó a afirmar vaguedades nebulosas. Al respecto, no deja de ser significativo que Gioberti, cuya postura anterior al 48 tuvo algún elemento jacobino[70], colaborase estrechamente con el Estado piamontés, llegando incluso a oponerse al proyecto de anexión del Estado vaticano para no provocar un conflicto religioso en el país. Así, mientras los moderados, por ejemplo, se opusieron al jesuitismo educativo con oportunas reformas laicas, los demócratas no supieron ofrecer ninguna alternativa no mesiánica, al carecer de una política hacia los intelectuales. A partir de ahí el PdA se convirtió en el ala izquierda del moderantismo, sirviéndole como instrumento de agitación y propaganda.

Entre las debilidades e incoherencias del PdA se halla la falta de una verdadera alternativa política democrática y su temor a asumir las reivindicaciones sociales más audaces. El único jacobinismo durante el *Risorgimento* estuvo representado por Pisacane y los federalistas que no consiguieron romper su aislamiento al no disponer de un partido adecuado y no formar un sólido grupo dirigente. En cambio, como ya se ha señalado, los moderados, mucho más coherentes con su base social, dirigieron a todas las fuerzas nacionales y conservadoras. Cavour es el exponente de la racionalidad de la conclusión unitaria alcanzada, demostrando la superioridad de hecho de la diplomacia liberal sobre la política de los demócratas. El pragmatismo empírico cavouriano se impuso fácilmente sobre sus adversarios y marcó un estilo de hacer política que caracterizaría al Estado unitario tras 1870[71]. En definitiva, no hubo jacobinismo en Italia tanto por imperativos internacionales, como por la correlación de fuerzas interior ya que la burguesía fue lo suficientemente hegemónica como para no tener la necesidad de vincularse a los campesinos. La burguesía realizó unas alianzas de clase antidemocráticas dada su hegemonía intelectual y cultural y gracias a contar con el Estado piamontés que unificó a todas las oligarquías regionales ejerciendo funciones de verdadero partido político (de hecho se hablaba del «partido piamontés»). El resultado final fue, por tanto, el del triunfo de una *revolución pasiva* que expresaba la falta de voluntad colectiva para hacer un Estado moderno dada la debilidad de la sociedad civil. El *Risorgimento* es una revolución pasiva, no exactamente en el sentido que daba Cuoco al término[72], sino desde el momento en que el Estado sustituye a los grupos sociales para dirigir una lucha renovadora, produciéndose fenómenos de «dominio», pero no de «dirección», es decir, de dictadura sin hegemonía[73]. En efecto, la ausencia de participación popular masiva en el *Risorgimento* se traduce en el hecho

[70] QC, III, p. 1.914.
[71] QC, II, p. 764.
[72] QC, II, pp. 1.220 y 1.324, III, p. 2.011.
[73] QC, III, p. 1.822.

de que los moderados no sólo dirigieron a los demócratas durante el proceso de unificación, sino también posteriormente, disgregando a la oposición e integrándola molecularmente en el sistema. En la lucha Cavour-Mazzini, para personificar las dos alas del liberalismo enfrentadas, el primero representa la revolución pasiva y el segundo la iniciativa popular, sin embargo, solo Cavour era consciente de su tarea porque sabía cual era la de Mazzini, no así a la inversa. El hecho de que el PdA no fuese un partido jacobino significó que el Estado italiano se construyó sobre bases conservadoras atrasadas y antidemocráticas. Los moderados, al absorber a casi todas las fracciones adversas, incorporaron su antítesis, de ahí que supusiesen el triunfo de la revolución pasiva. Aun admitiendo que el PdA estaba objetivamente incapacitado para dirigir el movimiento unitario, el caso es que hubiera podido ejercer una presión indirecta muy superior [74]. Ciertamente la dispersión rural dificultaba la acción sobre el campesinado, pero influenciando a los intelectuales de tipo medio, los demócratas hubieran podido emplazar a la burguesía italiana sobre posiciones nacionales y democráticas más avanzadas. Con relación a la reforma agraria era lógico que los moderados se mostraran intransigentes en su negativa a efectuarla ya que habían forjado precisamente un sistema de alianzas que dió como resultado el bloque industrial-agrario favorecido por el Estado piamontés. Contodo, llegaron a tener incluso una política agraria más clara que la de los demócratas ya que los moderados desamortizaron las tierras eclesiásticas, creando una nueva capa de grandes propietarios rurales adicta al nuevo Estado unitario. Los demócratas, en cambio, desaprovecharon dos grandes ocasiones para imponer su dirección a nivel nacional en 1848-49 y en 1859-60, acabando completamente integrados en el sistema cavouriano [75].

Correlativo al tema de la hegemonía política se halla el problema de las relaciones campo-ciudad durante el período ya que el *Risorgimento* ha sido definido en ocasiones como «revolución agraria fallida» [76]. La estructura social italiana era predominantemente agraria, a pesar de la existencia de abundantes ciudades que no traducían ningún desarrollo industrial. Nápoles, por ejemplo, era una de las ciudades más grandes de Italia, pero carecía por completo de carácter industrial. Durante el *Risorgimento* la iniciativa política siempre pro-

---

[74] QC, III, p. 1.766.

[75] Recuérdese la conocida frase atribuida a Vittorio Emmanuele II: «Tenemos al PdA en el bolsillo» que expresa una conciencia de superioridad muy notable con relación a los demócratas. Vid. QC, III, pp. 1.782 y 2.074. Sobre el tema de la hegemonía moderada durante el Risorgimento es fundamental el importante estudio de Gramsci «Il problema della direzione politica nella formazione e nello sviluppo della Nazione e dello Stato moderno in Italia» en QC, III, pp. 2.010-34.

[76] Vid. la crítica de R. Zangheri a R. Romeo sobre este punto en su estudio, *La mancata rivoluzione agraria nel Risorgimento e i problemi economici dell'unitá.* En el volumen «Studi gramsciani», Congreso de estudios gramscianos de Roma; Editori riuniti, Roma, 58, p. 369.

cede de las ciudades: en un primer tiempo del sur (Nápoles, Palermo, Messina), hasta 1848, pero posteriormente del norte (Turín y Milán)[77]. Este hecho ya había sido destacado por Gramsci antes de la prisión al subrayar como las necesidades económicas expansivas de la burguesía milanesa, la más fuerte de la península, la llevaron a aliarse con la burguesía piamontesa que disponía de un Estado propio independiente[78]. Este cambio de hegemonía de las ciudades del sur a las del norte tendría consecuencias estructurales fundamentales ya que a partir de ahí, se establecería una relación entre el norte y el sur de dominación y dependencia respectivamente, que se puede comparar, en general, a la que existe entre la ciudad y el campo de una formación social capitalista. Todo ello con el agravante de que en Italia el foso que abría la cuestión meridional revestía incluso elementos de «*conflicto de nacionalidades*»[79] (subrayado por el autor).

Las masas campesinas no apoyaron activamente al movimiento risorgimental no sólo por la falta de reforma agraria, sino también por razones religiosas y culturales. El atraso económico general y la coyuntura internacional no hicieron más que coadyuvar al triunfo de los moderados sobre los demócratas. Gramsci no hechó en falta tanto una democracia rural cuanto una capitalización agraria diferente ya que la mera distribución de los latifundios sin un gobierno favorable a esa reforma, que exigía una política crediticia y fiscal adecuada, obras públicas y extensión de la cultura, hubiera supuesto una degradación aún mayor. Gramsci no defiende una tesis ideologista «acusando» a la burguesía italiana de haber pactado con los terratenientes ya que no se trata de aceptar o rechazar un proceso histórico por su mayor o menor «progresividad», sino tomar la historia tal como es. Gramsci acepta la inevitable superioridad cavouriana y la hegemonía de la derecha, dando no un juicio moralista sino estructural sobre el desarrollo del capitalismo y el Estado nacional moderno en Italia. Otra cuestión es la de saber hasta qué punto la reforma agraria era viable en Italia durante el *Risorgimento,* teniendo en cuenta que la situación internacional hacía difícil, sino imposible, cualquier movimiento democrático autónomo. Además la burguesía italiana desconfiaba instintivamente de las masas populares y económicamente la reforma agraria planteaba graves problemas para el desarrollo capitalista. Al respecto Romeo ha desarrollado una crítica, ya clásica, sobre el punto de vista de Gramsci relacionado con este tema, aunque con una óptica acentuadamente economicista[80]. Para Romeo las tesis de Gramsci sobre el *Risorgimento* son idealistas ya que se superponen a la historia fáctica. En primer lugar debe plantearse si era posible objetivamente movilizar a una amplia base campesina que siem-

---

[77] Vid. al respecto el epígrafe, *La relazione cittá-campagna nel Risorgimento e nella struttura nazionale italiana.* En QC, III, pp. 2.035-46.

[78] Le cittá, ON, p. 319.

[79] QC, III, p. 2.037.

[80] R. Romeo, *Risorgimento e capitalismo,* Laterza, Roma, 72.

pre se había mantenido pasiva y, a continuación, si la reforma agraria hubiera resultado progresista para el desarrollo del capitalismo italiano. Romeo sostiene que una revolución agraria democrática hubiera provocado automáticamente una intervención reaccionaria extranjera y que económicamente hubiera resultado muy *costosa* para la burguesía liberal, además de políticamente arriesgada dado que, sin duda, hubiera fomentado movimientos centrífugos también en el norte. Se supone que la democracia rural hubiera paralizado el desarrollo capitalista, mientras que la desamortización practicada por los moderados fue mucho más coherente con los intereses prácticos de la burguesía. El incremento de la infraestructura industrial se basó precisamente en la explotación global del campesinado, sin la que aquel no hubiese sido posible. Romeo sostiene que Gramsci estaba excesivamente influenciado por las tesis de Lenin sobre las revoluciones anticoloniales y antifeudales y, a la vez, deslumbrado por la revolución francesa de 1789, considerada como «modelo» universal de revolución burguesa. Ciertamente la vía capitalista italiana no fue democrática pero si moderna, lo que no hubiera sido posible mediante una reforma agraria. En conclusión, los moderados hicieron lo que las circunstancias históricas imponían, es decir, potenciar el refuerzo del capitalismo en el norte y unificar el mercado sobre la base del compromiso con los elementos semifeudales dominantes en el sur.

Sin embargo esta visión unilateral y reduccionista del pensamiento de Gramsci ha sido criticada por diversos estudiosos desde el momento en que, incluso desde el propio punto de vista extremadamente economicista de Romeo, no está demostrada su afirmación de que exista una relación directa entre el crecimiento de la pequeña propiedad rural y el aumento de los consumos, como igualmente los latifundios no son más rentables «per se» que la pequeña propiedad, y sus informaciones estadísticas sobre las particularidades del desarrollo económico italiano comparado con las del capitalismo europeo son sumamente engañosas [81]. De todas formas éstas no son precisamente las consideraciones esenciales ya que a Gramsci le interesaban sobre todo las cuestiones políticas y sociales, es decir, el proceso de formación del *bloque histórico* dominante en Italia. Como ha señalado Salvadori [82], el polémico punto de vista que sostiene Romeo no se centra realmente en las verdaderas tesis de Gramsci ya que éste tan sólo sostenía que hacia 1860 existían condiciones objetivas de fermento campesino que no se tradujeron subjetivamente por la hegemonía de los moderados. El desarrollo del capitalismo en Italia se produjo a través de la penetración de capital extranjero dominante y del rígido proteccionismo oficial que gravó globalmente al sur. Tal como han dicho Saraceno y Sereni la fractura norte-sur fue *orgánica* y estructu-

[81] A. Pizzorno, *Sobre el método de Gramsci*, op. cit., pp. 44-45.
[82] Vid. M. L. Salvadori, *Il mito del buongoverno. La questione meridionale da Cavour a Gramsci;* Einaudi, Turín, 63, pp. 519-23.

ral para el modo de producción capitalista en Italia, por tanto permanente [83]. Sin embargo, Romeo sostiene que este proceso es coyuntural y temporal, no consustancial y definitivo con el sistema, por lo que quiebra toda su crítica a Gramsci. Como ha sido probadamente demostrado desde los meridionalistas clásicos, el capitalismo italiano inutilizó las posibilidades económicas del sur en el período de formación y desarrollo industrial del norte. Por ello el proceso se produjo del forma doble: como drenaje de capitales contínuo del sur al norte a través del Estado y como mantenimiento de la oligarquía meridional tradicional en el poder local. Resulta pues evidente que el debate partió de un doble equívoco: Gramsci no sostuvo la tesis que Romeo le imputaba y además ésta no podía ser historiográfica. Gramsci sólo trató de producir una nueva visión política de la historia de Italia para extraer conclusiones actuales, de ahí que el planteamiento hipotético de la reforma agraria no fuese más que un medio para deducir proposiciones teóricas [84].

En definitiva, Gramsci se opone, en su visión del *Risorgimento,* tanto a las interpretaciones conservadoras de tipo retórico-chauvinista (que incluyen desde los ultranacionalistas hasta Croce), como a las democrático-liberales (Gobetti-Dorso) que enfocaban la historia de Italia a partir de 1861 como el fruto de una «traición» y un «engaño» de los moderados. No cabe hablar de dos vías enfrentadas en el *Risorgimento,* la liberal y la democrática, ya que los demócratas no fueron «engañados» por los liberales, sino disgregados y neutralizados progresivamente ya que, por su manifiesta incapacidad política, les dejaron terreno libre [85]. Gramsci analiza en sus notas sobre el período la evolución política de una clase social determinada, la burguesía, que fue muy coherente con su proyecto político. Por ello el *Risorgimento* fue una revolución política dirigida por la burguesía liberal deseosa de crear un orden adecuado para sus necesidades económicas. Para hacer esta revolución la burguesía no necesitó ampliar sus alianzas de clase al no existir un verdadero antagonista interior. Así la construcción de la nación italiana fue el resultado de sucesivas agregaciones a un pequeño Estado, el piamontés, que originaría la posterior dicotomía territorial, de ahí sus límites, tal como ha subrayado Cessi [86].

Ya Gramsci en el período del ON había reseñado el carácter conservador de la unidad italiana realizada bajo la hegemonía piamontesa que permitió al monarca presentarse como la única alternativa nacional integrando a la oposición democrática y republicana [87]. El nue-

---

[83] P. Saraceno, *La mancata unificazione económica a cento anni dall'unificazione politica,* en: L'economía italiana dal 1861 al 1961, Giuffré, Milán, 61, pp. 703-4. E. Sereni, *Il capitalismo nelle campagne (1861-1900),* Einaudi, Turín, pp. 29-59.

[84] A. Pizzorno, *Sobre el método de Gramsci, op. cit.,* p. 47.

[85] M. L. Salvadori, *Il mito del buongoverno, op. cit.,* p. 504.

[86] R. Cessi, *Problemi della storia d'Italia nell'opera de Gramsci.* En «Studi gramsciani», *op. cit.,* p. 47 y sigs.

[87] *La tradizione monarchica,* ON, p. 327.

vo Estado surgió por la conjunción de un interés dinástico con las necesidades económico-corporativas de la burguesía italiana, deseosa de unificar el mercado interior y las comunicaciones interregionales. Los límites nacionales del nuevo Estado unitario se tradujeron en la necesidad de recurrir permanentemente a la fuerza contra las masas populares, especialmente las rurales, para preservar la alianza con todas las antiguas oligarquías regionales y, sobre todo, para mantener el peculiar vínculo de dependencia del sur con relación al norte. Desde 1861 el Estado italiano, gobernado sucesivamente por la derecha y la izquierda liberales, no hizo más que reprimir a los campesinos [88], de ahí que tradicionalmente todas las interpretaciones del *Risorgimento* hayan ocultado la naturaleza real y decisiva de este proceso histórico. En conclusión, para Gramsci sólo el *Estado obrero* podrá resolver de manera revolucionaria este gran problema histórico de la nación italiana y esto es lo que explica su gran interés por la fase del *Risorgimento*.

4. La crisis del Estado liberal: «transformismo» y socialismo.

La característica más acusada del nuevo Estado unitario italiano fue precisamente el denominado «transformismo» que, en lo esencial, no era más que la prosecución de la acción hegemónica de los moderados sobre la oposición democrática. Gramsci señaló que toda la vida política italiana tras 1848 estuvo marcada por este fenómeno, es decir, por la elaboración de una clase dirigente cada vez más amplia en el marco previamente fijado por los moderados y, a la vez, por la decapitación pacífica de los líderes populares potenciales. Se cierra así el círculo hegemónico como manifestación de la revolución pasiva triunfante en Italia. Esta absorción de los elementos activos surgidos de los grupos adversarios, privados así de dirección, se hizo con métodos «liberales», es decir, individuales, moleculares [89].

La «sinistra» en el poder dejó de serlo al ejercer la misma política que la derecha con relación al sur [90] y reforzar los aspectos represivos del Estado. Así Crispi se vincula a la monarquía, acepta la hegemonía piamontesa y centraliza al máximo al Estado aliándose con los latifundistas del sur:

> «porque son la capa más unitaria por temor a las reivindicaciones campesinas» [91], según su expresión.

---

[88] *Demagogia senza principi,* SF, pp. 14-15.
[89] QC, III, p. 2.011.
[90] QC, II, p. 939.
[91] Citado por G. Galasso, *Grasmci e il problemi della storia italiana.* En «Gramsci e la cultura contemporánea», *op. cit.,* vol. I, p. 346.

No hubo cambios de fondo entre los gobiernos de la derecha y los de la izquierda liberal puesto que ambos representaron a una misma clase dirigente incapaz de paliar la miseria popular general. Se creó así un sistema de fuerzas políticas «absurdo» ya que, en la derecha, los clericales antiliberales impidieron la creación de un fuerte partido conservador, en el centro se agruparon confusamente todas las fracciones liberales, incluyendo a los republicanos que habían abdicado de su función progresista, y:

> «en la izquierda el país pobre, atrasado y analfabeto que se expresa de forma discontínua, histérica, a través de tendencias subversivas y anárquicas sin consistencia ni dirección política concreta, que mantienen un estado febril sin porvenir constructivo» [92].

Cabe distinguir dos períodos en el «tranformismo»: desde 1860 hasta 1900 en el que se produce de manera «molecular», esto es, los dirigentes de la oposición democrática se integran individualmente en la «clase política» conservadora-moderada y, a partir de 1900, se asiste al fenómeno de la integración masiva de enteros grupos políticos que se pasan al campo moderado, en gran parte a través del Senado de libre designación real [93]. La clave para comprender este fenómeno reside en la carencia de un verdadero y moderno sistema de partidos políticos representativos bien articulados en la sociedad civil. En efecto, la estructura económico-social nacional favoreció escasamente el desarrollo de sólidos partidos, delegándose así en el Estado-Gobierno todas las responsabilidades políticas. En Italia el gobierno siempre ha actuado como «partido político»: no se ha colocado por encima de todos ellos para unificarlos en el sistema, sino para disgregarlos, separándolos de las masas populares, para tener amplios sectores sociales dominantes directamente vinculados al régimen *sin* la mediación partidista. El «transformismo» traduce por ello la debilidad del Estado, la inexistencia de vida parlamentaria real, la corrupción generalizada de los partidos, la miseria cultural pavorosa del país y el desproporcionado protagonismc de la burocracia, separada de la sociedad y constituida como «superpartido» de tipo «estatal-bonapartista» [94].

Gramsci, en diversos artículo juveniles, ya había destacado los rasgos autoritarios y antidemocráticos del Estado italiano, revestido de una fachada liberal que apenas disimulaba su carácter de clase. En efecto, el predominio aplastante del Ejecutivo que hacía formal la división de poderes, la manipulación sistemática de las elecciones, la ausencia de libre concurrencia económica y la presencia del latifundismo semifeudal son algunos aspectos evidentes de ello [95]. El régi-

---

[92] QC, III, p. 1.978.
[93] QC, II, p. 962.
[94] QC, I, p. 386 y sigs. También QC, III, p. 1.704.
[95] *L'intransigenza di classe e la storia d'Italia, SG, p. 231.* También: *Lo Stato italiano,* ON, p. 71.

men parlamentario no ha existido nunca en Italia, siendo su supremacía teórica tan sólo un mito liberal. En primer lugar el Poder Judicial, encargado de aplicar la legalidad parlamentaria, no existe al no ser más que un brazo de la Administración. Por otra parte, el Ejército depende directamente y en exclusiva del rey sin ninguna mediación o control de tipo parlamentario y, por último, el Gobierno puede aplicar o dejar de hacerlo las leyes aprobadas por la Cámara siendo prácticamente irresponsable por ello. En Italia el Parlamento no ha sido más que un *cuerpo consultivo* sin influencia real sobre el Gobierno; sólo ha sido el terreno donde las diversas fracciones de la burguesía han buscado el entendimiento y las alianzas de gobierno [96].

Toda esta estructura demuestra los límites del horizonte político de la burguesía italiana, anclada tradicionalmente en la fase económico-corporativa, pero incapaz de ser realmente hegemónica. Con el Estado unitario la burguesía consiguió por fin convertirse en una clase con protagonismo histórico, pero su debilidad política le llevó a abrazar un modelo de régimen muy autoritario y sólo liberal en apariencia [97]. Precisamente uno de los obstáculos tradicionales que el Estado liberal no supo superar en Italia es el de la Iglesia que consiguió enajenar a muy amplios sectores populares de ese régimen. Los liberales no tuvieron fuerza para doblegar al Papa y sólo gracias a la intensificación de la lucha de clases y al ascenso del movimiento obrero revolucionario se acabó produciendo la confluencia del liberalismo con el catolicismo [98].

Como corolario de todo ello se produjo la exclusión absoluta de las masas populares de la vida política del Estado, lo que explica la tradición «subversivista» de las mismas. Esta constante expresa el rechazo popular empírico del poder liberal, pero carente de alternativa estratégica. Las masas populares se configuraron como estratos indiferenciados de «muertos de hambre», según una significativa expresión de la época, compuestos por campesinos pobres, obreros y pequeños burgueses arruinados proclives, todos ellos, a formas de acción espontaneístas y anárquicas. El problema central del poder y del Estado escapó a la comprensión de los movimientos populares italianos, dado el bajo nivel de conciencia de clase existente. El «nomadismo» político resultante, en expresión de Gramsci, no resultaba peligroso para las clases dominantes al no poder traducirse en un proyecto revolucionario global [99]. Por todo ello resulta lógico el fracaso de los partidos políticos tradicionales, nacidos sobre el terreno electoral, excluyente por definición de las masas populares al ser el sufragio censitario. Las elecciones se hacían siempre sobre cuestiones muy genéricas ya que los diputados representaban posiciones personales y loca-

---

96 *Il parlamento italiano,* SF, p. 115.
97 *La dittatura democratica,* SG, p. 323.
98 *I cattolici in Italia,* SG, p. 345. También QC, III, p. 2.057.
99 QC, I, pp. 323-27.

les, no nacionales, dada la poca vertebración de los propios partidos carentes incluso de verdadero programa [100].

En este contexto el *socialismo* italiano desempeñó originariamente una función histórica progresista. En efecto, construido el Estado unitario, quedaba pendiente la tarea mucho más compleja de vertebrar a la Nación (como señaló D'Azegio, *l'Italia é fatta, era bisogna fargli italiani).* Esta tarea la realizaron los socialistas entre los trabajadores al identificar sus intereses solidarios prescindiendo de su localización geográfica territorial. El socialismo luchó por las libertades democráticas indispensables para el movimiento obrero y lo defendió en lo inmediato a nivel sindical y económico, contribuyendo a forjar así la nación italiana moderna, hecho que hasta algunos liberales reconocieron [101]. A finales de siglo el creciente prestigio del PSI atrajo a diversos grupos de intelectuales liberal-democráticos a sus filas que acabarían abandonándolo posteriormente, víctimas de la acción disgregadora del sistema giolittiano. Gramsci señala que esto no era más que otra faceta del «transformismo» desde el momento en que, en las etapas históricamente decisivas, la burguesía acaba atrayendo a los intelectuales liberal-socialistas que procedían de su misma clase [102]. Como ha señalado Togliatti [103], la ideología socialista adquirió en aquella situación histórica un carácter *mesiánico* entre las masas, presentándose como la heredera de la democracia risorgimental. Mientras que a nivel teórico el conocimiento del marxismo fue siempre superficial, a nivel práctico el socialismo se centró sobre todo en la lucha parcial y revivindicativa de tipo sindical, relegando cuestiones esenciales de estrategia revolucionaria.

Tras las rebeliones populares de 1894 y 1898 la burguesía italiana reconsideró parcialmente la línea exclusivamente autoritaria mantenida hasta el momento y reconoció la necesidad política de suavizar los métodos represivos de gobierno, encontrando en Giolitti la pieza clave del sistema. Se abría paso, como ha señalado Salvadori [104], la democracia burguesa basada en alianzas de clase más amplias a partir del bloque urbano del norte (burguesía, campesinos acomodados, aristocracia obrera) contra el resto de la población. Este inteligente programa se vio perturbado, en primer lugar, por el posterior predominio del ala intransigente en el PSI vinculada a los meridionalistas liberales y, a continuación, por la inevitable introducción del sufragio universal masculino que hacía difícil la corrupción individual. De ahí que Giolitti se viera obligado a variar sus alianzas apoyándose en los católicos (pacto Gentiloni), regresando a la situación tradicional de alianza burguesía industrial-terratenientes.

Giolitti y sus partidarios quisieron los resultados de una constitu-

---

[100] QC, I, p. 928.
[101] L. Paggi, *Gramsci e il moderno principe, op. cit.*, p. 81.
[102] QC, I, p. 396.
[103] P. Togliatti, *El PCI*, Avance, Barcelona, 76, p. 42.
[104] M. L. Salvadori, *Il mito del buongoverno, op. cit.*, p. 510.

yente sin convocarla, dado el clima de agitación popular que la convocatoria de una Asamblea semejante despierta, esto es, la reforma del sistema desde el interior que excluyera la irrupción de las masas en el Estado:

> «En realidad Giolitti fue un gran conservador y un hábil reaccionario que impidió la formación de una Italia democrática, consolidó la monarquía con todas sus prerrogativas y vinculó la monarquía más estrechamente a la burguesía a través del poder ejecutivo reforzado que permitía poner al servicio de los industriales todas las fuerzas económicas del país. Es Giolitti el que ha creado la estructura contemporánea del Estado italiano y todos sus sucesores no han hecho más que continuar su obra» [105].

En última instancia Giolitti desacreditó el parlamento precisamente por ser en el fondo un antiparlamentario al procurar que el gobierno no fuera su expresión y gozara de independencia total.

Tras la primera guerra mundial se rompe en parte el bloque rural del sur ya que diversos sectores del campesinado se alejan del mismo y basculan hacia grupos democráticos progresistas (autonomistas sardos, reformistas sicilianos). En esta nueva coyuntura las elecciones de 1919 son las más importantes que se celebraron nunca en Italia hasta el advenimiento del fascismo por el carácter objetivamente *constituyente* que tuvieron a nivel popular. El sistema proporcional aplicado a escala provincial obligó a los partidos a agruparse en todo el territorio nacional por vez primera, unificándose sus programas y alianzas. El drama histórico de 1919 es el distanciamiento que existió entre los partidos y las masas, a pesar del notable grado de participación electoral y de la esperanza que suscitaron los óptimos resultados alcanzados por el PSI [106].

Hasta el régimen fascista el proyecto político de Giolitti fue el más ambicioso para resolver los problemas heredados del *Risorgimento* y ampliar la base social de apoyo al Estado, intentando para ello absorber sucesivamente a la oposición socialista y a la católica. La primera guerra mundial fue una ocasión única para aglutinar a *toda* la nación contra el extranjero, sin embargo el bloque giolittiano fue, en conclusión, incapaz de crear un Estado burgués moderno: examinando el carácter de la burocracia, la política exterior, el Ejército, el sistema educativo, la distribución de las tierras, las elecciones y otros factores, se constata la fuerte presencia de residuos semifeudales que condicionaron gravemente el desarrollo político y económico del país [107]. Especialmente a nivel económico aparece claramente que la introducción del capitalismo en Italia no se produjo desde un punto de vista nacional sino esencialmente oligárquico. La expansión capitalista ha originado una enorme emigración no reabsorbida que ha

---

[105] QC, II, pp. 997-98.

[106] Vid. la nota, «Momenti di vita intensamente collettiva e unitaria nello sviluppo nazionale del popolo italiano». QC, III, p. 2.004 y sigs.

[107] *L'intransigenza di classe e la storia d'Italia,* SG, p. 232.

arruinado a enteras regiones, en su gran mayoría del sur, fomentando a la vez el despilfarro y el parasitismo de ciertas capas dominantes [108]. Por otra parte, la existencia de amplias categorías de pequeños y medianos propietarios urbanos y rurales complica el reparto de la renta entre industriales y agrarios. La política imperialista ha obedecido a las necesidades de una estrecha oligarquía privilegiada que no hace con ello política exterior, sino interior, basada en la corrupción y el autoritarismo, lo que demuestra la debilidad de las fuerzas verdaderamente nacionales [109].

En conclusión, Gramsci individualizó en todas sus notas con gran lucidez el complejo proceso que condujo a la formación del *bloque histórico* dominante en Italia hegemonizado por las fuerzas conservadoras, con las perspectiva de ofrecer nuevos elementos de estrategia revolucionaria más adecuados para la realidad de su país, una vez reconocido el terreno nacional sobre el que deben actuar las fuerzas progresistas y examinados los condicionamientos del pasado que habían caracterizado a la sociedad italiana.

[108] QC, III, p. 1.991.
[109] QC, II, p. 774.

CAPÍTULO II.

EL BLOQUE HISTORICO.

1. LA SOCIEDAD POLÍTICA Y LA SOCIEDAD CIVIL

Para comprender la importancia del análisis teórico del Estado moderno efectuado por Gramsci es fundamental remitirse a su concepto de «*bloque histórico*». Como ha señalado Portelli [1], el bloque histórico, que no debe reducirse a una simple alianza entre clases sociales [2], expresa el vínculo orgánico que une la estructura económica con las superestructuras jurídico-política e ideológica que corresponden a una formación social concreta e históricamente determinada. La estructura y las superestructuras forman un bloque histórico, es decir, el conjunto complejo de las superestructuras es el reflejo de las relaciones sociales de producción [3]. De esta tesis no debe deducirse un corolario economicista ya que Gramsci es contrario a la pretensión de presentar toda fluctuación de la política y la ideología como expresión inmediata de la estructura. En realidad el reconocimiento de la propia estructura o base plantea importantes problemas desde el momento en que la política refleja algunas tendencias del desarrollo económico que no tienen por qué concretarse [4].

Dentro de cada bloque histórico particular cobra especial relieve el estudio de su superestructura, distinguida por Gramsci en dos esferas, la sociedad política (el Estado en sentido estricto) y la sociedad civil. Se trata, sin embargo, de una división puramente metodológica y no orgánica, según su expresión, puesto que, en la realidad de hecho, ambas se identifican [5]. Para Gramsci el concepto de sociedad ci-

---

[1] H. Portelli, *Gramsci et le bloc historique,* PUF, París, 72, p. 9.

[2] Para corroborar este punto de vista Vid. Ch. Buci-Glucksmann, *Gramsci et l'Etat;* Fayard, París, 75, p. 317. El análisis contrario más representativo es el de R. Garaudy, *Le grand tourant du socialisme,* en «L'homme et la societé», n.° 21, jul-ag. 71.

[3] QC, II, p. 1.051 y 1.321, III, p. 1.569.

[4] QC, II, pp. 871-72.

[5] QC, III, p. 1.590.

vil no es asimilable al de Hegel o, incluso, al de Marx que la identificaban con el conjunto de las relaciones económicas, sino que se refiere al sistema de aparatos denominados «privados» (Escuela, Iglesia, Prensa y otros) que desempeñan funciones de hegemonía [6]. La sociedad civil forma *la base* de la sociedad política con la que está indisolublemente ligada y sirve precisamente para articular y transmitir la ideología dominante:

> «entre la estructura económica y el Estado con su legislación y su coacción está la sociedad civil» [7].

Gramsci se opone, por tanto, a la rígida división tradicional, heredada del liberalismo, entre sociedad civil, por una parte, y Estado, por otra. La sociedad civil desempeña funciones políticas de primera magnitud y, en este sentido, forma parte de la estructura ampliada del Estado.

A partir de estos supuestos algunos estudiosos, especialmente Bobbio, han presentado a Gramsci como «el teórico de las superestructuras» [8] por el énfasis que puso en desarrollar algunos aspectos poco investigados en la tradición marxista del Estado y las ideologías en la sociedades capitalistas desarrolladas.

Hay algunas instituciones y aparatos que pueden plantear ciertos problemas formales en cuanto a su ubicación, sobre todo el Parlamento y los partidos políticos, aunque, dado su carácter de instancias mediadoras, desempeñan evidentemente funciones «públicas». En los regímenes liberal-democráticos se parte del supuesto teórico de que la Soberanía popular reside y se expresa en el Parlamento en cuanto emanación de la voluntad colectiva de los ciudadanos verificada mediante las consultas electorales periódicas. A la formación de esta voluntad concurren los partidos políticos en cuanto representantes del pueblo y su plasmación se traduce en el Parlamento. Prescindiendo de los elementos ideológicos de esta construcción es evidente que tanto el Parlamento como los partidos políticos son, para Gramsci, *órganos del Estado* puesto que tanto estos en la sociedad civil, como, con más razón, aquél son instituciones esenciales para la regulación y el funcionamiento de la sociedad política, de ahí la interdependencia de ambas esferas. Por otra parte, Gramsci se plantea el problema de si el parlamentarismo y el régimen representativo deben identificarse forzosamente entre sí y si es posible una solución política distinta del parlamentarismos clásico y del régimen burocrático a través de un nuevo modelo de representación [9].

Por tanto para Gramsci la sociedad civil no se refiere a la esfera de las relaciones económicas, sino al sistema de instituciones superes-

---

[6] QC, III, p. 1.518.
[7] QC, II, p. 1.254.
[8] N. Bobbio, *Gramsci e la concezione della societá civile.* En, Gramsci e la cultura contemporánea, *op. cit.,* vol, I, pp. 75-100.
[9] QC, III, p. 1.708.

tructurales que complementan el aparato político específico de dominación directa [10], pero ello no le lleva a desconsiderar y subvalorar la determinación «en última instancia» de la estructura económica. En efecto, Gramsci citó a menudo el conocido prefacio de Marx sobre la «Contribución a la crítica de la economía política» [11] puesto que siempre consideró que en las relaciones sociales de producción se halla el origen de la divisón clasista de la sociedad, aunque rechazó con energía toda interpretación determinista y economicista de este supuesto. La estructura, formada por el conjunto de las fuerzas sociales y por el modo de producción dominante, tiene un carácter más estable que las superestructuras, en cambio éstas son las que orientan la dirección del bloque histórico, sin olvidar el condicionamiento que supone la base económica. En realidad ambos momentos tienen un rol motor puesto que no se trata de que uno prime sobre el otro, sino de una articulación compleja de dos niveles relativamente autónomos. Esto significa que aunque la base económica sea factor dominante, el elemento subjetivo de la voluntad es decisivo. Las fases estructurales sólo pueden ser estudiadas cabalmente cuando han concluido su proceso de desarrollo, mientras que a nivel coyuntural no se puede encontrar una explicación inmediata en la estructura de toda lucha política e ideológica. Así se producen fenómenos que no están directamente determinados por la estructura: 1) movimientos coyunturales sin trascendencia histórica, 2) errores políticos de cálculo de los representantes de la clase dirigente, 3) actos internos del personal intelectual de la clase dirigente y 4) ideologías arbitrarias.

Esta contradicción dialéctica es la que caracteriza al bloque histórico, por ello hay que evitar los análisis de tipo mecanicista o voluntarista ya que, en un caso, la sociedad civil sería simplemente asimilada a la estructura como mero apéndice y, en otro, sería arbitraria al no tener ningún vínculo con la base [12].

La sociedad civil, a través de sus aparatos «privados» que desempeñan en realidad tareas públicas, proporciona la cohesión ideológica y en ella descansan las relaciones de producción y la división social del trabajo. La sociedad política queda por ello legitimada a través de la sociedad civil encargada específicamente de organizar y mantener el consenso general hacia un determinado sistema. En Occidente esta última es particularmente importante y compleja ya que es estable y resistente a las irrupciones catastróficas del elemento económico inmediato (las crisis de coyuntura). Las superestructuras de la sociedad civil forman una segunda línea de defensa, similar a las trincheras en la guerra moderna, que representa un sólido baluarte para el conjunto del bloque histórico dominante [13]. En definitiva, la socie-

---

[10] P. Anderson, *Las antinomias de Antonio Gramsci,* Fontamara, Barcelona, 78, pp. 60-61.

[11] QC, I, P. 455. III, p. 1.579.

[12] H. Portelli, *Gramsci et le bloc historique, op. cit.,* pp. 48-66. Vid. además QC, III, pp. 1.518-19.

[13] QC, III, p. 1.615.

dad civil supone la dirección intelectual y moral de todo sistema social representando por sí sola a la mayor parte de las superestructuras al ser la base y el contenido ético de todo Estado en tres niveles: 1) como ideología de la clase dirigente, 2) como concepción del mundo difundida entre todas las capas sociales para vincularlas a la clase dirigente y 3) como dirección ideológica de la sociedad a través de la organización de la cultura y de los medios de difusión.

2. La nueva definición del Estado ampliado: hegemonía y dominación en sus aparatos e instituciones

A partir de esta distinción metodológica introducida por Gramsci entre las dos sociedades resulta evidente su ampliación de la noción tradicional de Estado, al incorporar la organización de la hegemonía a sus aparatos precisamente por su oposición a toda concepción economicista de la política, [14]. La sociedad política, es decir, el Estado en sentido estricto, *prolonga* la sociedad civil mediante las funciones directas de dominación y coacción legal [15]. Sin embargo el Estado no es sólo la expresión del dominio directo puesto que combina la coacción con el consenso «espontáneo» de la población, asegurado por la disciplina «legal». No se puede reducir el Estado al mero momento de la violencia ya que éste debe concebirse como íntimamente vinculado a la sociedad civil. El concepto amplio de Estado debe englobar, para Gramsci, a las dos sociedades en una sola realidad política. Sin embargo en sus notas se emplea, a veces indistintamente, la noción de Estado en los dos sentidos: en el tradicional que ciñe el Estado al aparato específico de dominación y en el sentido integral que Gramsci teorizó, lo que, en ocasiones, puede resultar desconcertante. En este último caso la distinción metodológica entre sociedad política y sociedad civil se *transfiere* al interior del Estado ampliado que engloba el aparato represivo y el hegemónico [16].

Gramsci, en sus conocidas definiciones de Estado, establece que éste es la suma de la sociedad política y la sociedad civil, lo que supone la hegemonía acorazada de coacción; el Estado, en su sentido integral, es dictadura más hegemonía. Desarrollando esta fórmula, partiendo de una definición de Guicciardini, Gramsci relaciona así los siguientes elementos:

> «Guicciardini afirma que para la vida de un Estado dos cosas son absolutamente necesarias: las armas y la religión. La fórmula de Guicciardini puede ser traducida en otras diversas, menos drásticas, fuerza y consentimiento, coacción y persuasión, Estado e Iglesia, sociedad política y sociedad civil, política y moral (...),

---

[14] Ch. Buci-Glucksmann, *Gramsci et l'Etat, op. cit.*, p. 88.

[15] H. Portelli, *Gramsci et le bloc historique, op. cit.*, p. 29.

[16] V. Gerratana, *La nueva estrategia que se abre paso en los «Quaderni»*, en F. Fernández-Buey y otros, *Gramsci hoy*, Materiales, Barcelona, 77, p. 108.

derecho y libertad, orden y disciplina, o, con un juicio implícito de sabor libertario, violencia y engaño». [17].

El concepto habitual de Estado es unilateral y conduce a errores políticos: por Estado debe entenderse no solo el aparato gubernativo, sino también el aparato privado de hegemonía o sociedad civil [18]. Gramsci enriquece por tanto notablemente el concepto teórico de Estado que de «comité de gestión» de los asuntos burgueses (Marx) o de «excrecencia represiva» (Lenin), se integra en una articulación compleja con la sociedad civil. El Estado ya no se reduce fundamentalmente al momento de la fuerza, de la violencia organizada, sino que engloba, con carćter prioritario, el momento del consentimiento y su organización, por el hecho de que está integrado en la sociedad civil.

El Estado vela por el conjunto de los intereses de las clases dominantes ya que su unidad histórica se produce precisamente en su interior [19], incluso contra alguna de sus fracciones que coyunturalmente pueda poner en peligro la cohesión de todas ellas. A la vez el Estado asume alguno de los intereses de los grupos dominados para integrarlos en el sistema y mostrarse «representativo»:

> «Debería ser una máxima del gobierno intentar elevar el nivel de vida material del pueblo más allá de cierto límite. En esta dirección no hay que buscar ningún motivo «humanitario», ni una tendencia «democrática»: incluso el gobierno más oligarquico y reaccionario tendría que reconocer la validez «objetiva» de esta máxima, es decir, su valor esencialmente político (universal en la esfera de la política, en el arte de conservar y aumentar la potencia del Estado)» .

La legitimación del Estado se fundamenta en el derecho que es el instrumento técnico para mantener un determinado tipo de civilización. El derecho es el aspecto represivo y negativo de toda actividad positiva y civilizadora del Estado [21]. El derecho es a la vez coactivo e ideológico pues impone un cierto compromiso social y homogeiniza a los grupos dominantes, a la vez que adecúa las normas jurídicas generales al desarrollo de la producción [22]. El Estado burgués, al superar formalmente las dos sociedades y dividir lo público y lo privado, se sirve del derecho para complementar el funcionamiento del sistema económico. La ley se acaba convirtiendo en la expresión institucionalizada de la costumbre impuesta.

La profundización de la teoría del Estado en Gramsci es lo que motivó su interés por el pasado histórico nacional y por el desarrollo del Estado italiano contemporáneo [23]. El Estado burgués moderno (el Estado liberal de derecho) se basa en la separación de poderes, con-

---

[17] QC, II, pp. 762-63, 810-1.245.
[18] QC, II, p. 801.
[19] QC, III, p. 2.287.
[20] QC, II, p. 743.
[21] QC, III, p. 1.570.
[22] QC, II, p. 757 t 773.
[23] E. Ragionieri, *La concezione dello Stato in Gramsci,* Rinascita, nº. 22, may, 76.

trolado por las clases dominantes y el origen de ello no debe buscarse en la voluntad de aquéllas, sino en el proceso histórico y económico real, tal como ha señalado Cerroni[24]. Toda la ciencia política se basa en el hecho de que existen gobernantes y gobernados, dirigentes y dirigidos; a partir de ahí es fundamental para toda actividad política plantearse si se desea que esa división sea permanente o si se quieren crear las condiciones para que desaparezca[25]. De hecho la gestión administrativa estatal está encomendada a una categoría intelectual específica, la burocracia, con carácter de cuerpo cerrado y separado. En sentido moderno este grupo no desempeña funciones directamente económicas, pero es esencial para la organización y el funcionamiento del Estado. En algunos casos la burocracia se ha formado históricamente a través de la reabsorción política de la vieja aristocracia («junkers» prusianos en Alemania y lores en Gran Bretaña) y en otros mediante la integración de elementos procedentes de las clases populares (el caso del «trasformismo»). En Italia la burocracia ha adquirido históricamente vastas proporciones, debido sobre todo a razones políticas más que técnicas ya que este fenómeno ha sido una forma de neutralización de la pequeña burguesía. Ello ha originado escasa racionalización del aparato administrativo, parasitismo, corrupción y un considerable despilfarro del erario público, pero resulta inevitable para las clases dominantes dada la peculiar estructura del bloque histórico nacional[26].

Anderson ha señalado que Gramsci utiliza el concepto de Estado en una doble acepción, originando con ello alguna aporía: por una parte Estado y sociedad civil se identifican y, por otra, conservan cierta distinción[27]. En realidad Gramsci no diluye la especificidad del aparato del Estado, pero lo integra, en una perspectiva más amplia, dentro de la sociedad civil, de ahí la aparente contradicción. La combinación de fuerza y consenso es lo que caracteriza al Estado moderno en su significado integral. La importancia de la sociedad civil se deriva del hecho de que en Occidente prevalece el método del consenso ideológico para integrar a las masas en el Estado, antes que la represión física directa. El Estado es tan sólo la «trinchera avanzada» de un sistema único y la hegemonía, en las sociedades desarrolladas, se asegura fundamentalmente en la sociedad civil. A su vez se observa una creciente «estatalización» de la sociedad civil a medida que el Estado moderno asume cada vez mayores funciones y tiende a la máxima centralización, si bien el Estado «vigilante nocturno» propio de la teoría liberal, no ha existido nunca. El desarrollo estructural del

---

[24] U. Cerroni, *Gramsci e il superamento della separazione tra societá e Stato*. En: Studi gramsciani, *op. cit.*, p. 109. Vid. la crítica al punto de vista de Vychinski que reduce la estructura del Estado a la voluntad de la clase dominante en el ensayo de U. Cerroni, *«El pensamiento jurídico soviético»*, Cuadernos para el diálogo, Madrid, 77.

[25] QC, III, p. 1.752.

[26] QC, II, p. 1.004; III, pp. 1.532-38, 1.606 y 1.632.

[27] P. Anderson, *Las antinomias de Antonio Gramsci, op. cit.*, p. 27.

capitalismo dota al Estado de nuevas atribuciones económicas. Así, por ejemplo, mediante ciertas nacionalizaciones el Estado cubre las pérdidas de las empresas privadas, a la vez que interviene en los circuitos económicos globales para proteger a los grupos dominantes [28].

La propia sociedad política no se reduce a la mera maquinaria del Estado puesto que la unión dialéctica de los dos momentos (coacción-consentimiento) se produce a través de sus aparatos ideológicos y políticos. Esta unión puede constatarse en las consultas electorales puesto que los aparatos «privados» de la sociedad civil crean un determinado clima favorable para la sociedad política. Por ello el Estado capitalista tiene un papel ideológico y educador de primer orden (escuela pública, derecho) ya que la función hegemónica se reparte en las dos sociedades íntimamente vinculadas [29]. En este sentido todo Estado es «ético» en cuanto una de sus funciones más importantes es la de elevar culturalmente a una gran masa de la población a un determinado nivel que corresponda a las necesidades de desarrollo de las fuerzas productivas y, por tanto, a los intereses de las clases dominantes. Este conjunto de consideraciones son los que obligan a replantearse la estrategia de la revolución en Occidente, concebida por Gramsci como «guerra de posiciones». Precisamente, como ha señalado Mancina [30], la ampliación del concepto de Estado modifica la estrategia revolucionaria del movimiento obrero en Occidente puesto que no hay un poder político *exterior* a la sociedad civil, sino imbricado en la misma.

En situaciones normales las contradicciones sociales son absorbidas por la sociedad civil, preparada para educar y organizar el concenso de los gobernados. Las masas populares deben ver como «natural» la división social del trabajo y la separación política entre gobernantes y dirigidos. Con todo, la labor de asimilación social no puede ser total puesto que, en ocasiones, las tensiones son incontenibles, produciéndose un proceso de disgregación del bloque histórico dominante; en términos de Gramsci se trata de una «crisis orgánica» del sistema. Esta situación produce un distanciamiento entre la sociedad civil y la sociedad política, lo que significa que la base histórica del Estado se desplaza y evoluciona hacia una forma extrema de sociedad política abiertamente dictatorial [31]. En este caso se refuerza el rol represivo y de dominio directo del Estado y por ello las clases dominantes tan solo se apoyan en la sociedad política al perder el control de la sociedad civil por una crisis de hegemonía.

Poulantzas ha subrayado la notable originalidad de la aportación gramsciana sobre los problemas teóricos del Estado y la hegemonía

---

[28] QC, II, p. 996; III, p. 2.302.

[29] P. Anderson, *Las antinomias de Antonio Gramsci, op. cit.*, p. 55. Asimismo, J. M. Piotte, *El pensamiento político de Gramsci, op. cit.*, p. 222.

[30] C. Mancina, *A propósito di alcuni temi gramsciani,* Salemi, Roma, 77, p. 15.

[31] QC, II, p. 876.

al superar la clásica dicotomía Estado-instrumento de la clase dirigente (Lukács) o Estado «reflejo» de la estructura económica (II Internacional, Bujarin), a pesar de los reproches de desviación «historicista» que le ha dirigido[32].

En definitiva, es evidente que para Gramsci el Estado, en su sentido integral que va más allá del concepto de «aparato de Estado», está ligado a la estructura y a las superestructuras y se define por una relación de clase al expresar una condensación de fuerzas. Con todo, su carácter nunca es monolítico puesto que el bloque social dominante no solo es plural, sino que debe acoger algunas reivindicaciones populares para reafirmar su propia hegemonía en todo el tejido social. En Occidente la mayor solidez de la base económica amplía las fuerzas de la sociedad civil hasta el punto de que sus aparatos «privados» han podido permear y neutralizar con su influjo permanente a amplias masas de la población. De ahí la importancia de esta nueva definición teórica y, sobre todo, de las consecuencias estratégicas renovadoras que deben deducirse para evitar caer en graves errores y peligrosos mimetismos, tal como ocurrió en Europa en la inmediata postguerra mundial.

3. La «revolución pasiva»: americanismo y fascismo

Uno de los conceptos teóricos más interesantes de Gramsci es el de «revolución pasiva», especialmente útil para analizar el desarrollo de determinados bloques históricos. Recientemente ha sido subrayado por diversos autores el valor político de esta noción que Gramsci emplea no sólo para el estudio histórico del *Risorgimento*, sino también para la situación contemporánea[33].

Por «revolución pasiva» debe entenderse que el proceso de desarrollo histórico está protagonizado por las clases dominantes que consiguen neutralizar a las clases subordinadas mediante una política de oportunas concesiones reformistas[34]. Se trata de una situación en la que las fuerzas conservadoras hegemónicas consiguen disgregar a sus antagonistas, incorporando a su proyecto político parte de la antítesis, si bien controlada. Es decir se produce una:

> «fusión y asimilación recíproca tras un proceso molecular (...) (en el que) cesa la lucha orgánica fundamental y se supera la fase catastrófica»[35].

---

[32] N. Poulantzas, *Introducción al estudio de la hegemonía en el Estado.* En: Hegemonía y dominación en el Estado moderno; Pasado y presente, Córdoba, 69, p. 73. Además, del mismo autor, *Poder político y clases sociales en el Estado capitalista,* Siglo XXI, Madrid, 72, pp. 169-75.

[33] Ch. Buci-Glucksmann, *Sui problemi politici della transizione: classe operaia e rivoluzione passiva.* En: Politica e storia in Gramsci, vol I., p. 99 y sigs. En el mismo volumen: F. De Felice, *Rivoluzione passiva fascismo, americanismo in Gramsci,* p. 161 y sigs., ER, Roma, 77.

[34] QC, II, p. 1.325.

[35] QC, III, p. 1.621.

La «revolución pasiva» se concreta en el hecho de que es el Estado el que sustituye a los grupos sociales para dirigir una lucha de renovación, lo que representa un ejemplo de dominación sin dirección, de dictadura sin hegemonía [36]. En este sentido la «revolución pasiva» sería, «a sensu contrario», opuesta al modelo jacobino francés puesto que denota la ausencia de iniciativa popular. Los resultados de la «revolución pasiva» pueden ser incluso históricamente positivos, desde el punto de vista de la racionalización capitalista, pero suponen una modernización sin participación democrática de las masas [37].

El concepto de «revolución pasiva» puede ser relacionado con el de «guerra de posiciones» [38] ya que cabe concebir un período histórico en el que coincidan ambas realidades. Gramsci daría así un juicio «dinámico» de las «restauraciones», aunque se cuida mucho de caer en el moralismo o el economicismo. Gramsci siempre tenía presente la «Introducción» de Marx anteriormente citada, precisamente para evitar todo mecanicismo en la interpretación de esta noción [39]. En efecto, la idea de que el presente sea una época de «revoluciones pasivas» tiene el peligro del «derrotismo histórico», puesto que puede dar la impresión de un fatalismo inevitable [40]. En todo caso se trata de tener una concepción dialéctica de esa noción que no debe convertirse en un *programa* de actuación política, como en el caso de los moderados durante el *Risorgimento,* sino tan sólo en un criterio metodológico de interpretación. Es importante la observación de Gramsci de que el período histórico contemporáneo, posterior a la primera guera mundial, puede ser estudiado y analizado a partir del concepto de «revolución pasiva». Tras la conmoción de la guerra imperialista y la grave crisis posterior con el corolario de la derrota de la revolución proletaria en Occidente parecía cerrarse toda una época. En efecto, la burguesía había conseguido controlar la situación y neutralizar a las fuerzas revolucionarias, pese a la obstinada resistencia de éstas. Por ello el período denominado de la «estabilización relativa» del capitalismo parecía ser algo más que un mero paréntesis coyuntural. Como es sabido Gramsci no aceptó la idea del «Tercer período», considerándola irreal y aventurerista, de ahí su insistencia teórica en el tema de la «revolución pasiva» que obligaba a calibrar de otro modo la respuesta más conveniente de las fuerzas populares.

La gran crisis de la postguerra acabó produciendo dos vías para la recuperación capitalista, diferentes en cuanto a los métodos por las peculiaridades de cada forma social y por la desigual intensidad de la lucha de clases, pero semejantes en cuanto a los objetivos estructu-

---

[36] QC, III, p. 1.823.

[37] Ch. Buci-Glucksmann, *Gramsci et l'Etat, op. cit.*, p. 71.

[38] De Felice, *Rivoluzione passiva, fascismo, americanismo in Gramsci, op. cit.*, p. 170.

[39] QC, III, p. 1.774.

[40] Sobre las relaciones entre los conceptos de «revolución pasiva» y «guerra de posiciones», vid. QC, III, pp. 1.766-68. Sobre la «revolución pasiva» como medio de interpretación histórica, vid. QC, III, p. 1.827.

rales perseguidos. El fascismo, como solución directamente autoritaria, y el «new deal» rooseveltiano, formalmente respetuoso de las instituciones liberal-democráticas, perseguían, en última instancia, no solo disgregar a las fuerzas antagónicas, sino especialmente relanzar el capitalismo sobre nuevas bases [41]. Como ha señalado Vacca [42], fascismo y «americanismo», en expresión de Gramsci, no serían más que dos intentos de modernizar y racionalizar el capitalismo «por arriba», dada la consolidación de la nueva fase monopolista. Por ello Gramsci afirma que la época actual parece caracterizarse por el predominio de la «revolución pasiva», de la que subraya su carácter políticamente conservador. La «revolución pasiva» persigue:

> «reducir la dialéctica a puro proceso de evolución, reformista, de revolución, restauración, en el que sólo el segundo momento es válido» [43]. De ahí que: «las restauraciones, con el nombre con el que se presenten, *sobre todo las actuales* (subrayado por el autor), son universalmente represivas» [44].

Gramsci consagró abundantes notas al estudio del «americanismo» en las que demostró haber captado los elementos renovadores que había introducido el capital monopolista en los EUA con proyección de modelo económico universal. Al mismo tiempo reflexionó sobre el fascismo, incluyendo parcialmente el nazismo, para profundizar en el estudio del Estado capitalista y en la estrategia de la revolución socialista en Occidente.

A. Capitalismo monopolista, imperialismo y «taylorismo»

Gramsci estudió con profundidad y originalidad notables las tendencias orgánicas del capitalismo monopolista en el Estado moderno, especialmente tal como se manifestaban en los EUA en cuanto gran potencia industrial hegemónica en ascenso [45]. Sin embargo algunos autores han atribuido tradicionalmente a Gramsci no solo una subvaloración de los problemas económicos, sino incluso una sustancial incomprensión de la esencia del imperialismo contemporáneo [46]. En cambio Gramsci captó plenamente la importancia de los cambios estructurales que se estaban produciendo en el capitalismo, así como la función del colonialismo y no sólo por fidelidad «ortodoxa» al pensamiento de Lenin. Sus observaciones sobre el taylorismo y el fordismo como método supremo de modernización y racionalización del sistema capitalista, así lo demuestran.

---

[41] C. Mancina, *A propósito di alcuni temi gramsciani, op. cit.*, p. 12.
[42] G. Vaca, *La «questione politica degli intelletuali» e la teoría marxista dello Stato nel pensiero di Gramsci.* En: Politica e storia in Gramsci, *op. cit.*, vol. I, p. 445 y sigs.
[43] QC, II, p. 1.328.
[44] QC, III, p. 2.232.
[45] QC, I, pp. 166-72; III, p. 2.179.
[46] T. Perlini, *Gramsci e il gramscismo,* Celuc, Milán, 74, pp. 41, 90 y 149.

Pozzolini ha puesto de relieve el punto de vista de Gramsci sobre el mundo colonial, su función estructural para el imperialismo y sus problemas políticos principales[47]. Gramsci era bien consciente del falso mito de la colonización capitalista como medio para elevar el nivel cultural y científico-técnico de los países dependientes ya que, en la práctica, no es mas que un mecanismo de penetración económica y sujección política[48]. Por ello la resistencia de los pueblos coloniales periféricos contra las metrópolis centrales imperialistas es de vital importancia ya que reviste caracteres de *lucha de clases*. Para Gramsci la clase obrera de los países industriales y los pueblos coloniales están oprimidos por el mismo sistema imperialista, por ello es indispensable la unión solidaria de ambas fuerzas en su lucha contra aquél. El triunfo de la lucha de liberación nacional tendría consecuencias negativas para el imperialismo ya que se reducirían las fuentes de materias primas y energéticas, además de la mano de obra abundante y barata, desencadenando movimientos centrífugos en las propias metrópolis centrales dominantes. En última instancia sólo el proletariado revolucionario internacional puede resolver los desequilibrios mundiales, industrializando la agricultura y extendiendo la civilización industrial (en Gramsci la sugestión «eurocentrista» nunca llegó a desaparecer) según las necesidades autónomas de cada pueblo. En este sentido, los EUA, en cuanto principal potencia imperialista, se verían afectados interiormente por la revolución anticolonialista al agudizarse sus propias contradicciones, de ahí la prioridad fundamental de esta lucha.

Gramsci analizó el carácter del fordismo y del taylorismo[49] en cuanto máximas experiencias modernizadoras y renovadoras intentadas hasta el momento por el capitalismo ya que, en cierto sentido, prefiguraban la «línea general» que este sistema parecía preconizar a gran escala en lo inmediato[50]. Gramsci describe el fordismo como la política industrial seguida por los sectores más dinámicos y emprendedores de la burguesía norteamericana frente a los sectores especulativos para «llegar a la organización de una economía programática» y tratar de racionalizar la técnica de la producción. Paralelamente se plantea el problema de:

---

[47] Vid. su ensayo, *Che cosa ha veramente detto Gramsci,* Ubaldini, Roma, 68.

[48] QC, II, p. 986.

[49] Hay que reseñar el significado semántico que Gramsci otorga a estos términos para comprender mejor su alcance. Así, el «americanismo» equivale al principio ideológico defendido por el sistema político dominante en los EUA del «american way of life», por lo que Gramsci utiliza el vocablo en su sentido tradicional. El «fordismo» se refiere al modelo de industrialización acelerada con carácter monopolista, cuyo máximo exponente es precisamente el empresario, H. Ford. El «taylorismo» consiste en los métodos para acelerar el ritmo de la producción a partir de la intensificación de las condiciones del trabajo introducidos por el técnico F. W. Taylor.

[50] En especial vid. sus notas agrupadas bajo el epígrafe «Americanismo e fordismo»; QC, III, pp. 2.139-181 (año 1934).

«si el americanismo pueda constituir una *«época» histórica*, es decir, si pueda determinar un desarrollo gradual del tipo (...) de las *«revoluciones pasivas»* (subrayado por el autor)» [51].

El fordismo supuso la introducción de un nuevo mecanismo de acumulación y distribución del capital financiero en conjunción con el creciente intervencionismo económico del Estado que reforzaba a las empresas industriales privadas frente al capitalismo especulativo. Este nuevo sistema de racionalización económica supuso uno de los principales medios para paralizar la ley tendencial de la caída del beneficio, especialmente aguda tras el «crack» financiero de 1929. Gramsci, a la inversa de Varga, economista «oficial» de la IC, no se hizo ninguna ilusión sobre la «agonía» definitiva del capitalismo tras esta crisis ya que se trataba de un proceso complicado que tenía un origen en la guerra mundial y en el propio mecanismo funcional de ese modo de producción. La crisis exasperaba sin duda el elemento intervencionista, «estatal-nacionalista» según la expresión de Gramsci, en los circuitos económicos, pero de ahí no deberían deducirse juicios sumarios y simplistas [52].

Ford elabora máquinas cada vez más perfectas, obreros altamente especializados, ahorra materias primas y rebaja el coste global de la producción. Ford se beneficia de una posición del monopolio que le permite intensificar la explotación y reducir la competencia [53]. Sin embargo, el método Taylor que aplica en sus fábricas tiene algunos límites: por una parte, no puede arriesgarse a deteriorar los medios de producción, humanos y técnicos, por el afán de aumentar los ritmos, además no puede automatizar absolutamente toda la empresa y, por último, tampoco puede saturar el mercado industrial mundial [54].

El taylorismo ha permitido la creación de un nuevo tipo humano de trabajar disciplinado e integrado en el sistema. El control de los industriales sobre la vida privada del trabajador no se verifica por razones morales, sino para preservar su *eficacia* productiva. Esto explica la rígida pervivencia de la ideología puritana en la población norteamericana, especialmente en las cuestiones referidas a la prohibición del alcohol y a la represión sexual. Se trata de controlar la expansión y el ocio de los trabajadores para evitar que éstos desgasten sus energías, de ahí que el nuevo modelo de industrialismo exigiese la monogamia pues, de lo contrario, se resentiría el *ritmo* de la producción [55]. A su vez el taylorismo fomenta el desarrollo de una aristocracia obrera adicta al nuevo sistema mediante la política de los *altos salarios* [56]. Con este recurso se compensa y selecciona a los tra-

[51] QC, III, p. 2140.
[52] QC, III, pp. 1.755 y 2.175-76.
[53] QC, II, pp. 1.281-82.
[54] QC, II, pp. 1.312-13.
[55] QC, III, pp. 2.150, 2.160-62 y 2.166-67.
[56] QC, I, p. 572; II, p. 799.

bajadores mejor cualificados y más dóciles al nuevo método industrial:

«recordar la frase de Taylor sobre el 'gorila amaestrado'. Taylor expresa con cinismo brutal el fin de la sociedad americana: se trata de desarrollar al máximo nivel en el trabajador las actitudes mecánicas y automáticas» [57].

Gramsci creyó que la política de altos salarios era una forma *transitoria* de retribución, un medio coyuntural utilizado por la burguesía norteamericana para diluir los conflictos de clase y superar la crisis, por lo que no percibió el carácter estructural, permanente y a largo plazo que aquélla iba a adquirir.

El método taylorista puede imponerse en los EUA con cierta facilidad, no obstante que requiera importantes dosis de coacción, dada la estructura demográfica peculiar de ese país y el bajo nivel de conciencia política del movimiento obrero. Gramsci subraya el hecho de que el «americanismo» requiere un ambiente dado, una cierta estructura social y un determinado tipo de Estado que debe ser precisamente liberal, en el genuino significado del término, esto es, en el de fomentar la libre iniciativa privada y el individualismo económico competitivo, lo que permite un mayor protagonismo de la sociedad civil en el camino hacia un régimen de concentración industrial y de monopolio [58]. Los EUA tienen una composición demográfica «racional» en el sentido de que no existen clases sociales numerosas sin función esencial en el mundo productivo, es decir, clases parasitarias. Ello se debe a que en este país no existe la tradición feudal europea desde el momento en que se importó un determinado estadio de su civilización que evolucionó sin trabas en los EUA. Por estas razones la industria y el comercio se han desarrollado sobre bases mucho más dinámicas [59].

Por su parte el movimiento obrero norteamericano ha sido incapaz de superar la fase económico-corporativa de tipo sindicalista, hecho que se explica, en parte, por el problema de la desgregación general de las masas populares a nivel nacional dada la diversa procedencia geográfica de las mismas debida a la emigración y a la existencia de minorías étnicas discriminadas. Además de la disolución, incluso violenta, del sindicalismo conflictivo, los industriales norteamericanos han neutralizado al movimiento obrero mediante la política de altos salarios, los beneficios sociales y una propaganda ideológica muy hábil [60]. En realidad la clase obrera norteamericana aceptó el taylorismo para no volver a la situación de desocupación masiva originada en el 29 y renunció a desarrollar un papel hegemónico y renovador.

Todas estas reflexiones sobre el modelo norteamericano condu-

---

[57] QC, III, p. 2.165.
[58] QC, III, p. 2.157.
[59] QC, III, p. 2.141.
[60] QC, III, pp. 2.145-46.

cen a Gramsci a plantearse el problema de los intelectuales puesto que éste explica la ausencia de iniciativa revolucionaria permanente en ese país. En la formación de la nación americana se partió de una cierta fase de la evolución histórica europea, lo que conllevó la ausencia de intelectuales tradicionales, pero la fusión en una sola cultura nacional de las diversas culturas procedentes de los emigrantes resultó muy compleja y problemática, dada la hegemonía, impuesta autoritariamente en este terreno, de la población protestante de raza blanca de origen anglo-sajón. Por ello los EUA carecen de tradición cultural intelectual específica desde el momento en que su población no se ha desarrollado orgánicamente sobre una base nacional sino sobre una continua yuxtaposición de núcleos de emigrantes [61]. Ha faltado un grupo de grandes intelectuales que dirijan al pueblo en la sociedad civil y por ello la hegemonía se ha desarrollado directamente en la fábrica. El tipo de intermediario intelectual requerido es diferente al europeo, de ahí la potenciación de un nuevo tipo de intelectuales vinculados directamente a las necesidades técnicas de la producción [62]. Así no es casual que las ideologías que han tenido mas difusión en los EUA sean precisamente las que reflejan el carácter industrial de ese país, sobre todo el utilitarismo y el pragmatismo [63].

En conclusión, Gramsci reconoció algunos elementos positivos en el «americanismo», aunque habría que cambiar radicalmente su contenido de clase, a la vez que captó el significado estructural del mismo dentro del sistema capitalista [64]. El propio Trotsky se interesó por ese fenómeno dada su concepción del desarrollo industrial basado en la militarización y la disciplina laboral más rigurosa. Para Gramsci los objetivos de Trotsky eran justos como tales, pero sus métodos profundamente erróneos ya que el sistema militar se había convertido para él en un prejuicio indiscutible [65]. Dentro de la tradición «productivista» del movimiento obrero occidental (socialismo = expansión inaudita de las fuerzas productivas), las opiniones de Gramsci, a pesar de su «ortodoxia», tienen interés al poner el acento en la cuestión, en absoluto secundaria, de los «métodos» de trabajo. Su rechazo de la alienación en todas sus formas y su valoración implícita de formas democráticas para impulsar el desarrollo económico así lo confirman. En todo caso su mayor originalidad teórica es, no solo haber indicado el proceso monopolista en curso dentro del mundo capitalista, sino haber considerado el «americanismo» como una fase histórica «intermedia», expresión de una «revolución pasiva» [66].

---

[61] QC, III, pp. 1.525-27 y 1.785-86.

[62] Cfr. A. Buzzi, *La teoría política de Antonio Gramsci, op. cit.*, pp. 189-90.

[63] QC, I, pp. 541-593; III, p. 1.925.

[64] Ch. Buci-Glucksmann, *Gramsci et l'Etat, op. cit.*, p. 96.

[65] QC, III, p. 2.164.

[66] : Ch. Buci-Glucksmann, *Sui problemi politici della transizione: classe operaia e rivoluzione passiva, op. cit.*, p. 104. F. De Felice, *Rivoluzione passiva, fascismo, americanismo in Gramsci, op. cit.*, p. 161.

B. La función orgánica del fascismo: cesarismo y corporativismo

En los QC Gramsci elaboró algunas notas sobre el régimen fascista en cuanto manifestación extrema de predominio de la sociedad política, de la dictadura abierta sin hegemonía. Por ello analizó el proceso que condujo a la progresiva fascistización de los aparatos del Estado y el carácter definitivo del régimen totalitario [67].

El fascismo pudo tomar el poder sirviéndose de las organizaciones de «escuadristas» que eran una milicia armada privada con dos funciones: por una parte contribuían a desarticular con sus expediciones punitivas a las organizaciones obreras y, por otra, otorgaban al Estado un papel «neutral» en cuanto depositario de la legalidad. En estas condiciones el proletariado, por sus condicionamientos sociolaborales, no estaba en situación de poder organizar un sistema paralelo de secciones de asalto permanentes y especializadas [68]. La complicidad entre el Estado y los fascistas resultó evidente en la marcha sobre Roma que tan solo se limitó, en una primera fase, a cambiar parcialmente el personal dirigente del aparato gubernativo y administrativo [69].

Buci-Glucksmann ha señalado que el fascismo representa para Grasmci la concreción de una nueva «revolución pasiva» desde el momento en que,instalado en el poder, no hizo mas que continuar el programa conservador de las clases dominantes italianas establecido desde el *Risorgimento*, cambiando los métodos políticos y unificando de otra forma a las fuerzas reaccionarias. El fascismo sustituye el sistema tradicional de compromisos representado por el «transformismo» en aras de la *unidad orgánica* en un solo partido y en un solo régimen monolítico y autoritario de todas las clases dominantes [70]. En este sentido el fascismo ha roto el anterior equilibrio inestable, propio del sistema liberal, que desembocó en una grave crisis de hegemonía para las clases dominantes, de ahí la solución «totalitaria». La crisis de la postguerra produjo una ruptura entre las masas populares y la ideología dominante, por ello la vía adoptada por el poder fue puramente coercitiva, a pesar de que, con ello, tampoco se podría impedir el desarrollo contínuo de nuevas ideologías que se manifestarían subterráneamente [71].

Mangoni ha destacado, al respecto, la importancia de las raíces históricas del Estado liberal italiano en cuanto que explican, en gran par-

---

67 Vid. al respecto el estudio de L. Mangoni, *Cesarismo, bonapartismo, fascismo,* Studi storici, n.º 3, XVII, 76. También *Intervento al Comitato Centrale»,* CPC, p. 476.

68 QC, I, p. 121.

69 QC, II, p. 809. Vid. asimismo *«Il papolo delle scimmie»,* SF, pp. 11-12 y *«La crisi della piccola borghesia»,* CPC, p. 25.

70 Ch. Buci-Glucksmann, *Gramsci et l'Etat, op. cit.,* p. 131.

71 QC, I, p. 311; III, p. 2.287.

te, el origen y desarrollo del régimen fascista [72]. Así se justifica una vez mas el interés de Gramsci por el pasado nacional en cuanto elemento fundamental para analizar el Estado italiano contemporaneo y para dilucidar la estrategia política más idónea.

El fascismo, al carecer de hegemonía, establece nuevas relaciones entre el Estado, en sentido estricto, y la sociedad civil [73]. La nueva mediación política se verifica a partir del *partido único* de gobierno, único en sentido legal puesto que, de hecho, existen siempre otros partidos en la clandestinidad e, incluso, dentro del propio régimen. La desaparición legal de los partidos políticos y del Parlamento plantea al fascismo nuevos y serios problemas cuya solución es burocrática y autoritaria ya que se limita a enmascarar un régimen de partidos reales, de ahí que la pretendida unidad nacional orgánica establecida por el «Estado totalitario» no sea más que una operación ideológica mixtificadora. Es más, el sistema que se instaura resulta mucho más negativo y equívoco que el régimen parlamentario tradicional ya que los partidos son sustituidos por *camarillas personales* enfrentadas entre sí al disputarse las influencias sobre las máximas jerarquías e instancias del poder [74].

El partido único tiende a que sus miembros encuentren en él todas las satisfacciones, destruyendo e incorporando a todas las demás organizaciones y asociaciones anteriores. Desde el momento en que su función es impedir por todos los medios que las fuerzas revolucionarias, portadoras de una nueva cultura, puedan imponer su política, queda patente su carácter reaccionario [75]. En los regímenes totalitarios la función clásica de la institución monárquica es asumida por el partido único. En el régimen liberal la función arbitral y mediadora irresponsable del monarca servía para preservar el principio teórico general de la unidad del Estado. Con el partido totalitario en el poder esta fórmula pierde significado ya que es el propio partido quien la desarolla al exaltar el concepto abstracto y absolutizado de Estado [76]. A partir de ahí se elabora la teoría del Estado corporativo (Panunzio) que pretende alcanzar la armonía social y la conciliación de clases, a pesar de que su estructura es, por definición, oligárquica y elitista, a la vez que le es imposible romper sus vínculos con el capital financiero [77]. El fracaso de esta doctrina se puede comprobar en las dificultades del sindicalismo corporativo para encuadrar e imponer la disciplina laboral a todos los trabajadores. Las rivalidades entre los sindicalistas tradicionales y los corporativistas dentro del régimen son una manifestación evidente de este conflicto. Es más, el sindica-

---

[72] L. Mangoni, *Il problema del fascismo nei «Quaderni del carcere»*. En: Politica e storia in Gramsci, *op. cit.*, vol. I, p. 409.
[73] Ch. Buci-Glucksmann, *Gramsci et l'Etat, op. cit.*, pp. 351-54.
[74] QC, III, pp. 1.809 y 2.058.
[75] QC, II, p. 800.
[76] QC, III, pp. 1.601-2.
[77] QC, III, pp. 2.177.

lismo de viejo tipo, muy arraigado en los medios laborales, no pudo ser superado eficazmente en la práctica por el sistema coporativo [78].

El propio régimen de partido único y totalitario de gobierno hace cambiar su función, en detrimento de su propia estructura. En efecto, el partido único deja de tener exclusivamente atribuciones directamente políticas para asumir tareas técnicas, de propaganda, de policía y de influjo ideológico y cultural [79]. El partido único se convierte progresivamente en un instrumento subalterno del Estado y del jefe supremo. Por ello es importante analizar el estudio que Gramsci realiza sobre el denominado «cesarismo», es decir, sobre la función del «jefe carismático» en los regímenes fascistas. Como ha señalado Mangoni [80] Gramsci tuvo en cuenta los análisis de Weber y Michels sobre este tema, pero sus propuestas teóricas van más allá de las de estos autores. Gramsci se basó fundamentalmente en las aportaciones de Marx sobre el fenómeno del bonapartismo [81] para elaborar su tesis sobre el cesarismo. Este se produce:

> «en una situación en la que las fuerzas en lucha se equilibran de modo catastrófico» [82].

por lo que las clases en pugna llegan a una solución política de compromiso arbitrada por un «jefe carismático» que resulta así plebiscitado por encima de los partidos, tal como ha indicado Buzzi [83]. Son posibles dos tipos de cesarismo, bien de carácter progresista o bien reaccionario, depende del tipo de Estado que se vaya a construir. En este sentido:

> «César y Napoleón I, son ejemplos de cesarismo progresivo. Napoleón III y Bismarck de cesarismo regresivo. Se trata de ver si en la dialéctica «revolución-restauración» prevalece el elemento de la revolución o el de la restauración» [84].

En la actualidad el cesarismo es forzosamente un factor regresivo ya que, al no poder absorber por completo a su antagonista (las fuerzas revolucionarias), tiene una naturaleza policial [85]. El cesarismo es un factor excepcional en la dinámica política y traduce la exacerbación de la lucha de clases en una situación en la que las clases dominantes no pueden seguir preservando sus posiciones sin renunciar a la hegemonía, a la vez que las clases dominadas pueden estar potencialmente en condiciones de descomponer el bloque histórico existente.

---

[78] QC, III, pp. 1.794-98.
[79] QC, III, p. 1.939.
[80] L. Mangoni, *Il problema del fascismo nei QC, op. cit., p. 402.*
[81] Ch. Buci-Glucksmann, *Gramsci et l'Etat, op. cit.*, p. 357.
[82] QC, III, p. 1.619.
[83] A. R. Buzzi, *La teoría política de Antonio Gramsci, op. cit.*, p. 168.
[84] QC, III, p. 1.619.
[85] QC, I, p. 232; III, p. 1.622.

Asimismo Gramsci señaló que el fascismo intenta representar una forma particular italiana de «americanización». En este sentido el corporativismo integral debería permitir al capitalismo nacional reorganizar las fuerzas productivas para darles un desarrollo superior [86]. Sin embargo las dificultades para ello son muy considerables dado el hecho de que la estructura social nacional *no es idónea* para aplicar un modelo industrial semejante. Una modernización «americana» en Italia exigiría una reforma agraria y una reforma industrial, lo que es imposible dadas las alianzas de clase del fascismo, pues, en efecto, este régimen depende (a la vez que es su expresión política) del bloque industrial-agrario conservador que ha dominado la escena política italiana desde la unificación [87].

Por último Gramsci hizo algunas consideraciones parciales sobre el nazismo, a pesar de que, obviamente, no pudiera profundizar en el tema. El nazismo ha mostrado que en Alemania existía, bajo la aparente dirección de un grupo intelectual cualificado, un «lorianismo» mostruoso que se ha difundido como concepción del mundo y como método científico, por ello Gramsci constata que:

> «sólo hoy (1935), tras las manifestaciones de brutalidad y de ignominia inaudita de la ''cultura'' alemana dominada por el hitlerismo, algún intelectual se ha dado cuenta de lo frágil que es la civilización moderna» [88].

En definitiva, las aportaciones de Gramsci al estudio teórico de los regímenes fascistas es de suma importancia, formando parte de su proyecto global de transición. Sólo es posible vencer al Estado capitalista de excepción representado por el fascismo conociendo su naturaleza y su base. Su desarticulación exige rigor científico y coherencia política, evitando el sectarismo y la superficialidad parcial propias de la actitud de la IC en esa situación.

---

[86] Ch. Buci-Glucksmann, *Gramsci et l'Etat, op. cit.*, pp. 97 y 363.
[87] Ch. Buci-Glucksmann, Id., *op. cit.*, p. 367. Asimismo L. Mangoni, *Il problema del fascismo nei QC, op. cit.*, p. 428. Vid. QC, III, p. 2.154.
[88] QC, III, p. 2.236.

CAPÍTULO III

LA HEGEMONIA

1. LOS AGENTES DE LAS IDEOLOGIAS: EL ROL DE LOS INTELECTUALES. INTELECTUALES TRADICIONALES E INTELECTUALES ORGÁNICOS

Algunos autores han señalado que el tema de los intelectuales sería el hilo conductor que permite comprender en toda su dimensión la estrategia que surge en los QC [1]. Ciertamente Gramsci concedió una atención preferente a este problema, pero es relativo que de ahí deba deducirse la centralidad absoluta de los intelectuales para concretar la nueva vía revolucionaria que propone para Occidente.

Gramsci considera que los intelectuales son la categoría social específica cuya función es mantener un determinado sistema cimentando ideológicamente las relaciones entre la estructura y las superestructuras. La definición de «intelectual» debe basarse en el conjunto de las relaciones sociales puesto que, en principio:

> «todos los hombres son intelectuales (...) pero no todos tienen su *función* (subrayado por el autor) en la sociedad» [2].

Lo que distingue a los intelectuales, como grupo profesional y corporativo, es el hecho de que desempeñan ciertas actividades ideológicas en un bloque histórico determinado, consustanciales con las relaciones de producción y la división social del trabajo imperantes [3]. El carácter de esta categoría cristalizada conlleva una cierta autonomía,

---

[1] Especialmente Piotte ha elaborado su obra privilegiando el concepto gramsciano de los intelectuales. J. M. Piotte —El pensamiento político de Gramsci, op. cit., p. 12. En este sentido vid. asimismo G. Vacca, *La «quistione politica degli intellettuali» e la teoría marxista dello Stato nel pensiero di Gramsci.* En: *Politica e Storia in Gramsci,* ob. cit., Vol. I, p. 439.

[2] QC, III, p. 1.516. Vid. asimismo id., II, p. 1.375.

[3] QC, III, p. 1.516. Vid. asimismo id., II, p. 1.357.

por lo que los intelectuales se conciben, de forma idealista, como independientes de la lucha de clases [4]. Sin embargo, no son más que los «funcionarios de las superestructuras», la «aristocracia» subalterna del Estado y del bloque dominante encargada de cohesionar ideológicamente a todo el conjunto social [5]. Un bloque histórico no acaba de estar plenamente integrado hasta que no edifica un sistema hegemónico bajo la dirección de una clase fundamental que confía la gestión de la ideología a los intelectuales. Por ello en el estudio de este problema específico hay que evitar dos errores comunes: considerar a los intelectuales como un grupo social independiente y creer que todas las demás actividades humanas no son intelectuales [6].

La importancia de la cuestión de los intelectuales como uno de los centros de reflexión teórica de Gramsci se deduce de sus análisis sobre las instituciones culturales (los aparatos «privados» de la sociedad civil), los *tipos* de intelectuales (tradicionales y orgánicos) y, como ha señalado Garin [7], la función ideológica del Príncipe moderno para configurar un nuevo bloque histórico nacional-popular. Gramsci *extiende* el concepto tradicional de intelectual puesto que en este grupo deben distinguirse varios grados, desde los creadores de la ciencia y filosofía, hasta los administradores y los divulgadores. En el Estado moderno las categorías intelectuales, en sentido amplio, son muy vastas, lo que obedece tanto a razones técnicas (mayor complejidad del sistema burocrático), como a motivos puramente políticos de los grupos dominantes [8].

A cada modo de producción le corresponde una clase fundamental hegemónica y, por tanto, un tipo de intelectual propio. Ahora bien, desde el momento en que ninguna formación social históricamente dada existe en estado puro, esto significa que las categorías intelectuales no están unificadas. Para Gramsci cada grupo social, en cuanto clase, se crea su propia categoría de intelectuales para dotarse de homogeneidad interna, de lo que resulta una coexistencia, a veces conflictiva, de tipos intelectuales [9]. De ahí procede la conocida distinción entre intelectuales tradicionales e intelectuales orgánicos, que se refiere a la clase social a la que están vinculados. Los intelectuales que refuerzan la hegemonía de la clase históricamente ascendente son los órganicos, mientras que los que se oponen a las fuerzas progresivas son los tradicionales. Cada grupo social renovador lucha por conquistar ideológicamente a los intelectuales tradicionales para ampliar su propia hegemonía y esta labor de asimilación e integración será más

---

[4] QC, II, p. 1.407; III, p. 1.515.
[5] QC, II, p. 1.054; III, p. 1.519.
[6] A. R. Buzzi, *La teoría política di Antonio Gramsci*, op. cit., p. 38.
[7] E. Garin, *Politica e cultura in Gramsci (il problema degli intellettuali)*. En: *Gramsci e la cultura contemporanea*, op. cit., vol. I, p. 73.
[8] QC, III, pp. 1.519-20.
[9] QC, II, p. 1.407; III, p. 1.513.

rápida a medida que sepa elaborar sus propios intelectuales orgánicos [10].

Los intelectuales tradicionales, cuya categoría más importante es la eclesiástica [11], representan la continuidad con el pasado y son preexistentes a las situaciones de cambios sociales rápidos. En la actualidad, como ha señalado Piotte [12], los intelectuales que se oponen a la revolución socialista son ya tradicionales con relación a la nueva clase progresiva en ascenso, es decir, el proletariado, a pesar de que puedan resultar orgánicos con relación al capitalismo. Durante la revolución francesa la burguesía, en cuanto clase hegemónica, poseía sus propios intelectuales que desagregaron la tradición cultural anterior, incorporándola al nuevo sistema liberal de valores. En Italia la *ausencia* de intelectuales orgánicos obedece a las razones históricas ya examinadas: la falta de Reforma, el cosmopolitismo, el *Risorgimento* como «revolución pasiva» han dado lugar al carácter *no* nacional-popular de la cultura, lo que expresa la separación entre los intelectuales y el pueblo [13]. A ello ha contribuido el Vaticano con su abierta política tradicional antinacional, el «transformismo» que ha impedido el desarrollo de modernos partidos de masas bien enraizados en la sociedad civil y las debilidades históricas del PSI [14]. Por una parte el socialismo histórico formó grupos de intelectuales que acabaron pasándose a las clases dominantes y, por otra, sus concepciones ideológicas y culturales estaban impregnadas de positivismo e idealismo. La importancia del «lorianismo», en cuanto manifestación extrema de decadencia intelectual y de provincianismo cultural nacional, es una buena prueba de ello [15].

El peso de los intelectuales tradicionales en Italia es notable no sólo por las razones apuntadas, sino también por la estructura social del país. La extracción social de los intelectuales es mayoritariamente pequeño-burguesa, con funciones distintas según la procedencia territorial. Así, en el sur, la pequeña burguesía rural proporciona los funcionarios del Estado, el clero y los profesionales liberales, mientras que, en el norte, la burguesía urbana elabora los técnicos y científicos industriales [16]. Al respecto es importante destacar el hecho de que sólo en el norte, industrial y urbano, la burguesía italiana ha creado parcialmente su propia capa específica de intelectuales orgánicos, directamente vinculada al mundo de la producción. El capitalismo ha creado el cuadro técnico, el científico de la economía que contribuye así a la expansión de la burguesía, si bien en Italia esta capa es minoritaria.

---

[10] QC, III, p. 1.518.
[11] QC, II, p. 846.
[12] J. M. Piotte, *El pensamiento político de Gramsci,* op. cit., p. 58.
[13] A. R. Buzzi, *La teoría di Antonio Gramsci,* op. cit., p. 41.
[14] QC, I, pp. 104 y 396.
[15] Vid. el cuaderno dedicado a este tema que lleva como título la expresión «lorianismo», en: QC, III, pp. 2.321-37. En particular vid. id., p. 2.325.
[16] QC, III, p. 1.518.

Un problema específico lo plantean los intelectuales del sur, de los que Gramsci diferencia dos grandes categorías: los grandes intelectuales, como Croce y Fortunato:

> «que se han convertido en los reaccionarios más prominentes de la península» [17],

por su función de neutralización e integración de los intelectuales pequeño-burgueses, y un vasto estrato intermedio vinculado al mundo campesino que contribuye a consolidar la estructura del bloque agrario [18]. Por ello Gramsci otorgó una notable importancia a intelectuales demócratas-radicales, como Dorso, Gobetti y Lussu, procedentes de la pequeña burguesía rural, en cuanto posibles intermediarios ideológicos entre el proletariado revolucionario y el campesinado [19].

Tarea de las clases subordinadas es desgajar a los intelectuales del bloque dominante y crear su propia categoría de intelectuales a través del partido revolucionario, el Príncipe moderno, en cuanto educador y forjador de una voluntad colectiva. Un intelectual aunque critique a su clase permanece en ella si no pone en cuestión su poder político, económico y cultural. La crítica de costumbres es sólo un primer síntoma de ruptura, pero, por sí sola, queda absorbida en el sistema. De ahí que, por ejemplo, el obrero revolucionario no es miembro del partido en cuanto tal, sino como intelectual. No es militante para defender sus reivindicaciones salariales (aunque esa pueda ser su motivación inmediata), sino por asumir el conjunto de intereses históricos que su clase representa. Inicialmente los intelectuales orgánicos del partido revolucionario pueden ser una minoría, pero, en rigor, *todos* los miembros del mismo deben ser intelectuales [20]. Todo ello requiere una política específica hacia los intelectuales, para romper su punto de vista corporativo y clasista, a la vez que la clase obrera debe segregar sus propios intelectuales orgánicos de nuevo tipo para conseguir el hombre colectivo, tal como, en su día, había intentado el ON. Se trata de combinar la técnica y la ciencia con una:

> «concepción humanista de la historia, sin la que se es 'especialista', pero no se es 'dirigente' ('especialista + político')» [21].

Hay que crear un nexo dialéctico entre los intelectuales y las masas, entre teoría y práctica, entre trabajo intelectual y trabajo manual,

---

[17] *Vid. Alcuni temi della quistione meridionale.* En: CPC, p. 150.

[18] H. Portelli, *Gramsci et le bloc historique,* op. cit., p. 122.

[19] Vid. al respecto la excelente monografía de P. Spriano, *Gramsci e Gobetti. Introduzione alla vita e alle opere;* Einaudi, Turín, 77.

[20] A. R. Buzzi, *La teoría política di Antonio Gramsci,*, op. cit., p. 181.

[21] QC, III, p. 1.551. Vid. sobre este tema el ensayo de F. Ormea, *Gramsci e il futuro dell'uomo;* Coines, Roma, 75.

es decir, para Gramsci «homo sapiens» y «homo faber» son indisociables.

Por último, hay que hacer alguna consideración sobre las ideologías en cuanto «fuerza material» que opera en un bloque histórico. Gramsci tuvo muy en cuenta las observaciones de Marx sobre la solidez de las creencias populares ya que tenían la misma energía social que una fuerza material [22]. En todo bloque histórico hay que distinguir entre las ideologías orgánicas, es decir, necesarias a su estructura, y las arbitrarias o individuales que no le son consustanciales. Partiendo de la tesis de Marx de que las ideas dominantes en una formación social determinada son las ideas de la clase dominante, Gramsci añade que las ideas no nacen de otras ideas, sino que son expresión del desarrollo histórico real [23]. Al mismo tiempo deben examinarse las diversas graduaciones de la ideología que abarca desde la filosofía hasta el folklore, pasando por la religión y el sentido común [24]. La filosofía sería la ideología más elaborada destinada a integrar a los grandes intelectuales, mientras que el folklore sería la manifestación popular elemental de la cultura dominante [25]. La religión es más compleja que el folklore y el sentido común y para su estudio es necesario conocer a su personal intelectual específico, el clero, y a sus órganos de difusión (aparato eclesiástico, escuela confesional, prensa religiosa). En el plano ideológico no deben buscarse leyes como en las ciencias económicas puesto que no se producen en este terreno efectos inmediatos, de ahí la necesidad de extremar el rigor dialéctico analítico.

En conclusión, para Gramsci las ideologías no son un simple «artificio» o «apariencia» resultante como mero reflejo de la estructura, por ello hay que evitar todo estudio mecanicista y positivista de las mismas [26]. Sólo valorando su importancia se pueden comprender las observaciones de Engels sobre el «tercer frente» de la lucha revolucionaria, consideración que Gramsci desarrolló considerablemente mediante el análisis de los aparatos «privados» de la sociedad civil encargados de vehicular las ideologías.

2. Los medios materiales para la organización y difusión del consentimiento: la función de la Escuela, la Iglesia, la Prensa y otros aparatos «privados» de la sociedad civil

La organización material de las ideologías se verifica a través de una serie de instituciones, formalmente privadas, que actúan en la so-

[22] QC, II, p. 869.
[23] QC, II, pp. 1.133-34.
[24] J. M. Piotte, *El pensamiento político de Gramsci,* op. cit., p. 180.
[25] QC, II, p. 1.105.
[26] L. Paggi, *Gramsci e il moderno principe,* op. cit., pp. 18-23.

ciedad civil para reforzar la hegemonía de los grupos dominantes. Los casos estudiados por Gramsci son fundamentalmente los del aparato escolar, la Iglesia católica, la prensa y los medios de comunicación social en general y otros instrumentos de organización cultural [27]. La escuela y la Iglesia son las dos mayores organizaciones culturales en cada país por el número de personas que ocupan permanentemente. La prensa y las editoriales no hacen más que completar la labor de esos grandes aparatos ideológicos [28]. En Italia la institución universitaria, al contrario de lo que ocurre en ciertos países, no ejerce ninguna función cultural unificadora relevante, de ahí que Gramsci no le dedique especial atención [29].

La *escuela* tradicional está basada en la separación entre la vida real y la vida académica puesto que la enseñanza se basa en un conjunto de abstracciones dogmáticas y retóricas. En este sentido, en Italia, la presencia de los intelectuales tradicionales en el aparato escolar es muy considerable, si bien el tipo de escuela humanista ha entrado parcialmente en crisis bajo el régimen fascista. La reforma pedagógica de Gentile así lo demuestra, aunque su pretendido intento modernizador «tecnocrático» apenas encubre, de hecho, su carácter clasista y elitista [30]. El propósito de Gentile es el de consolidar la división y la especialización profesional según la procedencia social. Así la escuela humanista tradicional estará reservada para las clases dominantes y los grandes intelectuales, mientras que las escuelas profesionales se destinarán a las clases instrumentales [31]. El control que la Iglesia ejerce en este campo se pone de manifiesto con las modificaciones que ha introducido el Concordato de 1929 en las escuelas por las que la enseñanza de la religión no sólo se convierte en obligatoria, sino que se extiende a todos los grados de la enseñanza y no sólo a los inferiores como ocurría anteriormente.

Para Gramsci la alternativa a la escuela tradicional sólo puede ser la *escuela unitaria pública* que imparta una cultura general, humanista y técnica, vinculada con la vida real [32]. La nueva escuela deberá reunir tres tipos de instituciones: la escuela única, la universidad y la academia. La primera imparte la formación cultural de base que prepara para la especialización universitaria y para las actividades profesionales y la academia une a los universitarios con los profesionales. Esta última permite al trabajador manual el acceso a la cultura y al universitario el contacto con los trabajadores [33]. Gramsci acentuará

---

[27] Ch. Buci, Glucksmann, *Gramsci et l'Etat,* op. cit., p. 34.

[28] Sobre el carácter y la naturaleza de todas estas instituciones privadas como órganos del Estado. Vid. la contribución teórica de L. Althusser, *Ideología y aparatos ideológicos del Estado;* Nueva Visión, Buenos Aires, 74.

[29] QC, I, p. 12; II, p. 1.394.

[30] QC, III, pp. 1.540-42.

[31] QC, III, pp. 1.530-31.

[32] QC, III, pp. 1.531-35.

[33] Para todas estas reflexiones vid. el estudio de Gramsci, *Osservazioni sulla scuola: per la ricerca del principio educativo;* QC, III, pp. 1.540-50.

la importancia del educador en cuanto dirigente que deberá buscar el equilibrio dialéctico entre la indispensable imposición cultural y la potenciación de la autonomía individual, conciliando la disciplina consciente con la libertad. Por otra parte la escuela única ha de romper las barreras de la división social del trabajo y crear una nueva cultura crítica opuesta al dogmatismo y a la tradición retórica. Especialmente importante ha de ser la incorporación del trabajo en la escuela única, pero no con una finalidad «obrerista», puesto que no se pretende convertir a las escuelas en centros de producción industrial, sino para acercar las diversas realidades sociales. La renovación de los métodos educativos debe perseguir la completa gestión social de todas las esferas del poder, en cuanto objetivo último del socialismo [34].

La *Iglesia,* como aparato ideológico de Estado, se encarga de difundir la religión, en cuanto ideología práctica, entre las clases subalternas para atomizarlas y perfeccionar el consenso social [35]. La Iglesia fue el intelectual orgánico del sistema feudal, lo que le ha ocasionado una crisis de adaptación con relación al Estado burgués. La vinculación entre ambas esferas se ha producido esencialmente por las luchas sociales y las sucesivas crisis económicas, llegando a compromisos por los que se han repartido las zonas de influencia. En la sociedad moderna, la Iglesia:

> «sólo está dispuesta a luchar para defender sus propias libertades *corporativas* (...), es decir sus privilegios que proclama vinculados a su propia esencia divina: para esta defensa la Iglesia no excluye *ningún medio,* ni la insurrección armada, ni el atentado individual, ni el llamamiento a una invasión extranjera. Todo lo demás es secundario (...). Por «despotismo» la Iglesia entiende la intervención de la autoridad estatal laica para limitar o suprimir sus privilegios y poco más: ésta reconoce *cualquier* poder de hecho mientras no afecte a sus privilegios legitimándolo; si además los aumenta entonces lo exalta y lo declara providencial. Dadas estas premisas el «pensamiento social» católico tiene sólo un valor académico: hay que estudiarlo y analizarlo en cuanto elemento ideológico «opiáceo» (todos los subrayados son del autor) [36].

La Iglesia representa el nexo de unión entre los intelectuales y los «simples» a través de diversas graduaciones de la religión. En este sentido hay diversos catolicismos específicos para los intelectuales, para las mujeres, para los campesinos, para los jóvenes y para otras categorías sociales. Por ello la superstición popular de tipo pagano es consustancial con un determinado nivel del catolicismo, mientras que los intelectuales deben limitarse tan sólo a cumplir formalmente ciertas prácticas exteriores del culto, sobre todo los «sacramentos» más visibles y sobre los que recae el control popular [37]. De ahí que la pre-

---

[34] Los principales trabajos sobre las ideas pedagógicas de Gramsci son: G. Brocoli, *Gramsci e l'educazione come egemonía;* Nuova Italia, Florencia, 72. F. Lombardi, *Las ideas pedagógicas de Gramsci;* A. Redondo, Barcelona, 72 M. A. Manacorda, *Il principio educativo in Gramsci;* Armando, Roma, 70.

[35] H. Portelli, *Gramsci et la question religieuse;* Anthropos, Paris, 74, p. 34.

[36] QC, I, p. 546.

[37] QC, III, p. 2.207.

tendida unidad religiosa sea tan aparente como la política puesto que, en realidad, esconde una multiplicidad considerable de concepciones del mundo [38]. La gran fuerza de la Iglesia reside en la influencia ideológica decisiva que tiene sobre el bloque social que controla. Para organizar la estructura del bloque católico la Iglesia procede a través de su personal clerical reclutado preferentemente entre las clases subalternas. En este sentido la Iglesia *selecciona* a los mejores elementos del pueblo, privándolo así de dirigentes potenciales [39]. A este nivel la Iglesia es un organismo «democrático», en el sentido paternalista del término, ya que cualquier individuo de origen popular, si se deja *asimilar* por el corporativismo eclesiástico, puede teóricamente ascender sin límites en su interior. La Iglesia es prácticamente imbatible en esta tarea cambiando siempre de métodos a medida que las circunstancias lo requieran. No obstante, la evolución de la doctrina oficial progresa siempre con un ritmo metódico y lento, para evitar rupturas y amortiguar las contradicciones [40]. La capacidad de adaptación del Vaticano a cualquier situación política ha quedado demostrada, por ejemplo, tras su sumisión al hitlerismo, lo que confirma su carácter flexible y corporativo a la vez [41].

La Iglesia construye su propia capa de intelectuales orgánicos muy hábilmente, intentando penetrar en zonas diferentes de las tradicionales, de ahí su política de misiones para afirmarse en el mundo colonial [42]. Así, aunque:

> «los intelectuales hindúes son refractarios a la propaganda, el Papa ha dicho que es necesario actuar también entre ellos, pues su conversión conllevaría la de las masas populares (el Papa conoce el mecanismo de reforma cultural de las masas populares-campesinas mejor que numerosos elementos del laicismo de izquierda: él sabe que una gran masa no puede convertirse molecularmente; para acelerar el proceso es preciso conquistar a los dirigentes naturales de las grandes masas, los intelectuales, o formar grupos de intelectuales de nuevo tipo, de ahí la formación de obispos indígenas)» [43].

Sin embargo no todo el personal intelectual eclesiástico enfoca de la misma manera la política institucional que debe seguir la Iglesia, por ello Gramsci se ocupó de analizar las diversas *tendencias* que operaban en su seno para vislumbrar los conflictos y las contradicciones internas de este aparato. Gramsci individualizó así a los grupos integristas, jesuitas y modernistas que se enfrentaban dentro de la Iglesia y a las consecuencias del predominio de una u otra corriente [44]. En

---

[38] QC, II, p. 1.021.

[39] H. Pórtelli, *Gramsci et la question religieuse,* op. cit., p. 187.

[40] QC, II, p. 833; III, pp. 1.869 y 1.871-72.

[41] QC, III, pp. 2.094 y 2.103.

[42] H. Portelli, *Gramsci et la question religieuse,* op. cit., p. 198. Asimismo QC, I. p. 247.

[43] QC, II, p. 908.

[44] Vid. sus notas agrupadas bajo el epígrafe «*Azione cattolica. Cattolici integrali, gesuiti, modernisti*»; QC, III, pp. 2.081-103. Especialmente, id., pp. 2.088 y 2.092.

la presente coyuntura tanto la reacción involutiva como el reformismo liberalizador están bloqueados por el equilibrio de fuerzas, por lo que el jesuitismo «diplomático», conciliador y centrista, tiene la vía libre para imponerse. El Vaticano, que no puede asumir abiertamente el pluralismo eclesiástico, tiende a favorecer el acuerdo de los jesuitas con los modernistas para aislar a los integristas dado que la disciplina autoritaria se relaja en las filas del clero a la vez que la base de los fieles acude cada vez más a organizaciones civiles laicas [45]. El desarrollo de Acción católica, que ejerce objetivamente funciones de partido político, demuestra que la Iglesia está a la defensiva y que tiene que aceptar el terreno adverso, de ahí la potenciación de sindicatos católicos corporativos y, en su momento, de un partido propio específico, el PPI [46].

Por otra parte, la Iglesia posee sus propios medios para la difusión de su doctrina y de su propaganda: prensa, asociaciones culturales y familiares católicas, partidos y sindicatos en su caso, misiones y, sobre todo, el aparato escolar con una posición dominante evidente. Paralelamente engrosa sus finanzas participando en negocios especulativos y comerciales, en la industria, y posee además numerosas propiedades urbanas y rurales que incrementan su fuerza como institución.

Por último, Gramsci elaboró diversas notas para estudiar la función de la *prensa* en los regímenes liberales, completando así, en lo esencial, el panorama de los aparatos «privados» con funciones hegemónicas en la sociedad civil [47]. La prensa contribuye por su parte a organizar la ideología dominante para moldear a la «opinión pública» con fines determinados. Así, por ejemplo, en los períodos electorales, la prensa y la radio pueden suscitar explosiones de pánico y entusiasmo ficticio para favorecer el predominio ideológico (o emotivo) de los grupos dominantes el día de las elecciones y obtener una mayoría que controlará por algunos años la escena política, aunque, pasada la emoción, la masa electoral se distancie de sus representantes legales, ensanchándose el foso entre el país legal y el país real [48]. Los diversos periódicos «independientes» actúan en realidad como verdaderos partidos políticos, lo que es evidente analizando la función del «Times» en Gran Bretaña o del «Corriere della sera» en Italia antes de la dictadura. En la actualidad el predominio de la prensa oficial se debe a la confusión de la sociedad política con la sociedad civil dada la estructura de gobierno no liberal [49].

---

45 H. Portelli, *Gramsci et la question religieuse,* op. cit., p. 236.

46 QC, III, pp. 2.081 y 2.086-87. Vid., asimismo, «*I cattolici italiani*», SG, p. 349, e «*I popolosi*», ON, p. 284.

47 Vid. el cuaderno sobre «*Giornalismo*»; QC, pp. 2.259-275.

48 QC, II, p. 929.

49 QC, II. p. 734.

3. HEGEMONÍA, DOMINACIÓN, DICTADURA

A. KAUTSKY Y LA TEORÍA DE LA «SUPREMACÍA»

Es importante hacer un breve estudio de las tesis de Kautsky, en cuanto máximo representante teórico de la II Internacional, sobre los problemas de estrategia revolucionaria y de la transición. Salvadori ha sostenido que Gramsci, al igual que Kautsky, si bien con otras conclusiones políticas, coincidiría en la valoración positiva del método democrático para alcanzar y realizar el socialismo [50], de ahí que revista particular interés confrontar sus posiciones.

Planteada originariamente por Bernstein la polémica sobre el «revisionismo», Kautsky salió en defensa de la «ortodoxia» marxista con su obra «La doctrina socialista» donde introducía sus ideas sobre el proceso revolucionario y la fase de transición [51]. En este sentido el «centrismo» ecléctico de Kautsky sostenía una vía alejada tanto del legalismo a ultranza, como del revolucionarismo insurreccional. Se trataría de seguir avanzando en la lucha por el socialismo utilizando los medios legales, impulsando las conquistas democráticas y ensanchando las parcelas populares de poder (municipios, cooperativas). En última instancia, Kautsky se cubría teóricamente argumentando que es imprevisible saber qué formas adoptará la dominación político-social del proletariado tras derribar al capitalismo.

En «El camino del poder» (1909), la última obra de Kautsky que Lenin paradójicamente consideraba todavía «marxista», afirma que el SPD es un partido revolucionario *que no hace revoluciones*. Hay que conquistar el poder, sin especificar los medios, para proceder a profundos cambios y transformaciones estructurales de tipo económico-social y ello será posible *utilizando* el aparato del Estado, arrebatado a su instrumentalización burguesa. El Estado moderno es una maquinaria centralizada y burocrática situada *al margen* de la población (punto de vista cosificador que Gramsci rechazaría con firmeza), por ello se trata de establecer paralelamente formas de autoorganización de los ciudadanos a partir de democratizar la administración municipal y local del control parlamentario efectivo sobre el gobierno con el fin de vaciar su contenido de clase. El Estado, en suma, no puede ser «destruido» sino que debe ser cambiado para ser utilizado de otro modo [52].

El triunfo del socialismo es históricamente inevitable puesto que está determinado por las leyes objetivas del desarrollo económico, por ello se trata de extremar la vigilancia revolucionaria para no caer en

---

[50] M. L. Salvadori, *Kautsky e la rivoluzione socialista;* Feltrinelli, Milan, 76, p. 11.

[51] E. Bernstein, *Socialismo evolucionista. Las premisas del socialismo y las tareas de la social-democracia;* Fontamara, Barcelona, 75. K. Kaustsky, *La doctrina socialista. Bernstein y la social democracia alemana;* Fontamora, Barcelona, 75.

[52] M. L. Salvadori, *Kautsky e la rivoluzione socialista,* op. cit., p. 12.

provocaciones de la reacción o en peligrosos aventurerismos de tipo blanquista. Kautsky estrecha al máximo las posibilidades de la revolución puesto que ésta sólo es posible para él cuando: 1) el régimen existente se contraponga radical y frontalmente a las masas, 2) exista un gran partido que las guíe, 3) represente a los intereses de la gran mayoría de la *nación* y 4) los aparatos de Estado estén definitivamente en quiebra[53]. En realidad de lo que se trata es de privilegiar el avance político a través de la profundización democrática hasta el límite en que será la propia burguesía la que recurra a la violencia para intentar romper el marco legal. En estas circunstancias el proletariado estará en condiciones mucho más favorables para imponerse.

Esta vía política era definida por Kautsky como la *estrategia del desgaste* («ermattungstrategie»), en contraposición con la estrategia del aniquilamiento («niederwerfungsstrategie»)[54]. Esta orientación sería la más adecuada para las condiciones específicas de Alemania puesto que las sucesivas consultas electorales habían demostrado el creciente ascenso del SPD que, tras un largo proceso continuado, estaría en situación de imponer una ruptura pacífica e irresistible del poder burgués. Rosa Luxemburg criticó la distinción de las dos estrategias según las zonas geográficas y reafirmó el valor universal de la huelga general rusa de 1905 que no era una forma de lucha propia de un país atrasado, sino que, al contrario, con ella el proletariado ruso demostraba ir por delante del occidental[55]. Para Kautsky la estrategia del desgaste no excluye las batallas abiertas pero se basa en otros presupuestos ya que parte de la permanente acumulación de fuerzas y. de la corrosión gradual para debilitar al enemigo. Por ello el choque frontal no es descartable en si mismo, pero es altamente improbable en Occidente.

Kautsky eludía el problema de las formas que eventualmente podría adoptar la ruptura revolucionaria, concebida, en general, según cierta tradición obrera, como «el gran momento». Los medios pacíficos de avance y penetración en el Estado, tal como había señalado Engels en su célebre prefacio de 1895 a «Las luchas de clases en Francia» de Marx, son mucho más *seguros,* de ahí que no haya que preocuparse por la mayor lentitud del ritmo revolucionario. Para reforzar la argumentación de este punto de vista, Kautsky se basaba además, en algunas afirmaciones de Marx sobre la posibilidad de un tránsito pacífico al socialismo en países capitalistas desarrollados con regímenes políticos liberal-democráticos consolidados, como podían ser los EUA o GB en su tiempo. Las revoluciones, siguiendo la tesis de Kautsky, no pueden hacerse cuando se desean, sino que surgen cuan-

---

53 M. L. Salvadori, Id., op. cit., p. 119.

54 Estos términos de origen militar procedían del historiador militar Hans Delbruck que se basó en las conocidas obras de Von Clausewitz.

55 Estas tesis se encuentran descritas en la célebre obra de R. Luxemburg, *¿Reforma o revolución? Y otros escritos contra los revisionistas,* Fontamara, Barcelona, 75. Vid. al respecto P. Anderson, *Las antinomias de Gramsci,* op. cit., p. 105.

do las circunstancias son favorables y las «condiciones objetivas» han madurado.

Especial interés reviste la polémica que Kautsky mantuvo con Lenin y Trotsky a propósito de la dictadura del proletariado y de la estrategia revolucionaria puesto que manifiesta plenamente el alcance de sus concepciones [56]. Kautsky rechazó violentamente la revolución bolchevique por el hecho de que ésta liquidó el pluralismo político y acabó con las formas democráticas del Estado. Para él la democracia es un medio consustancial con el socialismo para alcanzar las metas de la revolución, puesto que el socialismo no es sólo la organización social de la producción sino también la *organización democrática* de la sociedad [57]. Liquidar la democracia sólo puede perjudicar al proletariado ya que entonces es imposible evitar el despotismo de las élites dirigentes [58]. En el ejemplo bolchevique los soviets marginan a amplios sectores de la población (todos los propietarios sin distinciones) de las tareas políticas, lo que demuestra la inmadurez de las circunstancias rusas para edificar una sociedad plenamente socialista.

La dictadura del proletariado, en todo caso, expresa la hegemonía del conjunto de la clase obrera, pero no de un partido político que monopoliza su representación. Con este concepto Marx no citaba ninguna *forma de gobierno* específica, sino que hacia referencia a un *estado de cosas,* a un estado político. Para Kautsky no se puede hablar, en rigor, de una dictadura de clase puesto que una clase, como tal, puede *dominar,* pero no gobernar [59]. La dictadura del proletariado debe sancionarse a través de elecciones libres, regulares y periódicas, respetando los derechos democráticos y apoyándose en el Parlamento como instrumento de transformación socialista. Para evitar todo equívoco es preferible *sustituir* la expresión dictadura del proletariado, dadas sus resonancias autoritarias y el negativo ejemplo bolchevique, por la de *dominio* del proletariado. Este poder obrero debe basarse en estos elementos: 1) consenso popular verificado mediante elecciones libres que ratifiquen periódicamente la voluntad mayoritaria por el socialismo, 2) mantenimiento de la democracia política en todos sus niveles, 3) uso del Parlamento con fines socialistas y 4) ejercicio de la violencia exclusivamente contra los activistas reaccionarios [60].

Kautsky efectúa así una reinterpretación en profundidad de las tesis de Marx sobre el período de transición elaboradas a partir del efímero y discutido ejemplo de la Comuna de París. Un gobierno socialista

---

[56] Las principales obras que jalonan esta controversia son las siguientes: Kautsky, *La dictadura del proletariado* (1918); *Terrorismo y comunismo* (1919); *De la democracia a la esclavitud estatal* (1921). Lenin, *La revolución proletaria y el renegado Kautsky (1918).* Trotsky, *Terrorismo y comunismo (1920).*

[57] Kautsky, *La dictadura del proletariado;* Ayuso, Madrid, 76, p. 17.

[58] Kautsky, Id., op. cit., p. 42.

[59] Kautsky, Id., op. cit., pp. 36, 37 y 84.

[60] M. L. Salvadori, *Kautsky e la rivoluzione socialista,* op. cit., p. 235.

mayoritario, dominando el Parlamento y la Administración, acabará doblegando todas las estructuras a las necesidades del proletariado sin necesidad de *romperlas*[61]. Por ello la República democrática es la forma de Estado *inmodificable* para el SPD, de ahí que, ante los intentos extremistas de derecha e izquierda para liquidar la República de Weimar, la social-democracia se convierte de fuerza revolucionaria en *fuerza conservadora.* Con este Estado, para Kautsky, la misma idea de revolución política pierde sentido puesto que tan sólo habrá que cambiar la estructura económico-social capitalista, pero no la política[62].

En 1925, en el programa de Heidelberg de la SPD, revisado por Kautsky, se reafirmaban los mismos principios teóricos: la defensa a ultranza de la República democrática, la irrenunciabilidad histórica de preservar los derechos democráticos y la concepción de la «supremacía» del proletariado como dominio social difuso basado en la democracia y en el consenso popular generalizado[63].

B. LENIN Y LA DICTADURA DEL PROLETARIADO EN LA URSS

Hay que analizar la teorización de Lenin sobre la revolución socialista, la dictadura del proletariado y la experiencia del poder soviético para relacionarla con el concepto de hegemonía y confrontarla con las transformaciones reales de los aparatos de Estado en la URSS. Como ha señalado Gruppi[64], Lenin concibe la dictadura del proletariado ante todo como la *dirección* de un determinado sistema de alianzas. Lenin utiliza el término de hegemonía sobre todo en la coyuntura de 1905 para significar que le corresponde al proletariado la dirección de la revolución democrático-burguesa pendiente dada la incapacidad histórica de la burguesía rusa. El proletariado debe ponerse a la cabeza de la lucha democrática asumiendo todas las reivindicaciones populares para arrastrar detrás de sí a la gran mayoría de los campesinos[65]. Por su parte los mencheviques argumentaban que el proletariado no tenía que desarrollar esa tarea política ya que no le era propia; punto de vista aparentemente «de izquierda» que camuflaba su pasividad real. Para Lenin la revolución democrática, aún con sus límites burgueses, *educaría* a las masas y les haría tomar conciencia sucesivamente de que sólo la expropiación de los medios de producción en manos de los capitalistas podría suponer su completa

---

61 M. L. Salvadori, Id, op. cit., p. 305.
62 Id. nota anterior.
63 M. L. Salvadori, Id. op. cit., pp. 312-14.
64 L. Gruppi, *Il concetto di egemonía in Gramsci;* Editori Riuniti, Roma, 72, p. 15.
65 Lenin, *Dos tácticas de la social-democracia en la revolución democrática (jun.-jul. 1905).* En: *Obras completas (OC);* Cártago, Buenos Aires, 69-72, IX, p. 96.

liberación. Desarrollar la democracia en profundidad no puede más que poner a la burguesía en contradicción ya que esta clase no puede ser consecuente hasta el final en este terreno, de ahí la naturaleza objetivamente anticapitalista de la revolución democrática. El carácter democrático avanzado de la República burguesa dependerá del peso político del proletariado en la misma, por ello esta lucha no es indiferente y no es legítimo abandonarla exclusivamente al protagonismo de la burguesía liberal tal como hacen los mencheviques. Lenin teoriza así la hegemonía del proletariado en cuanto demostración de capacidad dirigente a todos los niveles [66].

Los orígenes del concepto de hegemonía en Lenin se hallan en su polémica con los populistas («narodniki») a propósito del desarrollo del capitalismo en Rusia. Desde el momento en que Lenin rechaza la actitud teóricamente maximalista de los mencheviques, convierte al proletariado en la clase históricamente progresiva y abanderada de la revolución democrática que engloba detrás suyo a la gran mayoría de la población. La hegemonía es así dirección de la lucha política contra los adversarios y capacidad dirigente sobre las clases aliadas por un objetivo común. El instrumento de la hegemonía proletaria debe ser *el partido,* cuyos teóricos son los intelectuales revolucionarios que proceden de la burguesía y que *introducen* «desde fuera», según el discutible punto de vista leninista, la conciencia política en la clase obrera.

Con las tesis de abril, Lenin establece que sólo mediante la dictadura del proletariado esta clase podrá establecer su hegemonía, lo que obedece al cambio producido en la situación revolucionaria. A partir de este momento se observa en los escritos siguientes de Lenin una creciente utilización de ambos términos como *sinónimos:* así la dictadura del proletariado hace referencia a la base social del Estado obrero y a la capacidad hegemónica de las fuerzas revolucionarias [67]. El hecho de que Lenin abandonase prácticamente el concepto autónomo de hegemonía tras 1917 obedece a la necesidad imperiosa de reafirmar por encima de todo el nuevo poder proletario. Desde este momento Lenin considera que la actualidad de la revolución viene determinada por el creciente *protagonismo* de las masas en la escena política y por la crisis del imperialismo, teniendo en cuenta que su acción revolucionaria sólo puede ser obra de la mayoría, puesto que:

> «ninguna insurrección creará el socialismo si éste no está maduro económicamente» [68].

La forma política de la revolución proletaria debe ser democrática y popular puesto que de lo que se trata es de liberar a *todo* el pue-

---

[66] L. Gruppi, *Il concetto di egemonia in Gramsci,* op. cit., pp. 21-22.
[67] Ch. Buci-Glucksmann, *Gramsci et l'Etat,* op. cit., pp. 205-15.
[68] Lenin, *La catástrofe inminente y cómo luchar contra ella (sept. 1917);* OC, XXVI, p. 442.

blo de la opresión y la explotación. El eje de la revolución debe ser la alianza obrero-campesina:

«sin tal alianza la democracia no es sóllida y la transformación socialista es imposible» [69].

Tras la toma del poder no sólo habrá que preservar al máximo dicha alianza, sino que deberán ponerse los fundamentos para la superación de la sociedad clasista:

«para abolir las clases es necesario (...), destruir la diferencia que existe entre el obrero y el campesino (...). Este problema es mucho más complejo y, por la fuerza de las cosas, su solución requiere un largo período de tiempo. Es imposible resolverlo abatiendo a una clase (...). Semejante transición se cumple necesariamente con mucha lentitud» [70].

La violencia que dimana de la dictadura del proletariado consiste fundamentalmente en la represión de la contrarrevolución, minoritaria por principio, lo que es compatible con la extensión de la democracia a la mayoría aplastante de la población [71]. En su «carta a los obreros húngaros» Lenin afirma que la dictadura del proletariado ejerce sin duda una violencia revolucionaria, pero en ello no radica su esencia [72]. Por ello, como ha señalado Vacca [73], el desarrollo de la democracia hasta sus últimas consecuencias, es la línea maestra de la teoría de la transición del capitalismo al socialismo para Lenin. La dictadura del proletariado es ante todo la dirección política de la clase obrera sobre la sociedad con el fin de unificar a las masas trabajadoras por encima de sus propias contradicciones [74]. Para Lenin:

«la revolución proletaria no es posible sin la simpatía y el apoyo de la abrumadora mayoría de los trabajadores para su propia vanguardia»,

de ahí que este apoyo deba conquistarse y, sobre todo *mantenerse* [75].

Partiendo de estas consideraciones Lenin insiste continuamente en la idea de que el proletariado debe protagonizar el desarrollo de la lucha democrática en el interior del Estado burgués para desarticularlo y poder forzar así la ruptura revolucionaria:

«El proletariado no puede vencer más que a través de la democracia, es decir, realizando completamente la democracia (...). Es absurdo *contraponer* la revolución socialista (...) a cualquiera de las cuestiones democráticas (...). Debe-

---

69 Lenin, *el Estado y la revolución (ag. 1917);* OC, XXVII, p. 51.
70 Lenin, *La economía y la política en la época de la dictadura del proletariado (nov. 1919); Obras Escogidas (OE), III vols.;* Progreso, Moscú, 79, III, p. 294.
71 Lenin, *El Estado y la Revolución,* id., op. cit., p. 107.
72 Lenin, *Carta a los obreros húngaros (may. 1919);* OE, III, p. 214.
73 G. Vacca, *Saggio su Togliatti e la tradizione comunista;* De Donato, Bari, 74, p. 42.
74 Lenin, *Sobre el impuesto en especie (may., 1921);* OC, XXXV, p. 215.
75 Lenin, *Saludo a los comunistas italianos, franceses y alemanes (oct. 1919).* En:

mos unir la lucha revolucionaria contra el capitalismo al programa revolucionario y a la táctica revolucionaria por *todas* las reivindicaciones democráticas (...). Mientras exista el capitalismo todas estas reivindicaciones apenas son realizables (...). Apoyándose en la democracia ya realizada, revelando que es incompleta bajo el régimen capitalista, reivindicamos el abatimiento del capitalismo (...) para la introducción *completa* y *general* de *todas* las transformaciones democráticas» [76].

La revolución proletaria es un paso político largo y complejo porque exige la *recomposición* progresiva de las masas, lo que requiere diversas etapas. A nivel mundial ésto se traduce en la desigualdad del ritmo revolucionario debido a los desniveles del desarrollo capitalista. Al proletariado ruso le ha correspondido tan sólo la tarea de *iniciar* la revolución mundial ya que ha podido triunfar provisionalmente al romper «el eslabón más débil» de la cadena imperialista. Sin embargo, las resoluciones del III Congreso de la IC demostraban que el proceso no se había desarrollado tal como se preveía. Lenin ya se había esforzado en *individualizar* el carácter de la revolución rusa:

«en Rusia, en la situación concreta y originalísima de 1917, ha sido fácil iniciar la revolución socialista, mientras que será más difícil para Rusia que para los países europeos continuarla y llevarla hasta el final» [77].

En su conocida polémica con Kautsky, Lenin defiende apasionadamente la dictadura del proletariado en su forma soviética, rechazando las tesis «centristas» [78]. Para Lenin, Kautsky confunde deliberadamente la democracia como principio teórico general con la concreta e histórica democracia burguesa. La democracia no existe en estado «puro», sino que es siempre de clase, por ello la democracia burguesa es estrecha y falsa. La revolución proletaria debe *destruir* por completo el aparato del Estado burgués y todas sus instituciones para edificar una nueva maquinaria propia. Los límites objetivos de la democracia burguesa impiden el acceso pacífico del proletariado al poder y las tesis de Marx, citadas por Kautsky, sobre una posible transición pacífica al socialismo en los EUA y GB han dejado de ser actuales por la existencia en esos países del militarismo y la burocracia, entonces «inexistentes» (sic). En otra ocasión Lenin sostuvo que el paso del capitalismo concurrencial al imperialismo había liquidado definitivamente esa posibilidad. En las circunstancias rusas, la privación de derechos políticos a los explotadores obedece exclusivamente a las par-

---

P. Togliatti, *Alcuni problemi della storia dell'IC. Problemi del movimiento operaio internazionale;* Editori Riuniti, Roma, 62, p. 376.

[76] Lenin, *El proletariado revolucionario y el derecho a la autodeterminación de la nacionalidades (Oct. 1915);* OC; XXI, p. 373.

[77] Lenin, *El «izquierdismo», enfermedad infantil del comunismo (abr.-may. 1920);* OE, III, p. 388.

[78] Lenin, *La revolución proletaria y el renegado Kautsky (oct.-nov. 1918);* OE, III, p. 74 y ss.

ticularidades históricas del proceso revolucionario nacional y no afecta al problema de la dictadura del proletariado en general [79].

Sin embargo, las aportaciones más interesantes de Lenin están contenidas no tanto en su teoría de la dictadura del proletariado, cuanto en sus escritos sobre los problemas internos del Estado soviético y las dificultades para la edificación del socialismo. Los cinco primeros años de la revolución bolchevique no superaron jamás el estadio considerado por el propio Lenin como «una forma específica de capitalismo de Estado», de ahí el carácter ideológico y político de la fórmula «dictadura del proletariado». Tras el denominado «comunismo de guera» la reconstrucción del país exigió una gran centralización, lo que coincidió con la disgregación de la clase obrera, la creciente burocratización de los aparatos de Estado y las restricciones del pluralismo interno en el PCR (b). La NEP, presentada por los dirigentes bolcheviques como una «táctica defensiva» de repliegue coyuntural, potenció el capitalismo privado dentro de ciertos límites y acentuó las diferencias entre el campesinado y entre éste y la clase obrera urbana. Los beneficiarios inmediatos de esta política económica fueron los «kulacs» (grandes propietarios rurales) y los «nepman» (comerciantes y especuladores urbanos). La diferenciación salarial fue en aumento, se crearon múltiples categorías de trabajadores y se dió la primacía a los criterios técnicos sobre los políticos. La dirección de las empresas es encomendada mayoritariamente a los antiguos propietarios y los sindicatos son privados de atribuciones (militarización laboral impulsada por Trotsky). En estas circunstancias, la polémica sobre el *control obrero* adquirió una gran virulencia (grupo de la «oposición obrera» dirigido por Alejandra Kollontai y Chliapnikov) [80]. Lenin constataba la inexistencia general de ese control, preconizado teóricamente por todos los bolcheviques, en la gran mayoría de las empresas, así como la importante carencia de cuadros técnicos y de especialistas [81]. Por ello defiende la necesidad de utilizar a los técnicos burgueses, ofreciéndoles elevadas remuneraciones, puesto que su eliminación resultaría socialmente mucho más gravosa. Al mismo tiempo Lenin reconoce que el derecho de *huelga* debe ser legítimo, aunque pueda perjudicar a la producción socialista, puesto que es un arma en manos de los trabajadores contra las degeneraciones burocráticas. El Estado soviético debe reconocer, sin temores, la existencia abierta de inevitables contradicciones sociales, de ahí su recomendación [82].

En el VIII Congreso del PCR(b)[83], Lenin reconoce que el apara-

---

[79] Lenin, Id., op. cit., p. 99.

[80] A. Kollontai, *L'opposition ouvrière;* Seuil, Paris, 74.

[81] Lenin, *Las tareas inmediatas del poder soviético (abr. 1918);* OC. XXVIII, p. 456.

[82] Lenin, *La función y tareas de los sindicatos en las condiciones de la NEP (en. 1922);* OC, XXXVI, p. 109.

[83] Lenin, *Informe sobre el programa del partido (mar. 1919);* OE, III, p. 175.

to soviético en teoría es accesible a los trabajadores, pero no así, en la práctica por el bajísimo nivel cultural de las masas. Lenin sabe que:

> «hay que construir el socialismo no con un material humano fantástico (...), sino con el material que el capitalismo nos ha dejado por herencia» [84].

Por otra parte, anteriormente había afirmado que no se deben destruir todos los aparatos del Estado burgués ya que algunos de ellos, en particular el económico, debían ser preservados [85], reconociendo así implícitamente el utopismo de ciertas formulaciones maximalistas de su obra «El Estado y la revolución» sobre la destrucción «integral» del Estado capitalista.

El primer balance provisional que Lenin establece [86], considera los tipos de economía existentes en Rusia: 1) economía campesina patriarcal, 2) pequeña producción mercantil, 3) capitalismo privado, 4) capitalismo de Estado y 5) socialismo; constatando la fuerte presencia de los primeros con relación a los dos últimos [87]. El poder soviético no ha demolido la vieja estructura económico-social, sino que la ha reforzado mediante concesiones al capitalismo privado para concluir las tareas democrático-burguesas [88].

Con relación a la Administración del Estado Lenin teoriza la *deformación burocrática* del Estado soviético, motivada por la naturaleza de las relaciones que el campesinado, fuerza social mayoritaria, tenía con el proletariado, fuerza dirigente. Sin embargo resulta vital preservar la alianza obrero-campesina para el poder soviético, aunque con ello sea inevitable la concentración de la gestión de los asuntos públicos en un pequeño número de personas, lo que contribuye a distanciar el poder de las masas. Lenin explica la insuficiencia democrática del Estado soviético por el tipo de alianzas de clase indispensables para la consolidación de la revolución, pero, en realidad, las causas profundas son otras. La pervivencia sustancial de los *anteriores* aparatos de Estado y la consolidación de una nueva capa burocrática profesional dominante en su seno, son los elementos que invalidan, en parte, la teoría de la «destrucción» hasta sus cimientos del Estado burgués, tal como había sido elaborada por la tradición marxista.

En efecto, los bolcheviques se vieron obligados a utilizar casi en bloque al anterior personal burocrático y técnico especializado, procediendo a ciertas transformaciones indispensables, pero insuficien-

---

[84] Lenin, *El «izquierdismo» enfermedad infantil del comunismo;* id., op. cit., p. 376.

[85] Lenin, *¿Se mantendrán los bolcheviques con el poder? (oct. 1917);* OC, XXVII, p. 85.

[86] Lenin, *El infantilismo de izquierda y el espíritu pequeño-burgués (may. 1918);* OE, II, p. 725.

[87] Lenin, *Sobre el impuesto en especie;* id., op. cit., p. 204.

[88] Lenin, *Acerca de la significación del oro ahora y después de la victoria completa del socialismo (nov. 1921);* OC, XXXV, pp. 554-56.

tes, en la Administración del Estado[89]. Como ha señalado Bettelheim, a pesar de que este autor, por determinadas posiciones políticas actuales, considere que entre 1917 y 1923 existía la «dictadura del proletariado» en la URSS, la tendencia a la *autonomización* de los aparatos de Estado y la ausencia de control obrero fueron en aumento durante todo este período[90]. La confusión entre Estado y partido bolchevique fomentó el carrerismo, la corrupción y el burocratismo, a parte de que su composición varió sustancialmente tras la guerra civil. El endurecimiento interno progresivo del PCR(b) contribuyó a la cristalización de una capa burocrática dominante incontrolada que gestionaba el Estado y los medios de producción *en nombre* de las masas, pero no bajo su supervisión. Este hecho fue posible por la dispersión física del proletariado tras la guerra civil, el cerco imperialista, los problemas de la reconstrucción económica, los «errores» de los dirigentes bolcheviques y la imparable burocratización del Estado.

En otros aparatos de Estado los cambios fueron asimismo poco profundos. Así, por ejemplo, incluso en el Ejército, a pesar de que durante la guerra civil respondió en general a un esquema de funcionamiento democrático y popular, se reinstauraron progresivamente las antiguas jerarquías, la disciplina rigurosa y algunos privilegios materiales para la alta oficialidad. En el aparato escolar la hegemonía de la ideología burguesa se vio paradójicamente favorecida por la posición tradicional de Lenin opuesto a la dicotomía cultura burguesa-cultura proletaria. Tal como ha señalado Claudín[91], Lenin consideraba que la Cultura era la creada por la burguesía, de la que el proletariado, en cuanto legítimo heredero histórico, debía apropiarse. Lenin entendía la revolución cultural no tanto como un cambio de valores, cuanto una difusión popular sin igual del saber tradicional[92]. Ciertamente había que aspirar a crear una nueva moral para desarraigar:

> «la fuerza de la costumbre de millones de personas (que) es la más terrible de las fuerzas»[93],

pero lo esencial era extender la educación y la cultura para *civilizar* a un país atrasado y bárbaro como Rusia.

En conclusión, lo más destacable es el hecho de que la teoría de Lenin sobre la dictadura del proletariado sufre, en la práctica, notables modificaciones a medida que se ve confrontada con la realidad histórica del poder soviético. Si, por una parte, la perspectiva estraté-

---

[89] Lenin, *Las tareas inmediatas del poder soviético;* id., op. cit., p. 462.

[90] Ch. Bettelheim, *Les luttes de classes en URSS;* Masperó-Seuil, Paris, 74, vol. I, pp. 291-305.

[91] Carmen Claudín-Urondo, *Lenin y la revolución cultural;* Anagrama, Barcelona, 79, pp. 22-28.

[92] Lenin, *Tareas de las juventudes comunistas (oct. 1920);* OE, III, p. 479 y ss. Asimismo, *Discurso a los órganos de instrucción pública (nov. 1920);* OC, XXXIV, p. 65.

[93] Lenin, *El «izquierdismo», enfermedad infantil del comunismo;* id. op. cit., p. 353.

gica insurreccional estará siempre presente en la visión revolucionaria de la IC, por otra, el repliegue defensivo de la URSS modificará las expectativas creadas tras 1917. Las agrias polémicas sobre el frente único así lo atestiguan, tal como ya se ha recordado. Por lo que se refiere al propio Estado soviético lo más significativo es el hecho de que, no obstante la ruptura revolucionaria, hereda una fortísima tradición histórica y un personal burocrático muy determinado que contribuirán a diluir el propio poder de los soviets como órganos populares de masas y embriones de democracia directa de base. De ahí se deducen los límites, a la vez que la notable lucidez del análisis leninista de la dictadura del proletariado en la URSS.

C. Hegemonía como dirección política, ideológica y cultural en la sociedad civil según la aportación de Gramsci

La hegemonía es uno de los conceptos teóricos clave en el pensamiento político de Gramsci y es esencial para comprender la estrategia de la revolución socialista que propone para Occidente. Como ha señalado Buci-Glucksmann el corolario político que se deduce de la teoría de la hegemonía en Gramsci es la *guerra de posiciones* como la vía revolucionaria más adecuada para las sociedades de capitalismo desarrollado [94]. La noción de hegemonía es, en Gramsci, más amplia que la de dominación o dictadura ya que hace referencia a la dirección política, ideológica y cultural de determinados grupos sobre la sociedad civil. En este sentido la acepción del término «hegemonía» es diferente en Gramsci y en Lenin desde el momento en que aquél desarrolla la teoría de la dictadura del proletariado al poner el énfasis en el tema de la organización del consentimiento en la sociedad civil [95]. Sin embargo, la hegemonía no puede reducirse a una mera dirección ideológica puesto que incluye la esfera del Estado en sentido estricto, por ello el componente político es fundamental en la lucha revolucionaria.

La hegemonía es una síntesis de dirección y de dominación, de consentimiento y de fuerza, por ello debe entenderse en dos sentidos: como capacidad de un determinado grupo para dirigir a sus aliados y como acción de fuerza contra los adversarios. Gruppi ha señalado que, en lo esencial todos los problemas de la hegemonía son fundamentalmente cuestiones de alianzas de clase [96]. Gramsci desarrolla así el leninismo dando un salto cualitativo en los QC, en los que se pueden

[94] Ch Buci-Blucksmann, *Gramsci et l'Etat,* op. cit., p. 37. Asimismo: P. Anderson, *Las antinomias de Gramsci,* op. cit., p. 29.
[95] Vid. el artículo de C. Mancina, *Egemonia, dittatura, pluralismo: una polémica su Gramsci,* op. cit.
[96] L. Gruppi, *Il concetto di egemonia in Gramsci,* op. cit., p. 75.

individualizar elementos para una teoría general de la hegemonía [97]. Los QC representan, en cierto sentido, una autocrítica hacia la política anteriormente seguida al esforzarse no sólo por «traducir» a nivel nacional la experiencia rusa (esa sería la motivación inicial de Gramsci), sino por desarrollar creadoramente la teoría marxista, enriqueciéndola con nuevas aportaciones. Esta teoría se amplía al incluir el estudio de los aparatos de hegemonía del Estado y al aplicarse, en cuanto *categoría interpretativa* general, a todas las clases sociales. En este sentido la hegemonía no se reduce tan sólo a las clases dominantes, sino que también es posible referirse a las clases subalternas, según las circunstancias históricas [98]. Algunos autores han interpretado la teoría de la hegemonía de Gramsci exclusivamente en sentido superestructural, bien como dominio ideológico de los intelectuales (Pellicani) o como mera alianza de clases (Garaudy, Marramao), cuando en realidad ese concepto significa la fundación de un nuevo poder enraizado con su base social [99].

El punto de partida para Gramsci es, sin duda, Lenin puesto que la hegemonía del proletariado consiste en su capacidad para guiar a amplias masas hacia la conquista del poder y en dotar a su dictadura de amplia base social, combinando el consenso con la inevitable fuerza [100]. Un grupo social es hegemónico cuando individualiza los rasgos fundamentales de la situación histórica para hacerse protagonista de reivindicaciones de otras clases. Concretamente ésto significa en Italia que la clase obrera será hegemónica si convierte la cuestión meridional en cuestión nacional [101]. Por ello es necesario conquistar la hegemonía antes de la toma del poder en la sociedad civil:

> «La supremacía de un grupo social se manifiesta en dos modos, como «dominio» y como «dirección intelectual y moral». Un grupo social es dominante de los grupos adversarios que tiende a «liquidar» o a someter también con la fuerza armada y es dirigente de los grupos afines y aliados. Un grupo social puede e incluso debe ser dirigente antes de conquistar el poder gubernativo (ésta es una de las condiciones principales para la misma conquista del poder); después, cuando ejerce el poder, aunque lo detente férreamente, llega a ser dominante, pero debe continuar siendo «dirigente» [102].

---

[97] V. Gerratana, *La nueva estrategia que se abre paso en los «Quaderni»*. En: F. Fernández Buey, *Gramsci hoy,* op. cit., p. 101 y ss.

[98] Vid. al respecto la obra mencionada de L. Althusser, *Ideología y aparatos ideológicos del Estado,* op. cit., así como la de N. Poulantzas, *Poder político y clases sociales en el Estado capitalista,* op. cit.

[99] R. Garaudy, *Le grand tournant du socialisme,* op. cit., G. Marramao, *Por una crítica dell'ideología di Gramsci,* op. cit., L. Pellicani, *Gramsci e la questione comunista;* Vallecchi, Florencia, 76.

[100] L. Gruppi, *Il concetto di egemonia in Gramsci,* op. cit., pp. 9 y 76. Asimismo, de este autor, *L'exigència d'un nous guia.* En: F. Coen y otros, *Hegemonía i leninisme en Gramsci; Taula de Canvi, n.º 5, may. 77, p. 31.*

[101] L. Gruppi, *Il concetto di egemonia in Gramsci,* op. cit., p. 78.

[102] QC, III, pp. 2.010-11.

Como ha señalado Togliatti [103] el concepto de hegemonía no puede ser formalmente opuesto al de dictadura, al igual que no es posible contraponer la sociedad política a la sociedad civil. Con todo es indiscutible que el término de hegemonía es más amplio que el de dictadura al englobar la dirección sobre la sociedad civil [104].

El concepto de hegemonía es aplicado por Gramsci a las clases dominantes desde el momento en que los grupos dirigentes de un determinado bloque histórico mantienen unido un conjunto de fuerzas heterogéneas, impidiendo su disgregación gracias a su capacidad integradora. En sus estudios sobre la historia nacional, Gramsci constató la capacidad hegemónica de los grupos conservadores para neutralizar y atraer a sus antagonistas, mediante ciertas concesiones. La hegemonía presupone, por tanto, que se tienen en cuenta algunos intereses de los grupos sobre los que se va a ejercer la hegemonía, de ahí la combinación de fuerza y consenso. La hegemonía une en el bloque histórico concreto las dos sociedades dialécticamente a través de los intelectuales cuya función es cohesionarlo mediante la difusión ideológica. Por eso, en cada bloque histórico se actúa una hegemonía determinada, según su composición, lo que en Italia se traduce por la división estructural entre el norte y el sur. La denominada «opinión pública» está estrechamente conectada con la hegemonía política, es el punto de contacto entre la sociedad política y la sociedad civil. Por ello el Estado, en sentido estricto, cuando quiere iniciar una operación poco popular crea preventivamente una opinión pública adecuada contando con el apoyo de los aparatos «privados» de la sociedad civil [105].

El proceso de conquista de la hegemonía es complejo y atraviesa diversas fases. En primer lugar requiere que el grupo social en cuestión, alcance un cierto grado de homogeneidad reconociéndose en el terreno económico-corporativo. La solidaridad profesional basada en el interés inmediato y restringido, sin perspectivas a largo plazo, es una etapa que debe ser superada en la dirección hacia la hegemonía. A continuación se amplía la solidaridad entre todos los miembros de la misma clase social. En estas circunstancias ya se plantea el problema del Estado, pero tan sólo con la pretensión de participar en su interior. Por último, los intereses corporativos superan su estrecho marco y abarcan a los de *otros* grupos sociales. Esta es la fase propiamente política en la que el problema del poder se plantea con toda agudeza [106]. En el caso de la revolución francesa, abundantemente citado por Gramsci, la hegemonía cultural de los intelectuales burgueses ilustrados, en cuanto manifestación progresiva de la nueva clase ascendente que controlaba no sólo los resortes económicos, sino también los ideológicos, es una buena muestra del desarrollo de este pro-

---

103 P. Togliatti, *Il leninismo nel pensiero e nell'azione di A, Gramsci.* En: *Studi gramsciani,* op. cit., p. 34.

104 P. Togliatti, *Gramsci e il leninismo.* En: *Studi gramsciani,* op. cit., p. 441.

105 QC, II, p. 914.

106 QC, III, pp. 1.578-89.

ceso. Posteriormente los jacobinos, presionados por las masas populares desbordaron los objetivos de la burguesía, alargando la base social de su hegemonía sobre posiciones políticas radicales. Esto explica el viraje conservador de la propia burguesía que había sido conducida por los jacobinos a posiciones mucho más avanzadas de lo que las premisas históricas debían consentir, de ahí la función orgánica de Napoleón. Sin embargo, hasta la derrota de la Comuna de París la burguesía francesa no conseguiría consolidar definitivamente su hegemonía, teniendo que hacer frente a diversas crisis sucesivas. Con todo en cada ocasión, el período de estabilización se iba alargando puesto que la nueva clase dirigente iba controlando a toda la sociedad. Este ejemplo muestra que una crisis orgánica puede prolongarse durante un largo período histórico, dadas las resistencias del viejo mundo y la oposición popular [107].

En el caso de las clases subalternas el camino hacia la hegemonía es especialmente difícil puesto que éstas carecen de historia propia al haber sido conducidas y disgregadas por las clases dominantes:

> «La historia de los grupos subalternos es necesariamente disgregada y episódica (...). Los grupos subalternos padecen siempre la iniciativa de los grupos dominantes, incluso cuando se rebelan y sublevan: sólo la victoria «permanente» [la revolución] rompe, pero no de inmediato, la subordinación» [108].

Las clases subalternas atraviesan diversas fases en su ascenso político. Así, en un primer momento, se produce la adhesión a las formaciones políticas dominantes intentando influir en sus programas. A continuación, surgen las organizaciones reivindicativas parciales que expresan la conciencia «tradeunionista», según la expresión de Lenin, de las clases populares. Por último, se desarrollan las organizaciones específicamente políticas de éstas aunquen sus líneas emancipatorias varíen: inicialmente las formaciones populares reivindicarán la autonomía *dentro* del viejo cuadro político, para pasar posteriormente a luchar por la autonomía integral que exige la ruptura revolucionaria [109]. En este último caso el grupo subalterno más avanzado realiza la hegemonía sobre un amplio conjunto social. El proletariado, como clase históricamente progresiva, portadora de nuevos valores liberadores y de un nuevo proyecto de civilización *se convierte en Estado*.

A partir de esta concepción Gramsci desarrolla su teoría de la *crisis orgánica* en cuanto manifestación del retroceso de la hegemonía de un determinado grupo social. Las crisis de hegemonía se presentan como crisis de autoridad por las que la clase dirigente pierde el consenso social y la dirección, para ser tan sólo dominante, lo que traduce el distanciamiento de las masas de las ideologías tradicionales y la disgregación del bloque histórico incapaz ya de integrar a toda la

---

[107] QC, I, p. 361; III, pp. 1.635, 2.028-30 y 2.070.
[108] QC, III, p. 2.283.
[109] QC, III, p. 2.288.

sociedad [110]. La crisis de hegemonía de la clase dirigente puede producirse, o bien por que ésta ha fracasado en una gran empresa política que ha requerido el concurso de las masas (la guerra, por ejemplo), o porque amplios sectores populares (sobre todo campesinos e intelectuales pequeño-burgueses) pasan a la actividad y plantean reivindicaciones que globalmente son revolucionarias [111]. En este proceso la sociedad civil se separa de la sociedad política y se refuerza el rol directamente represivo del Estado, lo que abre la puerta a soluciones de tipo cesarista en las que todos los partidos del sistema se funden en uno sólo que resume los intereses globales de las clases dominantes. Si se requiere un jefe carismático es que existe un equilibrio, lo que denota también que el grupo dominante necesita un árbitro [112]. Gramsci señaló que, tras la primera guerra mundial, las clases dominantes tuvieron grandes dificultades para reconstruir el aparato hegemónico. El anterior se había disuelto porque grandes masas, antes pasivas, entraron en acción, aunque sin dirección ni voluntad colectiva precisa; porque las clases medias, que en la guerra habían desempeñado funciones dirigentes, posteriormente se vieron desplazadas y, por último, porque las fuerzas populares antagónicas no fueron capaces de organizar en beneficio propio el desorden existente [113].

Por su parte, Anderson ha indicado que, si bien es posible para el proletariado luchar por la hegemonía antes de la toma del poder, es imposible que pueda ser culturalmente dominante desde el momento en que, en la sociedad capitalista, está expropiado y no dispone de los medios materiales para competir con las ideologías burguesas en su terreno [114]. La IC no analizó con profundidad el problema del consenso mayoritario, del conformismo general, de las masas hacia el Estado liberal-democrático en las sociedades capitalistas occidentales, de ahí las preocupaciones de Gramsci que, no obstante, se limitan tan sólo a indicar una posible vía de acción sin mayores concreciones. En realidad Anderson restringe el concepto de hegemonía ya que lo reduce a mera dirección cultural en la sociedad civil, cuando, como ya se ha señalado, la acepción política de la misma es fundamental.

Todas estas reflexiones sobre la hegemonía conducen a Gramsci a desarrollar la teoría de la dictadura del proletariado a la vez que contribuyen a perfilar su concepto de Estado. Salvadori ha sostenido que, en realidad, Gramsci utiliza el concepto de hegemonía del proletariado sustancialmente como sinónimo de su propia dictadura, manteniéndose, por tanto, en una posición leninista «ortodoxa» [115]. Se-

---

[110] QC, I, p. 311 y 410.
[111] QC, III, pp. 1.603-4.
[112] Sobre este tema vid. la excelente monografía de N. Auciello, *Socialismo ed egemonia in Gramsci e Togliatti;* De Donato, Bari, 74.
[113] QC, II, p. 912.
[114] P. Anderson, *Las antinomias de Gramsci,* op. cit., pp. 76-77.
[115] M. L. Salvadori, *Gramsci y el PCI: dos concepciones de la hegemonía.* En: F. Fernández Buey y otros, *Gramsci hoy,* op. cit., p. 90.

gún esta tesis Gramsci tan sólo se habría limitado a subrayar que no basta con la mera fuerza para transformar la sociedad, sino que hay que demostrar capacidad técnico-organizativa para obtener y conservar el consenso popular. El propio Lenin ya había señalado este elemento de la dictadura del proletariado, por ello la única aportación gramsciana al respecto sería la teorización de un comportamiento revolucionario diferente en Occidente, dado el mayor desarrollo económico y cultural, para llegar al *mismo resultado* que en Rusia. Geratana se ha opuesto a esta visión desde el momento en que Gramsci distingue claramente en sus criterios el concepto de dirección del de dominio. El problema de la dictadura del proletariado es otro ya que se refiere a las formas *específicas* y a la coacción que puede adoptar la hegemonía de la clase obrera, pero no afecta a la teoría general de la hegemonía [116]. La dictadura del proletariado tan sólo debe aplicarse y ejercerse contra las clases antagónicas, nunca contra las clases aliadas, dada su naturaleza profundamente democrática. En el caso de la URSS la alianza obrero-campesina (la «smychka») debe ser estructural y orgánica, evitando comprimir a los campesinos [117]. En este sentido, para Gramsci:

> «la teorización y la realización de la hegemonía hecha por Lenin es un gran acontecimiento 'metafísico'» [118].

En suma, como ha señalado Paggi, en Gramsci la dictadura del proletariado es esencialmente un concepto teórico normativo no doctrinario [119]. Gramsci, como marxista revolucionario, defendió la idea de este tipo de régimen transitorio para encuadrar a la sociedad civil, pero no admitió que ésta pudiese ser tratada de forma paternalista o, peor, despótica por un gobierno de funcionarios y policías. El socialismo debe suponer la abolición de las formas políticas falsamente representativas del Estado liberal-burgués precisamente para potenciar al máximo el autogobierno de las masas. Por todo ello, la dictadura del proletariado no puede apoyarse en el partido-tutor, sino en todos los niveles donde los trabajadores ejerzan sus funciones como productores libres y creadores.

En sentido opuesto al de Salvadori, otros autores han separado radicalmente el concepto de hegemonía del de dominación, para recuperar desde una perspectiva liberal-socialista, su pensamiento. Tamburrano ha llevado hasta el límite esta distinción dando una visión de la estrategia revolucionaria de Gramsci exclusivamente ideológica

---

[116] U. Gerratana, *La nueva estrategia que se abre paso en los «Quaderni»*, id., op. cit., pp. 104 y 111.

[117] S. Cohen, *Bujarin y la revolución bolchevique*, Siglo XXI, Madrid 76, p. 227 y ss. Asimismo: QC, III, pp. 1.612-13.

[118] QC, II, p. 886.

[119] L. Paggi, *A. Gramsci e il moderno principe, op. cit.*, p. 276.

y cultural, opuesta al marco leninista [120]. En rigor, una vez expuestos estos diferentes análisis interpretativos, es indiscutible que Gramsci desarrolla el leninismo *sin romper con él,* aunque adaptándolo profundamente a las circunstancias nacionales. Siguiendo las tesis de Buci-Glucksmann y de Gruppi fundamentalmente, cabe sostener que la hegemonía en Gramsci significa supremacía política e ideológica de una clase sobre el conjunto social [121]. Esta dirección se basa no sólo en los factores políticos e ideológicos que combinan fuerza y consenso, sino también en los elementos económicos precisamente porque la hegemonía forma y dirige todo bloque histórico y determinado:

> «si la hegemonía es ético-política no puede dejar de ser también económica» [122].

En conclusión, Gramsci, revalorizando el momento de la hegemonía, abandona todo rígido determinismo economicista para deducir una estrategia revolucionaria más matizada —la guerra de posiciones— y profundizar en el conocimiento del Estado moderno [123]. Las novedades teóricas de Gramsci consisten en su idea de que es posible obtener la hegemonía antes de la toma del poder disgregando el bloque dominante existente y que el socialismo tiene que basarse, por definición, en el máximo consenso popular posible:

> «en el sistema hegemónico hay democracia entre el grupo dirigente y los dirigidos si el desarrollo económico y la legislación favorece el paso molecular de los dirigidos a los dirigentes» [124].

Es cierto, con todo, que el concepto clave de hegemonía en Gramsci se presta a multiplicidad de significados en cuanto dirección cultural, intelectual y moral o como dirección política [125]. Al mismo tiempo dirección y dominación no siempre están distinguidos con absoluta nitidez en sus notas carcelarias, pero, no obstante, la centralidad estructural de su concepto de hegemonía, su novedad teórica y las consecuencias prácticas que se deducen de su aplicación, justifican la importancia revolucionaria que se le atribuye.

D. La reforma intelectual y moral: la sociedad regulada

Siguiendo a Marx, Gramsci considera que el proletariado tiene una

---

[120] G. Tamburrano, *Gramsci e l'egemonia del proletariato.* En: Studi gramsciani, op. cit., p. 227 y ss.

[121] L. Gruppi, *Il rapporto tra pensiero ed essere nella concezione di A. Gramsci.* En: Studi gramsciani, op. cit., pp. 166-67.

[122] QC, III, p. 1.591.

[123] F. Catalano, *Il concetto di egemonia in Gramsci;* Quarto Stato, IV, n.º 8-9, abr.-may. 49, pp. 38-39. Asimismo: QC, III, p. 1.596.

[124] QC, II, p. 1.056.

[125] Sobre estas cuestiones vid. el ensayo de F. Ormea, *Gramsci e il futuro dell'uomo;* Coines, Roma, 75.

misión histórica que cumplir, es decir, la de liberar a toda la humanidad universalizando la concepción del mundo de la que es portador. En este sentido, como ha señalado Gruppi [126], la hegemonía del proletariado significa, en última instancia, la construcción de una nueva sociedad resultado de la libre unión de todos los hombres.

La realización de la hegemonía del proletariado significa implícitamente la crítica a la anterior filosofía, a las anteriores concepciones del mundo, de ahí que la difusión de masas del marxismo revista las dimensiones de una verdadera *revolución cultural,* según la expresión de Lenin. Para Gramsci:

> «Marx ha iniciado intelectualmente una era que durará siglos, hasta la desaparición de la sociedad política y el advenimiento de la sociedad regulada, sólo entonces su concepción del mundo será superada» [127].

El marxismo no sólo es un instrumento de acción y organización, sino también una filosofía desde el momento en que la relación entre política, ciencia e ideología es indisoluble, por ello todos los intentos de introducir elementos complementarios de otras filosofías en su seno no pueden sino desnaturalizarlo [128]. La revolución cultural es definida por Gramsci como una *reforma intelectual y moral,* según la terminología de Renan y Sorel adoptada por aquél. Esta reforma significa lo siguiente:

> «la filosofía de la praxis presupone todo el pasado cultural y es su coronación. Corresponde al nexo reforma protestante + revolución francesa. La filosofía de la praxis debe tender a universalizarse» [129].

En Italia, dada la ausencia de Reforma y por la tradición del cosmopolitismo intelectual, el problema es especialmente grave por el atraso cultural de las masas populares y la escasa difusión del marxismo, de ahí la importancia educadora del partido revolucionario en cuanto «intelectual colectivo» impulsor de un nuevo proyecto de civilización [130]. Los intelectuales orgánicos deben atraer a los tradicionales a la vez que formar y organizar a la clase obrera. Sólo así será posible la reforma intelectual y moral *conectada* complementariamente con la transformación de las relaciones económicas de la sociedad, evitándose así una perspectiva idealista [131].

Con el socialismo se fundirán la sociedad política y la sociedad

---

126 L. Gruppi, *Il concetto di egemonia in Gramsci,* op.cit., pp. 9-10.

127 QC, II, p. 882.

128 Paggi, *A. Gramsci e il moderno principe,* op. cit., pp. 24-29.

129 QC, III, p. 1.860.

130 Vid. al respecto la importante monografía de Asor Rosa centrada sobre este tema, *Intellettuali e classe operaria. Saggi sulle forme di uno storico conflitto e di una possibile alleanza;* La nuova Italia, Florencia, 73.

131 S. Cambareri, *Il concetto di egemonia nel pensiero di A. Gramsci.* En: Studi gramsciani, op. cit., p. 90.

civil dando paso a la sociedad regulada, lo que significa, en realidad, el triunfo de la sociedad civil, puesto que ésta habrá *absorbido* a la primera al universalizarse [132]. En efecto:

> «mientras exista el Estado-clase no hay sociedad regulada», por ello «el Estado-coacción puede extinguirse *(esaurirsi)* a medida que se afirman elementos de sociedad regulada, de Estado ético o sociedad civil» [133].

En su lucha hegemónica de emancipación humana, la clase revolucionaria se dotará de un *Estado ético* (tesis relacioda con la teoría leninista de la dictadura del proletariado en cuanto «semi-Estado») que dará paso finalmente a la primacía de la sociedad civil [134].

Superada la división social del trabajo, la separación entre dirigentes y dirigidos, las fronteras entre ciudad y campo y toda desigualdad clasista, coincidirán la igualdad política formal y la económico-social real, siendo posible entonces el surgimiento del *hombre colectivo* y el autogobierno integral de las masas. Se trata de destruir el individualismo competitivo burgués para dar la primacía a la solidaridad humana y poder así reconstruir la sociedad sobre nuevas bases. El hombre colectivo acabará con el conformismo autoritario propio de las sociedades de clase y desarrollará el individualismo y la personalidad crítica con una perspectiva radicalmente diferente y revolucionaria [135]. En la perspectiva de Gramsci, la realización plena de la hegemonía cambiará el modo de pensar difundiendo una nueva concepción del mundo que formará definitivamente una voluntad colectiva unitaria, ciñéndose así estrechamente al proyecto de sociedad comunista teorizado por Marx.

---

[132] H. Portelli, *Gramsci et le bloc historique,* op. cit., p. 43.
[133] QC, I, pp. 693 y 764.
[134] QC, II, pp. 1.049-50; III, pp. 1.570 y 2.287.
[135] QC, II, pp. 1.111. 1.137-38; III, pp. 2.331-32.

CAPÍTULO IV

LA GUERRA DE POSICIONES

1. LA CONQUISTA DEL PODER EN ORIENTE Y OCCIDENTE

La conocida distinción de Gramsci entre Oriente y Occidente corresponde no tanto al mayor o menor desarrollo económico (sociedades agrícolas - sociedades industriales) de ambas áreas territoriales, cuanto al papel del Estado, en sentido estricto, sobre la sociedad civil:

> «En Oriente el Estado lo era todo, la sociedad civil primitiva y gelatinosa; en Occidente entre el Estado y la sociedad civil había una justa relación y en el entramado del Estado se advertía de inmediato una robusta estructura de la sociedad civil. El Estado era sólo una trinchera avanzada, tras la que se despliega una sólida cadena de fortalezas y casamatas; más o menos, de Estado a Estado, se entiende, pero esto requeriría un cuidadoso reconocimiento de carácter nacional» [1].

A partir de esta consideración surge en Gramsci la teoría de una estrategia revolucionaria *diferenciada* para Occidente, designada como guerra de posiciones en contraposición a la guerra maniobrada o de movimientos, según la terminología militar adoptada por aquél con fines políticos descriptivos. Para la exposición del concepto de revolución en Gramsci será necesario hacer algunas referencias a sus escritos precedentes a la cárcel, puesto que pusieron las bases para el desarrollo posterior de su teoría sobre la guerra de posiciones.

Por una parte, Gramsci era plenamente consciente de que las nociones de Oriente y Occidente no representan más que una construcción convencional, histórico-cultural, si bien las realidades estructurales de ambas esferas geográficas son diferentes [2]. Por otra, tuvo ciertas prevenciones en la utilización de la terminología específicamente militar aplicada a la ciencia política ya que, en la lucha política, exis-

---

[1] QC, II, p. 866.
[2] QC, III, pp. 1.419 y 1.825.

ten formas no reducibles a los dos tipos anteriormente mencionados [3].

La estrategia de la guerra de posiciones en Gramsci es fundamentalmente un notable desarrollo de la táctica del frente único obrero [4]. Tras constatar, ya en el período del ON, que todas las revoluciones en dos tiempos han fracasado fuera de Rusia, Gramsci elaborará una nueva vía de avance más matizada y elaborada que tenga en cuenta los obstáculos específicos que en Occidente bloquean la revolución [5]. Se trata de valorar en toda su complejidad el poderoso rol hegemónico de la sociedad civil en los regímenes de capitalismo desarrollado y deducir las necesarias consecuencias políticas. Los orígenes de esta línea se sitúan en la recepción gramsciana de la táctica del frente único, contrapuesta a la teoría de la ofensiva de la izquierda de la IC que había conducido a la derrota de la revolución proletaria en Europa Central. Dado que la repetición de la táctica puramente insurreccional volvería a resultar infructuosa, se trataba de profundizar en el propio concepto de frente único, apenas esbozado por Lenin, para ganar el apoyo de la inmensa mayoría de las masas trabajadoras y disgregar el consenso social hacia el Estado en Occidente. Hasta el presente, todos los errores de las fuerzas revolucionarias se derivaban de la incomprensión cabal de la tesis leninista sobre la contemporaneidad de la revolución, como principio general, confundiéndola con la coyuntura concreta y provocando así serias derrotas [6].

Tras un período de guerra de movimientos intensificada se entraba en una nueva fase histórica diferente que exigía adoptar las medidas de la guerra de posiciones para *socavar* las fuerzas del adversario y desgastarlo profundamente antes de lanzarse directamente al asalto del poder:

> «Tras 1920 se ha dado un período de estancamiento en el movimiento revolucionario mundial. La ocupación de las fábricas en Italia y el avance del Ejército rojo sobre Varsovia señalaron el punto más alto de subida de la oleada revolucionaria, pero habían demostrado también la incapacidad y la impreparación de los grupos revolucionarios entonces existentes para guiar a los grandes movimientos en su conjunto hasta su natural conclusión: la toma del poder. 1923 ha visto el final de este largo período y el inicio de una recuperación que, de todas formas, no tendrá y no podrá tener, al menos, de inmediato, los mismos carácteres que aparecieron en la anterior sucedida a la guerra» [7].

La guerra de posiciones no es un conflicto inmóvil y permanente de trincheras puesto que no consiste tan sólo en un repliegue defensivo coyuntural para acumular fuerzas y ganar el consenso de las masas, sino que representa una estrategia permanente de larga duración. La guerra de maniobra subsiste hasta que se trata de conquistar posi-

---

[3] QC, I, pp. 120-23.
[4] Ch. Buci-Glucksmann, *Gramsci et l'Etat, op. cit.*, p. 220.
[5] *Due rivoluzioni,* ON, pp. 135-40.
[6] P. Anderson, *Las antinomias de Gramsci, op. cit.*, p. 91.
[7] *I laburisti al potere,* CPC, p. 165.

ciones no decisivas y no son movilizables todos los recursos hegemónicos del Estado. Cuando estas posiciones pierden valor:

> «se pasa entonces a la *guerra de asedio* (subrayado por el autor) (...), en la que se exigen cualidades excepcionales de paciencia y de espíritu de inventiva. En la política el asedio es recíproco, no obstante todas las apariencias» [8].

Esta estrategia exige el desarrollo de un proceso continuo de rupturas en la segunda línea de defensa del Estado burgués para disgregar su base social de apoyo antes de abatirlo directamente, lo que resultaría imposible sin conquistar la hegemonía dada la solidez de los aparatos «privados» y de sus reservas políticas de todo tipo. Esto significa que sólo es posible tomar el poder cuando el proletariado ya no considere al orden político y social burgués como el auténticamente legal, pues, de lo contrario, un socialismo minoritario defendido en exclusiva por una aguerrida vanguardia revolucionaria:

> «se extinguiría en repetidos y desesperados intentos para suscitar autoritariamente las condiciones económicas para su permanencia y refuerzo» [9].

Por ello no debe confiarse mecánicamente en que toda crisis económica represente la «agonía» definitiva del sistema capitalista, tal como sostenía a menudo la IC, ya que el elemento económico agudiza las contradicciones, pero no puede, por sí mismo, derribar el orden burgués. En Gramsci desaparece definitivamente la teoría del «derumbe catastrófico» del capitalismo, tal como ha señalado De Giovanni [10], por su rechazo rotundo de toda visión economicista de los procesos históricos. En Occidente la sociedad civil es demasiado resistente para hundirse sin más por una crisis, esto es lo que:

> «exige una concentración inaudita de 'hegemonía' para arrebatar al Estado la dirección política» [11].

En otras palabras:

> «La guerra de posiciones la hacen grandes masas que sólo con grandes reservas de fuerzas *morales* (subrayado por el autor) pueden resistir el desgaste (...): sólo una habilísima dirección política (...) puede impedir la disgregación y la derrota. La dirección militar debe estar siempre subordinada a la dirección política» [12].

En Italia la guerra de posiciones requiere, por una parte, asumir la *cuestión nacional* hasta sus últimas consecuencias y, por otra, reivindicar los objetivos democráticos ya que Gramsci era muy consciente

---

[8] QC, II, p. 802.
[9] *Due rivoluzioni,* ON, p. 137.
[10] B. De Giovanni, *Gramsci y Togliatti: novedad y continuidad.* En: F. Fernández-Buey y otros, *Gramsci hoy, op. cit.,* p. 133.
[11] QC, II, pp. 801-2.
[12] QC, III, pp. 2.051-52.

de que las masas no habían abandonado las esperanzas en el restablecimiento de la democracia burguesa [13]. Poco después del Congreso de Lyon había planteado el necesario carácter nacional de la revolución socialista:

> «para todos los países capitalistas se plantea un problema fundamental, el del paso de la táctica del frente único, en sentido general, a una táctica determinada que se plantee los *problemas concretos de la vida nacional* (subrayado por el autor) y actúe sobre la base de las fuerzas populares tal como están históricamente determinadas» [14].

Gramsci traduce a nivel nacional la alianza obrero-campesino rusa como el único camino para romper el bloque histórico industrial-agrario dominante en Italia y convertir la guerra de posiciones en lucha nacional mayoritaria [15]. El triunfo de la revolución sólo es posible de la siguiente forma:

> «el proletariado puede llegar a ser clase dirigente y dominante en la medida en que consiga crear un sistema de alianzas de clase que le permita movilizar contra el capitalismo y el Estado burgués a la mayoría de la población trabajadora, lo que significa en Italia, con las relaciones de clase existentes, obtener el consenso de las más amplias masas campesinas. Pero la cuestión campesina en Italia está históricamente determinada, no es la «cuestión campesina y agraria» en general; en Italia la cuestión campesina, por la determinada tradición italiana (...), ha asumido dos formas típicas y particulares, la cuestión meridional y la cuestión vaticana. Conquistar la mayoría de las masas campesinas significa, por tanto, para el proletariado italiano, hacer suyas estas dos cuestiones» [16].

La idea política que Gramsci vislumbra, por consiguiente, es la de que la revolución socialista italiana es fundamentalmente una revolución *antifascista,* popular y democrática, dirigida por la clase obrera. Como ha señalado Vacca [17] existe en Gramsci la intuición de que es necesario reapropiarse del terreno de lucha democrática desde un punto de vista de clase. En la presente coyuntura italiana la táctica y los objetivos transitorios tienen una finalidad política, si bien el protagonismo de las masas en la revolución antifascista sólo puede significar que el proletariado se ha convertido en la clase nacional dirigente por excelencia, de ahí que la guerra de posiciones contra el fascismo sea algo más que una forma de lucha circunstancial. Esto explica, por ejemplo, la continua insistencia de Gramsci en privilegiar la consigna de la Asamblea constituyente en cuanto aglutinante democráti-

---

[13] P. Anderson, *Las antinomias de Gramsci, op. cit.*, p. 99.
[14] *Un esame della situazione italiana,* CPC, p. 123.
[15] Ch. Buci-Glucksmann, *Gramsci et l'Etat, op. cit.*, p. 324.
[16] *Alcuni temi sulla quistione meridionale (QM),* CPC, p. 140.
[17] G. Vacca, *Saggio su Togliatti e la tradizione comunista, op. cit.*, p. 83. Vid. asimismo esta tesis en E. Sereni, *Antifascismo, democrazia, socialismo nella rivoluzione italiana: analisi strutturale e metodología stórica,* Crítica marxista, V, n. 5-6, sept.-dic. 66.

co antifascista fundamental[18]. Como ha señalado Mancina[19] la guerra de posiciones, como concepto estratégico, va más allá del fascismo y del propio Estado liberal-democrático: es la vía más adecuada para alcanzar la revolución socialista. A nivel inmediato se trata de extender al máximo las alianzas políticas de clase, desde el momento en que el proletariado *no es el único* adversario antagónico del régimen fascista, para disgregar las fuerzas del enemigo, teniendo en cuanta que, a diferencia de Rusia, la acción de las masas en Occidente es «más lenta y prudente»[20]. Frente al punto de vista sectario de que fuera del PCI no existe ningún otro partido antifascista que pueda resistir y superar la dura prueba de la clandestinidad, Gramsci afirma que, en el futuro, los reformistas y los liberales volverán a contar probablemente con una sólida presencia en el país, a pesar de que, en el presente, no dispongan de organización interior y este hecho se debe al ámbito social que cubren en potencia. Tras el fascismo Gramsci considera que:

> «nuestro partido será aún minoritario ya que la mayoría de la clase obrera irá con los reformistas y los burgueses demócrata-liberales tendrán aún muchas cosas que decir»[21].

En conclusión Gramsci elaboró una estretagia revolucionaria específica para Occidente, a pesar de constatar el valor universal de la revolución rusa, de cuya experiencia no extrajo consecuencias miméticas. El énfasis puesto en el carácter forzosamente *nacional* del proceso revolucionario es una de sus grandes aportaciones teóricas, tal como ha señalado Ragionieri[22]. La clase obrera se hace clase nacional cuando existen las condiciones para forjar un nuevo bloque histórico, esto es, cuando es posible crear una nueva relación entre la estructura y la superestructura con carácter revolucionario al subvertir los fundamentos del modo de producción dominante existente. El proletariado, asumiendo los intereses y reivindicaciones de sus aliados, que representan a la mayoría de la población, forma una voluntad colectiva nacional-popular verdaderamente unitaria[23]. Por ello, dada la heterogeneidad social italiana, sólo el proletariado industrial y urbano está en condiciones de reorganizar el país ya que su programa de clase es el único de alcance realmente nacional[24].

---

[18] Por ello Gramsci aceptaría posteriormente la idea de los Frentes Populares en su sentido general. Vid. P.Sipriano,*Storia del PCI.* Stalin: fronti popolari, la guerra, vol. III. Einaudi, Turín, 72, pp. 15, 51 y, especialmente, 150.

[19] C. Mancina, *Egemonía, dittatura, pluralismo: una polémica su Gramsci,* Crítica marxista, n.° 3-4, XIV, may.-ag., 76.

[20] FGD, pp. 196-7. *Carta de Gramsci a Togliatti, Terracini y otros* (9 febr. 1924).

[21] Id., p. 200.

[22] E. Ragionieri, *Gramsci e il dibattito teórico nel movimento operaio internazionale.* En: Gramsci e la cultura contemporánea, *op. cit.,* vol. I, p. 112 y sigs.

[23] P. Togliatti, *Il leninismo nel pensiero e nell'azione di Gramsci.* En. Studi gramsciani, *op. cit.,* p. 26.

[24] *La situaziones italiana e i compiti del PCI (Tesis de Lyon),* CPC, p. 492.

Así como para la IC la vía bolchevique para tomar el poder era vista como inevitable y general en cuanto modelo de táctica revolucionaria *obligatorio,* Gramsci, siguiendo la teoría global de Lenin sobre la revolución proletaria y teniendo en cuenta la notoria especificidad de las condiciones rusas, fue más allá de las previsiones de la política comunista oficial. Las diversas adaptaciones parciales de la «línea general», denominadas «objetivos transitorios» por la IC, eran ya una forma de reconocer los factores específicos que diferenciaban las circunstancias de Occidente. Por ello, Gramsci asume hasta las últimas consecuencias la distinción política entre Oriente y Occidente, deduciendo la guerra de posiciones como el corolario estratégico más adecuado dadas las situaciones históricas y sociales diferentes [25]. La revolución, en sentido ámplio, no consiste tan sólo en el momento de la toma del poder (según la estricta acepción leninista), sino que incluye la fase previa y abarca el proceso posterior de destrucción de lo viejo y construcción de lo nuevo. No basta «destruir» el Estado burgués, ni siquiera consolidar el Estado obrero, sino que deben ponerse los medios para la superación de todo poder político y el advenimiento de la sociedad regulada y de una nueva civilización que inicie finalmente la historia de la humanidad, según los términos de Marx, en cuanto éste es el sentido último de la lucha revolucionaria.

La guerra de posiciones, en definitiva, representa una fase histórica de resistencia a largo plazo, mediante organizaciones populares modernas (partidos y sindicatos) que pugnan por conquistar la hegemonía [26]. Gramsci señala al respecto que:

> «la técnica política moderna ha cambiado completamente tras el 48, tras la expansión del parlamentarismo, del régimen asociativo sindical y de partido, por la formación de amplias burocracias estatales y «privadas» (político-privadas, de partidos y sindicatos) y por las transformaciones acaecidas en la organización de la policía en sentido amplio, es decir, no sólo del servicio estatal destinado a la represión de la delincuencia, sino al conjunto de las fuerzas organizadas del Estado y de los particulares para tutelar el dominio político y económico de las clases dirigentes» [27].

Gramsci se plantea, además, el problema de una posible comparación de esta estrategia con algunos ejemplos históricos de «revolución pasiva». Así, con la Restauración, la burguesía alcanzó el poder sin rupturas clamorosas ya que no trató de liquidar frontalmente a las clases feudales, sino integrarlas en el propio sistema hegemónico. A partir de este precedente, Gramsci afirma:

> «este 'modelo' de formación de los Estados modernos, ¿puede repetirse en otras condiciones? ¿Debe excluirse de modo absoluto, o bien cabe decir que, al me-

---

[25] Vid. al respecto el ensayo de F. Onofri, *La vía soviética (leninista) alla conquista del potere e la via italiana, aperta da Gramsci.* En: Classe operaia e partito, Laterza, Bari, 57, pp. 261-97.

[26] Ch. Buci-Glucksmann, *Gramsci et l'Etat, op. cit.*, p. 291.

[27] QC, III, p. 1.620.

nos en parte, se pueden dar desarrollos similares bajo el advenimiento de *economías programadas*» (subrayado por el autor) [28].

Gramsci parece aludir aquí al proceso de edificación socialista iniciado en la URSS a partir de la NEP considerada como eje central estratégico de avance lento y progresivo, según la teorización de los últimos escritos de Lenin y, sobre todo de Bujarin. Se vislumbraría así un modelo de «avance pacífico» al socialismo tras la conquista del poder estatal, si bien estas reflexiones no fueron profundizadas.

2. Guerra maniobrada y ofensiva revolucionaria: el frente único y la revolución permanente. La crítica a Luxemburg y Trotsky

En diversas notas de los QC, Gramsci critica a los dos máximos revolucionarios defensores de la guerra maniobrada por su criterio doctrinario y mecanicista sobre la posible actualización constante de la misma, prescindiendo de todo tipo de consideraciones y análisis que tienden a relativizarla. Estas observaciones sobre la estrategia de ambos dirigentes revolucionarios permiten a Gramsci desarrollar, por su parte, la teoría de la guerra de posiciones.

Gramsci achaca a Rosa Luxemburg, según la visión leninista clásica, su «espontaneismo» voluntarista que la llevó a subvalorar el problema de la organización y a absolutizar de forma superficial la experiencia de la huelga general rusa de 1905 [29]. Para Gramsci el «espontaneismo» es un elemento característico de la historia de las clases populares, ligado a la tradición «subversivista» inorgánica carente de dirección consciente. Esto no significa que deba rechazarse «a priori» todo elemento espontáneo de las masas, pero es erróneo asumir como *método* de lucha revolucionaria ese criterio [30]. Por ejemplo, los Consejos de fábrica intentaron *educar* y encauzar la espontaneidad obrera hacia un dirección política superior, sabiendo que la unidad de espontaneidad y disciplina es la clave de la acción política de las clases subalternas [31]. Lo que no es lícito es subordinar la organización en aras del espontaneismo incontrolado ya que, en ese caso, los movimientos reaccionarios de las clases dominantes son imparables.

Gramsci no conocía demasiado bien las tesis de Luxemburg al disponer de muy pocas obras de esta revolucionaria, pero ciertas observaciones sobre su visión política son relevantes [32]. Por ello no importan tanto las acusaciones tradicionales leninistas contra Luxemburg,

---

[28] QC, II, p. 1.358.
[29] Ch. Buci-Glucksmann, *Gramsci et l'Etat, op. cit.*, p. 285.
[30] QC, I, p. 329.
[31] QC, I, p. 330.
[32] Vid. el estudio de G. Badía, *Gramsci et Rosa Luxemburg,* La nouvelle critique, nº. 30., 70.

asumidas por Gramsci [33], especialmente los errores derivados del «espontaneismo» y del determinismo economicista, cuanto la idea común de que la revolución no puede ser un acto único rápido, sino que, por definición, debe ser un proceso histórico, dialéctico y contradictorio, de larga duración. Por otra parte, el rígido internacionalismo abstracto y doctrinario de Luxemburg le impidió captar la importancia del elemento nacional en la lucha revolucionaria, de ahí la actitud crítica de Gramsci [34].

Mayor interés revisten sus críticas a Trotsky sobre la teoría de la «revolución permanente» [35]. Para Gramsci este concepto es una expresión *jacobina* que está permeada de elementos economicistas; además toda la estrategia revolucionaria que subyace en esta tesis es errónea por que olvida la *función nacional* de la clase obrera [36].

Gramsci considera que Trotsky es el teórico político fundamental del ataque frontal en un período en el que esta línea sólo puede ser causa de derrotas [37]. Trotsky es superficialmente nacional y occidental, mientras que, en cambio, Lenin es profundamente nacional y europeo. La teoría de la revolución permanente nunca ha sido operativa, ni en 1905 cuando fue elaborada, ni con posterioridad [38]. La referencia de Trotsky a Marx, para «legitimar» así su argumentación, es doctrinaria puesto que, en 1848, no existían grandes partidos políticos de masas ni grandes sindicatos económicos, a la vez que el Estado moderno no había alcanzado las dimensiones actuales. Gramsci propone superar esa fórmula teórica por la de *hegemonía civil* desde el momento en que en Occidente, la guerra de movimientos se convierte progresivamente en guerra de posiciones [39]. Trotsky intentó revisar la táctica de la lucha frontal en el IV Congreso de la IC al comparar y distinguir el frente oriental y el occidental, pero no proporcionó indicaciones de carácter práctico [40]. En cambio la corriente bolchevique mayoritaria opuesta a Trotsky (Stalin), sin emplear expresamente la fórmula de la revolución permanente, la explicó de hecho, según Gramsci, adhiriéndose a la historia concreta y consolidando la alianza de diversos grupos sociales (la alianza obrero-campesina) bajo la hegemonía del grupo urbano (el proletariado) [41]. El grupo dirigente bolchevique habría seguido las indicaciones de los últimos escritos de

---

[33] QC, III, p. 1.613.

[34] Sobre Rosa Luxemburg y el problema nacional vid. la obra de M.ª José Aubet, *Rosa Luxemburg y la cuestión nacional,* Anagrama, Barcelona, 77. Asimismo, G. Haupt, *Rosa Luxemburg y la cuestión nacional.* En: L. Basso y otros, *Rosa Luxemburg hoy,* Extraordinario n.° 3, Materiales, Barcelona, 77, p. 61 y sigs.

[35] N. Badaloni, *Libertá individuale e uomo collettivo in Gramsci.* En: Política e storia in Gramsci, *op. cit.,* vol. I, p. 41.

[36] Ch. Buci-Glucksmann, *Gramsci et l'Etat, op. cit.,* pp. 321-14.

[37] QC, II, p. 801.

[38] QC, II, p. 866.

[39] QC, III, p. 1.566.

[40] QC, III, p. 1.616.

[41] QC, III, p. 2.034.

Lenin, recogidos por Bujarin para fundamentar su tesis, sobre el carácter *estratégico* de la NEP como la específica vía nacional de avance al socialismo en la URSS y como la mejor fórmula para preservar la alianza obrero-campesina y, por tanto, la base social y el consenso popular de la dictadura del proletariado [42].

Con relación al conflicto Trotsky-Stalin, a nivel ideológico, Gramsci afirmaba que, sin duda, el desarrollo de la revolución es tendencialmente internacional, pero que el punto de partida debe ser por definición nacional. Por ello hay que :

> «depurar el internacionalismo de todo elemento vago y puramente ideológico (en sentido negativo) para darle un contenido de política realista. El concepto de hegemonía es el que permite agrupar las exigencias de carácter nacional (...). Una clase de carácter internacional en cuanto guía a estratos sociales estrechamente nacionales (intelectuales) e incluso a menudo menos que nacionales, particularistas y localistas (campesinos), debe 'nacionalizarse'» [43].

El internacionalismo abstracto y académico de Trotsky produjo pasividad política ya que, considerando que al iniciar la revolución las fuerzas progresistas quedarían aisladas a nivel local, no cabía sino esperar el estallido *general* de la misma. Por ello se confiaba en un «napoleonismo» anacrónico (la idea de que la revolución proletaria podía «exportarse» desde Rusia a Occidente). Para Anderson [44] las críticas de Gramsci a Trotsky están poco fundadas ya que éste defendió tenazmente el frente único y se opuso al «tercer período». De hecho, hacia 1930, Gramsci y Trotsky sustentaban prácticamente opiniones idénticas sobre el curso de la revolución. La principal laguna teórica de Trotsky consiste en el hecho de que, si bien analizó con profundidad las principales sociedades capitalistas desarrolladas (en particular sus escritos sobre la Alemania pre-nazi son ejemplares), no planteó el problema de una estrategia revolucionaria diferenciada como hizo Gramsci. Trotsky generalizó su esquema a partir de una visión unilateral de la propia revolución rusa aplicada mecánicamente al mundo colonial. La teoría de la «revolución permanente» se acabó convirtiendo en una mera tautología indemostrada como concepto general, tal como ha señalado el propio Anderson [45].

En definitiva, para concluir con el punto de vista de Grasmci:

> «las debilidades teóricas de esta forma moderna del viejo mecanicismo están camufladas por la teoría general de la revolución permanente que no es más que una previsión genérica presentada como dogma que se destruye a sí misma por el hecho de que no se verifica efectivamente» [46].

---

[42] S. Cohen, *Bujarin y la revolución bolchevique, op. cit.*, p. 227 y sigs. Asimismo, Ch. Buci-Glucksmann, *Gramsci et l'Etat, op. cit.*, pp. 300-304.

[43] QC, III, p. 1.729.

[44] P. Anderson, *Las antinomias de Gramsci, op. cit.*, p. 117.

[45] P. Anderson, *Consideraciones sobre el marxismo occidental, op. cit.*, pp. 143-44.

[46] QC, III, p. 1.730.

3. El marco nacional de la lucha de clases: la cuestión meridional y la vaticana como componentes del proceso revolucionario italiano

Gramsci sitúa el problema meridional en Italia como la cuestión clave de la hegemonía del proletariado y de la revolución socialista en su país [47]. La desarticulación del bloque agrario dominante en el sur, que exige la conquista ideológica de sus intelectuales y la actividad política del campesinado, es el único medio para acabar con el subdesarrollo crónico de la zona y posibilitar el triunfo de las fuerzas revolucionarias. Al mismo tiempo el problema meridional conlleva la cuestión vaticana desde el momento en que la Iglesia está fuertemente vinculada al mundo rural, sobre todo en el sur.

El gran problema de la historia contemporánea de Italia es la ausencia de una verdadera revolución democrática de alcance nacional. En este sentido la cuestión meridional no se explica por la presencia de resíduos feudales, ni tampoco por la falta de una élite intelectual dirigente ya que la dicotomía territorial norte-sur fue permanente e históricamente necesaria para un cierto tipo de desarrollo capitalista hegemonizado por la burguesía conservadora [48]. La gran aportación teórico-política de Gramsci es la idea de que el proletariado debe asumir el problema meridional en cuanto cuestión *nacional*. La burguesía italiana ha llegado al límite histórico para solucionar el problema, lo que resulta evidente no sólo por la función estructural del subdesarrollo meridional, sino también por el reiterado y sistemático fracaso de todas las propuestas de los meridionalistas liberales. Confiar en otras clases, como la pequeña burguesía, que en el sur está completamente subordinada a los terratenientes, o el propio campesinado que, por sí sólo, no es capaz de superar la disyuntiva pasividad -*jacquerie*—, significa aplazar de forma ilusoria la solución definitiva; por ello sólo el proletariado, guiando al conjunto de las masas populares, está capacitado para resolver esta cuestión y concluir así el proceso unitario nacional abierto con el *Risorgimento* [49].

Es necesario referirse a los distintos tipos de meridionalismo surgidos históricamente para ver los límites y las soluciones que ofrecieron diversas corrientes intelectuales y comprender las razones de su inoperancia, así como el punto de vista crítico de Gramsci. Una primera gran tendencia, pionera en este terreno, está representada por los *meridionalistas liberal-conservadores* que partieron de premisas *éticas* para intentar resolver el problema del sur: se trataría de combinar el paternalismo de Estado y la moralización pública con un generoso filantropismo social. El órgano de la reforma sólo podía ser, por prin-

---

[47] G. Giarizzo, *Il Mezzogiorno de Gramsci.* En: Política e storia in Gramsci, op. cit., Vol. I, p. 321 y sigs. Asimismo: R. Villari, *Gramsci e il Mezzogiorno,* id. *op. cit.*, p. 481 y sigs.

[48] QC, I, p. 131.

[49] *Il Congresso di Livorno*; SF, pp. 40-41.

cipio, el Estado encargado de modernizar las técnicas y *suavizar* las condiciones sociales del campesinado, puesto que no se cuestiona en esta perspectiva el problema del régimen de propiedad de las tierras. El ideal de estos meridionalistas se resume en el mito del «*buen gobierno*» y de las reformas formales. Con relación al sufragio universal masculino las prevenciones eran considerables, aunque en el tema de la descentralización administrativa estaban dispuestos a ir más lejos. Todos estos meridionalistas constataron la miseria y el atraso del sur, pero sus soluciones son siempre utópicas (Franchetti, Sonnino, Villari). El sector más conservador de estos meridionalistas (Turiello) se inclinó por la explicación *racista* del subdesarrollo del sur en base a argumentos climatológicos y biológicos, defendiendo el colonialismo como válvula de escape de las tensiones sociales acumuladas en la zona. La escuela antropológica (Ferri, Lombroso, Niceforo, Orano, Sergi) llevó hasta las últimas consecuencias esta argumentación, reforzando los prejuicios del norte contra el sur en bloque y favoreciendo a las clases dominantes al dividir las masas populares. La miseria del sur era «inexplicable» históricamente para las masas del norte. Estas no entendían que la unidad nacional no aconteció sobre una base de verdadera igualdad, sino de hegemonía del norte sobre el sur, en la relación territorial de dominación y dependencia que se establece entre las ciudades y el campo en las formaciones sociales capitalistas. La ideología dominante atribuía el atraso del sur a las condiciones innatas de la población meridional, a su incapacidad orgánica [50].

Croce y Fortunato representan el fin de las esperanzas en la reforma «desde arriba». Ambos intelectuales confiaron durante algún tiempo en el paternalismo bien intencionado promovido desde el gobierno, confundiendo los efectos del subdesarrollo con sus causas profundas. Así los males del sur serían, desde su perspectiva, la malaria, el analfabetismo, la desocupación, la emigración, la corrupción y el clientelismo, pero sus propuestas reformistas (descentralización administrativa, reducción de impuestos, innovaciones técnicas, obras públicas, ahorro popular) seguían moviéndose en el ámbito tradicional. Las deficiencias señaladas y muchas más eran, sin duda, bien reales para las poblaciones meridionales, pero para removerlas definitivamente habría que ir al origen de las mismas, esto es, a la estructura del bloque agrario dominante cuya naturaleza diluía objetivamente toda solución de tipo «reformador», haciéndola inviable por generosa y amplia que fuera. En el fondo Croce y Fortunato consolidaron la hegemonía del bloque dominante al integrar en el sistema a los grupos intelectuales del sur.

El *meridionalismo democrático,* heredero de la tradición «accionista», planteó reformas políticas más enérgicas (la república federal, el sufragio universal masculino, la representación proporcional) y reformas económicas más audaces (el librecambismo). Esta corriente representa un eslabón entre los liberales avanzados y los socialistas

[50] QC, III, pp. 2.021-22.

(Colajanni, Nitti). El punto de vista general de estos meridionalistas es que el norte, para *compensar* los males ocasionados al sur tras las contínuas extracciones de sus riquezas, debía invertir sus capitales para industrializarlo y civilizarlo. Para ello sería necesario reformar la vida política resultante del «transformismo», sanear la administración local, ayudar económicamente a los campesinos pobres y potenciar el librecambismo. Con ello sigue resultando evidente la incomprensión sustancial del funcionamiento estructural del modo de producción capitalista en Italia y, a pesar de que denunciaron vigorosamente la postración del sur, las soluciones propuestas por estos meridionalistas seguían siendo inaplicables y utópicas.

El *meridionalismo socialista* supone el fin del planteamiento moral y el primer análisis histórico de las consecuencias negativas del *Risorgimento* para el sur (Cicotti). Salvemini será la máxima expresión del meridionalismo socialista, a pesar de la persistencia de concepciones iluministas y positivistas en su pensamiento [51]. Este notable meridionalista vislumbró perfectamente el carácter de clase del bloque histórico dominante en Italia como causa de la cuestión meridional y planteó la necesidad de contraponerle una *alianza revolucionaria* conjunta de los oprimidos del norte y del sur [52]. Salvemini era muy consciente de que el Estado italiano existente no iniciaría jamás ninguna reforma en profundidad del sur, de ahí su tenaz y solitaria batalla política revolucionaria [53].

Gran interés presenta el estudio del *meridionalismo católico* por sus conexiones con la cuestión vaticana en general [54]. La importancia ideológica del clero meridional, vinculado a las clases dominantes, es fundamental para la cohesión del bloque agrario, lo que plantea el decisivo problema del rol de los intelectuales en esa zona [55]. El desarrollo del «catolicismo social», bien en su versión corporativa o en la democrática (Murri), le planteó a la Iglesia el problema del sur al que debía dar una respuesta cabal. En este sentido la importante figura de Sturzo, en cuanto máximo dirigente político modernizador de la Iglesia, es fundamental. La gran creación de Sturzo es el PPI, partido de masas con base esencialmente rural que compite eficazmente con los socialistas en su propio terreno. El carácter ecléctico de este partido permite incluir reformas políticas y sociales democráticas para el sur, como la descentralización de tipo *regionalista,* la alfabetización, la reforma agraria y el sufragio universal *integral.* El meridionalismo reformista católico se propone acabar con el sistema «trans-

---

[51] Vid. la recopilación de sus escritos sobre este tema: G. Salvemini, *Scritti sulla questione meridionale (1896-1955),* Einaudi, Turín, 55.

[52] M. L. Salvadori, *Il mito del buongoverno, op. cit.,* p. 290.

[53] *La política del «se»,* SG, p. 273.

[54] Vid. al respecto las interesantes aportaciones de G. De Rosa, *Gramsci e la questione cattolica.* En: Política e storia in Gramsci, *op. cit.,* vol. I, p. 259 y sigs. Asimismo: G. Galasso, *I cattolici nella societá e nella storia dell'Italia contemporanea,* id. *op. cit.,* p. 283 y sigs.

[55] QC, I, p. 66.

formista» y el caciquismo, impulsando profundos cambios de estructura precisamente para evitar la revolución social. Sturzo es consciente de que la cuestión meridional es el *problema nacional* fundamental del país [56], de ahí sus renovadoras propuestas que llegan a incluir la reforma agraria parcelaria, si bien respetuosa de los latifundios *productivos.* Por ello Gramsci constata, de manera realista, que la influencia social de la Iglesia es notablemente profunda, lo que obligará a un Estado socialista en Italia a establecer relaciones particulares con ella dada la entidad de la cuestión católica:

> «En Italia, en Roma, está el Vaticano, está el Papa: el Estado liberal ha tenido que encontrar un sistema de equilibrio con la potencia espiritual de la Iglesia: el Estado obrero también tendrá que encontrar un sistema de equilibrio» [57]..

Finalmente hay que analizar el *meridionalismo revolucionario* representado por intelectuales como Dorso y Gobetti y por el propio Gramsci. Los dos primeros representan la tendencia democrático-radical que no renuncia a plantear el problema meridional en términos de élites dirigentes. Para estos intelectuales la solución se hallaría en la creación de un grupo dirigente intelectual lúcido que pueda guiar a las masas. Esta vanguardia avanzada ilustrada podría encontrarse en la reducida burguesía humanista del sur como base para la construcción de un gran *partido meridional de acción,* según el proyecto de Dorso. Es evidente que esta propuesta se dirigía realmente a la pequeña burguesía meridional, aunque ni Dorso ni Gobetti captaron la inconsistencia de esta clase y su subordinación política al bloque agrario dominante. Por su parte Gobetti avanzó medidas de reforma agraria más audaces puesto que sabía que el mero «reparto» de los latifundios, sin ir acompañado de otras medidas, no resolvería el problema. Por ello se trataría de combinar la inevitable parcelación, exigida por amplios sectores del campesinado, con el cooperativismo e, incluso, donde fuera posible, con la colectivización de las tierras en régimen de grandes haciendas productivas agrícolas. No obstante sus errores y deficiencias, desde el momento en que ejercieron un papel progresista, Gramsci mantuvo buenas relaciones con ambos puesto que creyó que podían ser el vínculo entre las fuerzas revolucionarias y los intelectuales burgueses que asumían posiciones avanzadas.

Sólo Gramsci presenta una alternativa revolucionaria cabal que tenga en cuenta todos los factores y que se engarza con una concepción estratégica nacional basada en la hegemonía de la clase obrera. Para Gramsci la cuestión clave estriba en saber *concretar* la consigna de la alianza obrero-campesina en Italia, lo que representa forjar unos vínculos específicos de unión entre las fuerzas populares del norte y del sur [58]. La entidad del problema campesino en Italia y su manifes-

---

[56] M. L. Salvadori, *Il mito del buongoverno, op. cit.,* p. 404.
[57] Cronache dell'ON, XXVI; ON, p. 476.
[58] Operai e contadini, ON, p. 26. Il problema del potere, ON, p. 59.

tación como cuestión meridional y vaticana a la vez[59] es lo que convierte al proletariado en la única clase nacional capaz de unificar a las dos Italias[60]. Sin embargo Gramsci se dejó llevar excesivamente por las analogías con la situación rusa y estableció un paralelismo forzado con ese ejemplo histórico para reforzar sus argumentos. Las tesis de Lenin sobre la autodeterminación nacional y la cuestión campesina fueron trasladadas en bloque por Gramsci a la realidad italiana, lo que, en ocasiones, produce algunos errores, como, por ejemplo, equiparar el partido social-revolucionario ruso (los «eseristas») al PPI[61].

Gramsci desarrolla la consigna de la IC del «gobierno obrero y campesino» a partir de su propuesta de la «República federal de obreros y campesinos» que se convierte no en un objetivo táctico transitorio, sino en una verdadera estrategia antifascista[62]. Los orígenes de esta concepción en Gramsci tienen una doble fuente complementaria: Lenin y Salvemini. La gran tarea revolucionaria del proletariado urbano e industrial del norte es impedir que el sur sea la base de la contrarrevolución puesto que, si es capaz de ganar el apoyo de la gran mayoría del campesinado, será posible la revolución socialista. Por ello, en Gramsci, el problema meridional, como cuestión nacional, se hizo inseparable de la revolución socialista italiana: se trató de una forma original de alianza obrero-campesina[63].

Gramsci escribió su conocido ensayo incompleto «Alcuni temi sulla quistion e meridionale» en 1926 con objeto de destruir el corporativismo de los obreros del norte, unificar a las masas rurales del sur y atraerse a los intelectuales. En este texto Gramsci proporcionó una explicación científica del subdesarrollo del sur basado en la configuración del bloque histórico dominante. Gramsci escribía:

> «El *Mezzogiorno* (subrayado por el autor) puede ser definido como una gran desagregación social; los campesinos, que representan la gran mayoría de la población, no tienen entre ellos, ninguna cohesión (...). La sociedad meridional es un gran bloque agrario constituido por tres capas sociales: la gran masa campesina amorfa y desarticulada, los intelectuales de la pequeña y mediana burguesía, los grandes terratenientes y los grandes intelectuales. Los campesinos meridionales están en contínua efervescencia, pero como masa son incapaces de dar una expresión centralizada a sus aspiraciones y necesidades»[64].

El problema del sur no es del «reparto» del latifundio, sino la con-

---

[59] QM, CPC, p. 140.

[60] M. L. Salvadori, *Gramsci e la questione meridionale.* En: Gramsci e la cultura contemporánea, *op. cit.,* vol. I, p. 408.

[61] Vid. al respecto el estudio de C. Cicerchia, *Il rapporto col lenninismo e il problema della rivoluzione italiana.* En: A. Caracciolo, *La cittá futura, op. cit.,* pp. 11-37.

[62] Vid. el artículo de F. de Felice, *Questione meridionale e problema dello Stato in Gramsci,* Rivista stórica del socialismo, IX, nº. 29, sept.-dic., 66.

[63] L. A. Aimo, *Stato e rivoluzione negli scritti sulla questione meridionale.* En: Gramsci e la cultura contemporánea, *op. cit.,* vol. II, pp. 183-89. Asimismo: QM, CPC, p. 156.

[64] QM, CPC, p. 150.

creción de la alianza obrero campesina dirigida por el proletariado. Para Gramsci la unidad campo-ciudad no puede proceder de la pequeña producción, sino sobre la base de la gran industria racionalizada y altamente tecnificada que, gestionada directa y democráticamente por el conjunto de los productores, desarrollará todos los sectores económicos y sociales[65]. Las tierras en el sur están bastante fraccionadas, a pesar de que el control de la mayoría de éstas se lo reserva la burguesía rural rentista y pasiva. Esto acentúa los rasgos semifeudales de la estructura social meridional desde el momento en que el campesinado debe mantener con su trabajo a una gran masa de población inerte y parasitaria[66]. El sur, en su conjunto, a pesar de la existencia de ciertos islotes de población de tipo urbano moderno, más o menos considerables, desempeña objetivamente la función de ser el campo de Italia, así como el norte es la ciudad industrial:

> «Económica y políticamente toda la zona meridional y de las islas funciona como un inmenso campo frente a la Italia del norte que funciona como una inmensa ciudad»[67].

Una gran ciudad como Nápoles, por ejemplo, prácticamente carece de industria, por lo que su población se compone de abundante lumpenproletariado urbano, escasas capas medias productivas y de servicios y la oligarquía terrateniente rentista. Todo ello se añade a la dificultad suplementaria para las fuerzas revolucionarias de aglutinar a la población rural, dispersa y aislada por su propia condición. De ahí que, en rigor, es casi imposible crear partidos de base exclusivamente campesina. Se comprende entonces la extraordinaria importancia que adquiere para Gramsci la conquista ideológica y política de los grupos intelectuales del sur para que ejerzan, con su prestigio profesional y social en los medios rurales, una influencia progresista en el campesinado[68].

Un problema específico, dentro de la cuestión meridional lo plantean las *islas,* por lo que Gramsci diversificó parcialmente las soluciones políticas para éstas. En el caso de Sicilia se da no sólo una mayor cohesión territorial, sino también un cierto desarrollo industrial y comercial. Incluso una parte relativamente importante de los latifundios están capitalizados y poseen abundante proletariado agrícola. Paradójicamente las reivindicaciones autonómicas y también separatistas han sido esgrimidas en Sicilia por los grandes propietarios terratenientes y no por los campesinos o los intelectuales, precisamente como medio de presión para obtener concesiones económicas y exenciones fiscales del Estado central.

El caso de Cerdeña es más complejo puesto que se entremezclan

---

[65] QC, I, pp. 273-74.
[66] QC, III, pp. 1.804 y 2.143.
[67] *Cinque anni di vita del partito*, CPC, p. 107.
[68] QC, III, p. 2.024.

las cuestiones social y, en cierto sentido, nacional. La reivindicación autonómica es popular en la isla y reviste connotaciones de problema nacional al existir una *lengua propia* diferente de la italiana. Es interesante constatar, como ha indicado Melis, que hay un sardismo permanente en Gramsci que evolucionó del nacionalismo indepentista juvenil al marxismo [69].

En Cerdeña todas las riquezas naturales estaban en manos extranjeras, subsistiendo una estructura social interior semifeudal basada en el caciquismo y la represión, lo que explica las notables dimensiones del fenómeno popular del bandolerismo [70]. Ni el socialismo, ni posteriormente el comunismo, lograron echar sólidas raíces en la isla, en parte por su tardía comprensión del fenómeno autonomista, radicalizado por el fascismo por su política centralista-uniformista autoritaria, aunque sin llegar a revestir explícitamente un carácter nacionalista [71]. Inicialmente para el PCI el regionalismo no era más que un engaño interclasista típico de la ideología burguesa, de ahí su hostilidad contra ese fenómeno político. En esas circunstancias se produjo el espectacular ascenso del PSdA, partido democrático radical, que se erigió en el máximo representante de la reivindicación autonomista contando con una amplia base popular y campesina. A partir de ese momento el PCI asumió de forma instrumental el problema en cuanto potenciaba la lucha antifascista y anticentralista a la vez que unía las reivindicaciones social y nacional [72]. La colaboración entre ambos partidos fue bastante estrecha hasta la plena afirmación de la dictadura fascista y se llegaron a elaborar elementos programáticos comunes, como, por ejemplo, el acuerdo de luchar por una república sarda de obreros y campesinos dentro de la federación soviética italiana [73]. Gramsci consideró que la existencia del PSdA, pese a todas sus ambigüedades, era muy útil, como medio de cohesión regional frente al bloque reaccionario [74].

---

[69] G. Mellis, *Antonio Gramsci e la questione sarda (antología),* Della Torre, Cagliari, 75. Introducción, p. 9.

[70] G. Sotgiu, *Gramsci e il movimento operaio in Sardegna.* En: Gramci e la cultura contemporánea, *op. cit.,* vol. II, pp. 150-51.

[71] G. Sotgiu, *Il mito della nazione sarda,* Rinascita, 27 jun. 75.

[72] En su II Congreso de Oristano (1922) el PSdA confirmó en su programa las tesis de Salvamini, que hizo propias, sobre la unidad de las reivindicaciones de clase y de autonomía nacional, a pesar de las resistencias del sector moderado del partido.

[73] Vid. la intervención del comunista Grieco en el V Congreso del PSdA en Macomer (1925). En el IV Congreso del PCI (1931) se extendió esta idea preconizándose repúblicas socialistas soviéticas autónomas para el Mezzogiorno, Sicilia y Cerdeña dentro de la Federación de repúblicas socialistas soviéticas de Italia. Especialmente llegó a hablarse, ya en el programa elaborado en 1928, de autonomía de gobierno para las *nacionalidades* meridionales e insulares, con la oposición de Tasca. Esta reivindicación del derecho de autodeterminación para el sur partía de la base instrumental de que así se favorecía la disgregación del Estado burgués centralista, política modificada por completo tras el VII Congreso de la IC en el que se volvió a valorar positivamente, a pesar de las limitaciones históricas heredadas, la existencia del Estado nacional unitario italiano que globalmente había sido una conquista progresista.

[74] G. Melis, *Gramsci e la questione sarda, op. cit.,* pp. 20-21.

El máximo dirigente sardista, Lussu, teorizó la idea de Cerdeña como *nación históricamente fallida* por el subdesarrollo económico y social que había impedido la creación de un fuerte grupo local dirigente [75]. Gramsci depuró el sardismo de toda connotación idealista e interclasista, situándolo en una perspectiva global superior. Se trataba de tomar la bandera de la autonomía para impedir que ciertos grupos burgueses locales pudieran monopolizarla con fines demagógicos. De este modo sería posible vincularla consecuentemente con la reivindicación revolucionaria de clase dentro de un proyecto socialista global a nivel italiano. La autonomía de la isla era inseparable de la dirección nacional del proletariado en toda Italia y su resolución sólo sería posible con el triunfo del socialismo y la construcción de un Estado obrero.

---

[75] P. Petta, *Ideología constitucional de la izquierda italiana,* (1892-1974), Blume, Barcelona, 78. p. 45. Asimismo, vid. la correspondencia entre Gramsci y Lussu, *La questione sarda: l'alleanza tra operai, contadini e pastori,* CPC, pp. 528-30.

CAPÍTULO V.

EL PRINCIPE MODERNO

1. FUNCIONES DE LOS PARTIDOS POLÍTICOS EN LAS SOCIEDADES DE CAPITALISMO DESARROLLADO CON REGÍMENES LIBERAL-DEMOCRATICOS. LA CRÍTICA A MICHELS

Partiendo de la tesis de que todo partido no es más que una *nomenclatura de clase* Gramsci analiza el rol de estos aparatos políticos por su importancia en la articulación de la sociedad civil y su incidencia en el Estado en sentido estricto. Ciertamente su reiterada afirmación de que cada partido representa exclusivamente a una clase social debe entenderse en un sentido político general, no sociológico puesto que la relación partido-clase es más compleja en la realidad [1]. La base social de los partidos no se reduce tan sólo a una clase puesto que, en determinadas circunstancias, estos ejercen funciones de equilibrio entre los intereses del grupo al que representan específicamente y otros aglutinados alrededor de la propia órbita política. Obviamente en toda formación social existen zonas «neutras» que cada grupo político se esfuerza en conquistar, de ahí la pluralidad de intereses que convergen en la configuración de un partido. Su grupo dirigente, que representa esencialmente a una sola clase, debe tener en cuenta esta contradicción para evitar, mediante oportunas concesiones y equilibrios, verse desbordado.

La historia de un partido no es la de su grupo dirigente aislado, sino la de un grupo social determinado que, a su vez, está inserto en una formación social y en un Estado históricamente determinados, por ello su análisis ha de tener un marco de referencia superior [2]. Centrar el estudio de un partido en su organización, en sus congresos o en su vida interna, como pretende la escuela de los elitistas, es acientífico. Para éstos, impregnados de una ideología conservadora aris-

[1] QC, II, p. 772, pp. 1.602, 1.732 y 1.760.
[2] QC, II, p. 1.629.

tocratizante y antidemocrática, los partidos modernos no son más que reducidas oligarquías políticas dominantes, o incluso camarillas personales, aglutinadas alrededor de un jefe carismático o de una burocracia dirigente estable y permanente puesto que las masas, por sí mismas, son amorfas y sólo se movilizan por impulsos irracionales, incapaces de elevarse intelectualmente [3].

Gramsci critica duramente al máximo representante de los elitistas, Michels, su endeble método analítico y el prisma ideológico conservador que lo motiva. Michels no es más que un plagiador, un mal continuador de Weber, deslumbrado por la noción del «carisma» personalista, por lo demás exorbitada considerablemente. La clasificación y tipología de los partidos políticos en Michels es superficial y sumaria [4]. Para este autor se dan los siguientes modelos: 1) partidos carismáticos con base de masas, aglutinados alrededor de una figura importante con un programa vago, lo que demuestra la inmadurez de las fuerzas populares; 2) partidos con base específicamente clasista propios de los regímenes liberal-democráticos modernos; 3) partidos generados por ideas políticas o morales (partidos «doctrinarios»); 4) partidos confesionales; 5) partidos nacionalistas. A este cuadro sumario Gramsci añade los partidos republicanos bajo regímenes monárquicos y viceversa [5]. Michels teoriza la inevitable tendencia a la oligarquía y a la falta de control de base eficaz en los modernos partidos de masas, partiendo del ejemplo del SPD en el que una rígida capa dominante de funcionarios inamovibles se ha enquistado en la organización. Así la alta política y, por tanto, las grandes decisiones, están monopolizadas por una dirección profesional y técnica y, por último, la centralización de la organización es muy considerable al ahogar toda iniciativa política de las agrupaciones locales y periféricas. Para Gramsci deducir de ahí conclusiones generales es superficial puesto que denota un método *empírico*, aplicado exclusivamente a un modelo muy concreto de partido, poco riguroso y que no tiene en cuenta otras consideraciones históricas. Por otra parte, sus conclusiones políticas son reaccionarias, de ahí la negativa posición de Gramsci frente a este tipo de análisis.

Gramsci subraya la importancia de los partidos en los regímenes liberal-democráticos en cuanto instrumentos de *mediación* entre la sociedad civil y el poder político, requeridos por la división estructural entre gobernantes y gobernados. Los partidos del sistema son también órganos aparentemente «privados» que representan a diversos sectores de ciudadanos pero que, en realidad, forman parte de los aparatos del Estado, según los criterios de Gramsci examinados con anterioridad. Su función es formalmente mixta (doble dependencia «pública» y «cívica»), pero sus evidentes funciones de encuadramiento

---

[3] L. Paggi, *Gramsci e il moderno principe,* op. cit., p. 123.

[4] R. Michels, *Los partidos políticos. Un estudio sociológico de las tendencias oligárquicas de la democracia moderna,* II vols.; Amorrortu, Buenos Aires, 69.

[5] QC, I, pp. 234-35.

político de la sociedad demuestran su carácter estatal. Los partidos contribuyen, por tanto, a perfeccionar la legitimación y la autoridad del Estado, revestido de la ideología liberal-burguesa de la separación formal de poderes, de la representación delegada y de la soberanía popular.

En el Estado moderno los partidos elaboran y difunden *concepciones del mundo,* de ahí su función complementaria ideológico-educadora en la organización del consentimiento, a la vez que *seleccionan* individualmente a un determinado personal dirigente y ésta es una de sus funciones políticas esenciales. Los partidos son así creadores de nuevas *intelectualidades* integrales y «totalitarias», uniendo teoría y práctica mediante la adhesión individual y formando la élite gubernamental y administrativa dirigente[6]. Los partidos representan, por consiguiente, la integración «espontánea» de una élite a la reglamentación general del Estado. Desde este punto de vista los partidos pueden ser considerados como *escuelas de vida estatal*[7]. Los partidos colaboran con otros aparatos «privados» de la sociedad civil para la formación de los intelectuales orgánicos desde el momento en que éstos segregan sus propias categorías dirigentes internamente diferenciadas en diversos grados. A este nivel desempeñan la misma función hegemónica que el Estado en la sociedad política, es decir, la de saldar los intelectuales tradicionales a los orgánicos[8].

Todo partido está compuesto fundamentalmente por tres grandes capas: 1) un elemento difuso de hombres medios que son la fuerza que debe ser centralizada, se trata de organizar con ello la base social potencial del mismo que aporta la disciplina y la fidelidad a la organización (militantes, simpatizantes y electores); 2) el elemento cohesionador principal formado por el grupo de los dirigentes; 3) un elemento intermedio mediador que articula los dos anteriores, en otras palabras, los cuadros técnicos y los funcionarios. Recurriendo una vez más a la terminología militar, Gramsci define estas tres categorías como los soldados, los generales y los oficiales respectivamente[9]. Históricamente los dirigentes son los primeros en surgir a la hora de formar un partido, pero éste no puede cuajar como tal si no consigue articularse con los otros dos factores mencionados[10]. La fuerza de los partidos tradicionales, bajo un régimen liberal-democrático, se mide, en primer lugar, por sus resultados electorales, antes que por el número de sus afiliados. Desde el momento en que la presión y las movilizaciones de masas desbordan los objetivos, las formas de actuación y las previsiones políticas de los partidos tradicionales de tipo liberal puesto que, según su acepción restrictiva del concepto de soberanía popular, el método democrático las excluye por definición,

---

[6] QC, II, p. 1.387.
[7] QC, II, p. 920.
[8] QC, III, p. 1.522.
[9] J. M. Piotte, *El pensamiento político de Gramsci,* op. cit., p. 78 y ss.
[10] QC, III, p. 1.734.

no importa tanto la fuerza organizada (excepto para fines electorales) cuanto la incidencia social traducida en votos. En este sentido un partido que obtenga buenos resultados en las elecciones locales y más bajos en las generales refleja un déficit cualitativo en su dirección central: demuestra tener una amplia red subalterna, pero carece de un estado mayor adecuado [11]. Otro elemento fundamental para calibrar la solidez de un partido es el de la disciplina y la cohesión política e ideológica interna. La existencia de antagonismos entre diversas fracciones de un mismo partido revela una degeneración tendencial del espíritu global y solidario del propio partido, una cierta unilateralidad extremista, a la vez que revela la presencia de contradicciones sociales agudizadas en su seno [12]. En definitiva, las condiciones para la fuerza de un partido consisten en su homogeneidad ideológica y política, en su base de clase coherente y en su organización interna unificada.

Hay grupos que formalmente no funcionan como un partido político, pero que desempeñan en la práctica su papel. Este es el caso de los denominados «grupos de presión» económicos, sociales o culturales, entre los que destaca, en particular, la prensa denominada «independiente» cuya información pretendidamente «apolítica» y «objetiva» tiene una gran incidencia social. Determinados grandes intelectuales, como Croce en Italia, también actúan como dirigentes políticos, desde su tribuna cultural, aglutinando a diversas corrientes liberales que abarcan desde los conservadores y los nacionalistas hasta los republicanos e incluso los socialistas, antes del advenimiento de la dictadura fascista, perfeccionando con ello el consenso hacia el Estado y el sistema establecido [13]. Los partidos, en la realidad efectiva pueden presentarse con nombres diversos, incluso como anti-partidos, pero también los individualistas, como caso extremo, son hombres de partido:

> «el individualismo es tan sólo apoliticismo animalesco (sic); el sectarismo es 'apoliticismo' y si (bien) se mira, en efecto, el sectarismo es una forma de 'clientela' personal, mientras falta el espíritu de partido, que es el elemento fundamental del 'espíritu estatal'» [14].

La verdad teórica de que toda clase esencial tiene un sólo partido, entendido en sentido amplio, se demuestra en los momentos excepcionales de crisis, históricamente decisivos, por el hecho de que diversos agrupamientos políticos, cada uno de los cuales se presentaba como un partido «independiente», se reúnen y forman un *bloque único*. La división anterior era sólo de tipo «reformista» y táctico, al hacer referencia a cuestiones parciales para extender mejor su influencia social. En cierto sentido aquel pluralismo formal representaba una

---

[11] QC, III, p. 1.628.
[12] QC, II, p. 926.
[13] A. R. Buzzi, *Teoría política de Antonio Gramsci,* op. cit., p. 174.
[14] QC, III, p. 1.755.

división funcional del trabajo político desde el momento en que todos los partidos burgueses se identifican con el Estado y están unificados en él [15]. El ejemplo de los bonapartismos y del cesarismo es particularmente ilustrativo ya que demuestra que los partidos de la burguesía se funden en uno sólo o desaparecen en aras del arbitraje del «jefe carismático», reorganizándose por completo todo el sistema político en esas circunstancias. Con el partido totalitario de gobierno las funciones de policía, esto es, de tutela represiva de un cierto orden político y legal, pasan a primer plano. Este tipo de partido funciona burocráticamente, por ello es un mero ejecutor que no delibera:

> «es técnicamente un órgano de policía y su nombre de partido político no es más que una metáfora de carácter mitológico» [16].

La abolición legal de los partidos y la institucionalización del partido único, con la confusión entre la sociedad civil y la sociedad política que se deriva de ellos, hace que éste pierda incluso su apariencia de asociación «privada» con fines públicos para convertirse abiertamente en un instrumento del Estado y del propio gobierno.

En definitiva, Gramsci parte de la constatación ideológica de que la lucha de clases se produce en el choque de dos *constelaciones* de fuerzas, en cuyo interior se afirma la hegemonía de los grupos más dinámicos vinculados a la clase ascendente más progresista. En este sentido todo partido político no sólo es un instrumento «técnico» para acceder al poder, sino que no acaba de estar formado nunca puesto que siempre representará a sectores sociales limitados. La extensión de un partido a toda la sociedad es objetivamente imposible por su propia naturaleza, de ahí las vanas pretensiones de los partidos totalitarios de encarnar orgánicamente a la nación. En el caso del partido obrero revolucionario que, por definición, es *diferente* a todos los demás existentes, puesto que se constituye como antítesis del Estado burgués, su fin último es precisamente el de desaparecer en el momento en que la sociedad civil reabsorba todas las funciones de organización y de «administración de las cosas», según la conocida expresión de Engels.

2. El instrumento de la revolución socialista: el partido político del proletariado como encarnación de la voluntad colectiva. Centralismo democrático, centralismo burocrático y jacobinismo

El mayor esfuerzo político de Gramsci fue su preocupación por dotar a la clase obrera y sus aliados de un partido coherente y revolucionario que se distinguiera netamente de todos los demás y que no

[15] QC, III, p. 1.760.
[16] QC, III, p. 1.692.

pudiera ser integrado por el sistema burgués. Dentro de la tradición del movimiento obrero los reformistas habían tenido una concepción autoritaria del partido por la que la base *delega* en la dirección, fuertemente jerárquica, la alta política; por su parte los sindicalistas revolucionarios habían olvidado la importancia de la disciplina y del rigor ideológico [17].

Hasta el presente la solución bolchevique es la que mejor responde, a juicio de Gramsci, a las necesidades históricas del proletariado. Esto significa que el PC combina el necesario *jacobinismo* revolucionario con la espontaneidad de las masas, estructurándose de forma nueva y dialéctica con relación a los criterios anteriores [18]. El problema del jacobinismo «provisional» de los bolcheviques y de la inmadurez del proletariado ruso fue subvalorado por Gramsci que siempre mantuvo, no obstante ciertas reservas parciales, una enorme confianza en los dirigentes soviéticos y muy poca información sobre el contenido real de los órganos de participación democrática popular en la vida política de la URSS. Gramsci, al considerar inevitable por un cierto tiempo el jacobinismo bolchevique, valoró positivamente el hecho de que el partido ruso «modelase» a la sociedad civil (hecho todavía más necesario en el Oriente atrasado), sin percibir que el proletariado se estaba convirtiendo en una masa instrumental sin poder de control y que el partido, en fase creciente de burocratización, se confundía ya con el Estado.

El partido revolucionario de la clase obrera expresa el paso de la fase económico-corporativa a la fase directamente política y hegemónica, en la que es posible dirigir a un amplio bloque social para conquistar el poder. El partido revolucionario surge por una necesidad histórica determinada y debe ser a la vez un órgano político de lucha y de educación puesto que es portador de un nuevo proyecto de civilización de alcance universal [19]. El concepto de partido revolucionario en Gramsci atravesó diversas etapas, anteriormente examinadas, hasta cristalizar en los QC en la idea del «Príncipe moderno». Partiendo de Maquiavelo, Gramsci afirma que, en el presente, el nuevo príncipe no puede ser lógicamente una persona individual, por notable que sea, sino que ha de ser un órgano político colectivo, es decir, el partido. En éste se resumen los gérmenes de voluntad colectiva que tienden a ser totales y universales, de ahí la idea gramsciana del partido revolucionario como impulsor de la reforma intelectual y moral [20]. Por esta razón el partido revolucionario ha de ser, en parte y en sentido positivo, jacobino, para suscitar la formación de esa necesaria voluntad unitaria nacional-popular.

---

[17] L. Paggi, *Gramsci e il moderno principe,* op. cit., p. 132. Vid. además, P. Cristofolini, *Dal dispotismo al «moderno principe».* En: *Política e storia in Gramsci,* op. cit., vol. II, p. 343. O. Massari, *Il «moderno principe» nella política, storia di Gramsci (considerazioni sulla problematica del partito moderno);* Id., p. 450.

[18] L. Paggi, Id. op. cit., pp. 141 y 304.

[19] Ch. Buci-Glucksmann, *Gramsci et l'Etat,* op. cit., p. 266.

[20] QC, III, pp. 1.558-60.

El partido revolucionario es un órgano de vanguardia depositario de la doctrina marxista, por eso requiere una férrea homogeneidad ideológica y organizativa. El «monolitismo», que no uniformismo, del PC da como resultado una mayor fuerza de combate y una representación de la clase obrera más firme. Para ello es necesario que incluso «físicamente» sea el partido de la clase obrera ya que no es conveniente que predominen en su dirección elementos procedentes de otros grupos sociales, al menos en su fase de madurez y de expansión. La organización del partido debe poder asegurar en su seno la preeminencia del proletariado ya que sólo así podrá aspirar a «representar» objetivamente a todos los trabajadores, aunque subjetivamente sólo a su parte más consciente. Gramsci sabía bien que en el conjunto de las masas trabajadoras cohexistían voluntades políticas e ideológicas muy diferentes (reformistas, maximalistas, anarquistas, católicos y otras), para ello el PC debe asumir la totalidad de los intereses populares, aunque sólo «actualice» la voluntad de la parte más avanzada.

Mancina ha señalado que en Gramsci la influencia directa del punto de vista de la IC con relación al tema del partido revolucionario es bien evidente, lo que traduce una concepción implícitamente totalizadora e instrumental del mismo [21]. Ciertamente Gramsci, en este terreno, se limita en lo esencial a seguir la «ortodoxia» leninista, si bien complementa la idea del partido-vanguardia, como *único* representante legítimo del proletariado revolucionario, con el tema del partido-intelectual colectivo de carácter democrático. Gramsci no rechaza, por principio, la existencia necesaria y legítima de diversos partidos, en cuanto encarnan intereses sociales diferentes y permiten una manifestación abierta de la lucha de clases. Es preferible asumir las contradicciones sociales existentes antes que intentar negarlas coactivamente, de ahí que la fase de transición al socialismo pueda contemplar la presencia abierta y libre de varios partidos. Sin embargo, esta idea, que teóricamente también estaba en Lenin, no es llevada hasta sus últimas consecuencias puesto que, con relación a la clase obrera, se pretende representarla en exclusiva a través del PC. Es decir, con ello se reconoce un inevitable pluralismo político externo, para que exprese a las otras clases sociales, pero se niega para el proletariado que, por definición, tiene que estar férreamente agrupado alrededor de su única y excluyente vanguardia revolucionaria.

La función dirigente del partido se muestra en clave hegemónica puesto que éste no puede pretender dirigir autoritariamente a la clase obrera desde fuera. El partido sólo será de vanguardia si consigue serlo en la realidad entre las masas, no porque lo proclame con insistencia. El partido asume así el rol del Principe moderno al dirigir colectivamente a amplias masas populares hacia la conquista de la hegemonía. Sin embargo, la idea de que la revolución está dirigida por el partido ha motivado que algunos autores atribuyen a Gramsci una mitificación de la organización concebida como un «demiurgo» totalitario.

[21] C. Mancina, *A proposito di alcuni temi gramsciani,* op. cit., p. 30.

Ciertamente hay afirmaciones de Gramsci rotundas sobre el hecho de que el partido toma el lugar en las conciencias de la divinidad o del imperativo categórico, pero con la idea de que, sólo así, en esa inevitable «fase jacobina», será posible realizar la reforma intelectual y moral basada en un laicismo revolucionario[22]. Sobre todo para Pellicani ésta teoría conduciría a la dictadura de los intelectuales orgánicos «ilustrados» que liquidarían el pluralismo. Se trataría entonces de una cuasi-divinización absoluta de los dirigentes incontrolados, lo que conduciría a un régimen autoritario y exclusivista[23]. En realidad Gramsci siempre se cuidó de no identificar el partido con toda la clase obrera, ni de confundirlo con el Estado, de ahí su énfasis en la función hegemónica, de dirección político-ideológica ganada mediante el consenso, en la sociedad civil. Como han señalado Gerratana y Paggi, el partido no puede ser un ente totalitario, en el sentido represivo del término, sino la expresión orgánica de la voluntad colectiva nacional-popular, so pena de negarse a sí mismo como fuerza revolucionaria[24]. Gramsci no se dejó así deslumbrar por el fetichismo de la organización y señaló incluso los peligros de un monopartidismo permanente.

La función unificadora del partido hace que toda la acción política quede encerrada en él y, en este sentido, Gramsci no es pluralista. Esto es así desde el momento en que no se plantea la relación de las masas con el Estado a partir de articulaciones políticas *diversificadas*, sino exclusivamente mediante el partido revolucionario. Gramsci, por tanto, no habla estrictamente de pluralismo, en el sentido de pluripartidismo, pero critica el «parlamentarismo negro»[25]. En esta perspectiva hay una importante reflexión de Gramsci sobre la hipocresía de la «autocrítica» que hace referencia a la situación interna de la URSS. La «autocrítica» se ha acabado convirtiendo en un recurso «teórico» y «parlamentario», en sentido negativo, lo que demuestra que no es tan fácil acabar con el parlamentarismo. Este aflora siempre de forma implícita: se pueden eliminar sus instituciones, pero el fondo subterráneo permanece tenazmente desde el momento en que, durante la fase de transición, siguen existiendo las clases sociales y, por consiguiente, las luchas de clases. Las manifestaciones de «*parlamentarismo negro*» demuestran la pervivencia de este fenómeno. La liquidación de Trotsky, por ejemplo, *parece* representar el fin de ese tipo de parlamentarismo negativo que subsistía tras la eliminación del Parlamento legal, lo que significa que «aboliendo el barómetro no se

---

22 *Democrazia operaia;* ON, pp. 10-11, QC, II, p. 800; III, p. 1.561.

23 Vid. la tendenciosa y parcial monografía de L. Pellicani, *Gramsci e la questione comunista;* Vallecchi, Florencia, 76.

24 V. Gerratana, *La nueva estrategia que se abre paso en los «Quaderni»*, op. cit., p. 113. L. Paggi *Después de la derrota de la revolución en Occidente,* id., op. cit., p. 128.

25 Vid. B. De Giovanni, *Lenin, Gramsci y la base teórica del pluralismo; Crítica marxista,* n.° 3-4, XIV, may.-ag. 76. Asimismo: C. Mancina, *A proposito di alcuni temi gramsciani, op. cit., p. 33.*

elimina el mal tiempo»[26]. Hay aquí en Gramsci una constatación de que la excepcionalidad histórica de las condiciones rusas, señaladas por Lenin en su momento, que han desembocado en el partido único de gobierno, no deben servir de precedente universal para las fuerzas revolucionarias puesto que la hegemonía del proletariado no está reñida, por definición, con la manifestación de tendencias políticas diversas. Es más, Gramsci había preconizado la construcción de un Estado obrero democrático que garantizase a todas las tendencias anticapitalistas la posibilidad de convertirse en partidos del gobierno proletario[27].

El partido revolucionario debe ser, desde el principio un *anti-Estado* en potencia. Debe mostrar, en la práctica, que, incluso bajo el capitalismo, es capaz de constituirse como modelo opuesto al sistema en todos los aspectos. Ha de funcinar y comportarse como fuerza revolucionaria para polarizar a su alrededor, no obstante estar inmerso en un contexto burgués hostil que lo presionará de continuo, a todos los sectores realmente progresivos de la sociedad. En su lucha revolucionaria, el partido *se hace Estado* en la medida en que ayuda al proletariado a convertirse en la clase hegemónica. Su fin último es la supresión de la explotación capitalista y de la división entre gobernantes y gobernados, por ello su perfección consistirá en desaparecer, lo que significará que ya no existen clases[29].

Para evitar todo riesgo de autoritarismo y burocratismo el partido debe funcionar democráticamente para unir a sus tres estratos y ofrecer un verdadero programa liberador de la humanidad. Por ello es preciso recordar que:

> «la burocracia es la fuerza consuetudinaria y conservadora más peligrosa, ya que acaba constituyéndose como cuerpo solidario, que está aparte y se siente independiente de la masa, (por ello), el partido acaba siendo anacrónico»[30].

La organicidad dialéctica sólo es posible mediante el *centralismo democrático* en movimiento que adecúa la organización al desarrollo social. Si prevalece el centralismo burocrático en el Estado o en el partido quiere decir que el grupo dirigente está saturado, convirtiéndose en una camarilla que tiende a perpetuar sus privilegios. Toda manifestación de centralismo burocrático se debe a la debilidad de las fuerzas de base que no pueden controlar a los grupos dirigentes debido al primitivismo de la sociedad civil y a su falta de tradición hegemónica. Para Gramsci, el centralismo democrático, siendo la fórmula idónea de organización y funcionamiento, tiene evidentemente diversas lecturas y aplicaciones elásticas, de ahí las prevenciones y seguridades que deben tomarse. El centralismo democrático requiere la unidad orgánica entre teoría y práctica, entre intelectuales y masas, en-

[26] *QC, III, op. 1.742-44.*
[27] *Il problema del potere;* ON, pp. 59-60.
[28] *Carta de Gramsci a Togliatti, Terracini y otros,* (9 febr. 1924) en FGD, pp. 195-96. Vid. QC, III, pp. 1.732-33.
[29] QC, II, pp. 734 y p.37.
[30] QC, III, p. 1.604.

tre gobernantes y gobernados a la vez que una rotatividad y revocabilidad permanente de los grupos dirigentes [31]. Con todo, es inevitable una cierta dosis de centralismo disciplinado para evitar los riesgos de dispersión e ineficacia. No se trata de preconizar una disciplina pasiva y autoritaria que se limite a la mera recepción de órdenes y a su ejecución mecánica, sino que lo fundamental es la asimilación consciente y lúcida de la política preconizada por el partido. En este sentido la disciplina crítica es, para Gramsci, un elemento indispensable de orden democrático [32]. Todas las reglas del partido son vinculantes, pero sólo en la medida en que se hayan discutido y aprobado anteriormente, evitando todo sustituismo de la dirección sobre la base de los militantes. Gramsci reconoce, además, el derecho a expresar con libertad la discrepancia, pero reafirma su sólida convicción de que los acuerdos mayoritariamente adoptados obligan a todos los miembros por igual, de ahí su prevención contra la existencia de fracciones internas organizadas y reconocidas como tales.

El centralismo democrático establece una relación dialéctica entre el educador (el dirigente) y el educado (el dirigido), entre los intelectuales orgánicos y las masas, permitiendo la mútua interacción [33]. Precisamente Lukács había subrayado el proceso de formación del partido como el de la combinación de espontaneidad y disciplina, mientras que Luxemburg había insistido en que la organización debe formarse como producto de la lucha de clases en la medida en que las masas le dan su consentimiento directo, activo e ininterrumpido.

El mecanismo del centralismo democrático fue una concepción originariamente leninista, elaborada a partir del «¿Qué hacer?» y «Dos pasos adelante, uno atrás», propia de un rígido período clandestino que, con posterioridad, fue universalizado y elevado a norma general obligatoria por la IC en su afán de distanciarse al máximo de la socialdemocracia en todos los terrenos. La recepción de Gramsci de este principio es bastante mecánica, a pesar del énfasis que puso en el necesario carácter abierto y flexible del mismo, en su acepción dinámica, tal como ha señalado Bonomi [34].

La teoría del partido revolucionario en Gramsci adquiere, en definitiva, las siguientes características: 1) la organización nace en los lugares de la producción por medio de las *células;* 2) el hombre colectivo se desarrolla, a través del partido, de abajo-arriba; 3) la revolución es un proceso desarrollado por las masas y no por su vanguardia que tan sólo debe limitarse a guiarlas, por ello el poder es ejercido por aquéllas y no por ésta; 4) el partido es *parte* de la clase obrera, no órgano instrumental, y todo militante debe estar capacitado para llegar a ser un dirigente de masas, un intelectual orgánico.

---

[31] QC, III, pp. 1.634-35 y 1.650.

[32] QC, III, p. 1.707.

[33] A. Natta, *Il partito politico nei Quaderni del Carcere.* En: AA.VV, *Prassi rivoluzionaria e storicismo in Gramsci;* Crítica marxista, Quaderni, n.° 3, 67.

[34] G. Bonomi, *Partido y revolución en Gramsci;* Avance, Barcelona, 76, p. 185 y ss.

El partido revolucionario *no es democrático* en el sentido vulgar del término, es decir, liberal, porque es un partido centralizado a nivel nacional e internacional al ser una sección de un partido más grande, de ámbito mundial. Esta concepción de la IC fue plenamente asumida por Gramsci y en ello reside, pese a los matices carcelarios introducidos, uno de los límites históricos que bloquearon el desarrollo de su reflexión sobre los problemas del Estado y la transición.

En conclusión, siguiendo la sinopsis de Salvadori [35], los rasgos y problemas principales del partido revolucionario, según el punto de vista de Gramsci consisten en estos elementos: 1) la función histórica del partido en cuanto «Principe moderno» es la de dirigir a las masas y, en particular, a la clase obrera en cuanto es su expresión política directa, hacia la conquista del poder para edificar el socialismo; 2) la organización interna sólo puede basarse en el principio del centralismo democrático como la mejor solución dinámica posible; 3) la democracia de masas debe basarse en un nuevo tipo de régimen representativo, teniendo como norte la aspiración a la democracia directa de base, puesto que el parlamentarismo de tipo liberal es incompatible con un Estado de tipo soviético en el que está recogido el principio popular de que absolutamente todos los cargos públicos son elegibles; 4) la hegemonía en el socialismo le corresponde a la clase obrera con relación a las demás clases y fuerzas. Los problemas derivados de la relación conflictiva entre hegemonía y dictadura no pueden resolverse por completo en el ámbito de una democracia obrera hasta que el partido que ha dirigido la toma del poder no haya propiciado la reforma intelectual y moral de las masas.

3. La construcción de un nuevo bloque histórico revolucionario nacional-popular

La capacidad dirigente de la clase obrera debe traducirse en la construcción de un nuevo bloque histórico, alternativo a la dominación burguesa, profundamente enraizado con las condiciones nacionales. Es más, su cristalización hará que definitivamente se identifiquen, al menos en países como Italia, la nación y el pueblo, convirtiéndose en sinónimos ambos términos. Esto significa que el proletariado ha de ser capaz no sólo de forjar un amplio abanico de alianzas de clase con el conjunto de las masas populares, lo que sería el aspecto superestructural del bloque histórico, sino que, además, ha de impulsar una transformación estructural de la vida económico-social, una vez que haya conquistado el poder político, premisa indispensable para la edificación socialista.

El nuevo bloque histórico, que va más allá de la dicotomía estructura-superestructuras [36], une finalmente la intelectualidad y las

[35] M. L. Salvadori, *Gramsci e il problema storico della democrazia;* op. cit., p. 44.
[36] Ch. Buci, Glucksmann, *Gramsci et l'Etat,* op. cit., p. 319.

masas, los dirigentes y los dirigidos, la ciudad y el campo, la teoría y la práctica. En este sentido en el nuevo bloque histórico deben integrarse orgánicamente no sólo los trabajadores de la ciudad y el campo, la alianza obrero-campesina en sentido estricto, sino también las capas medias vinculadas a la pequeña producción, los servicios y la actividad cultural. Esta conjunción, que no yuxtaposición, dada la necesaria hegemonía proletaria durante toda la fase de transición, es estratégica. Está destinada a llegar hasta la construcción del socialismo y a su plena realización. En este nuevo bloque se realizarán los objetivos de la clase obrera y sus aliados, se consolidará y expandirá su hegemonía, se transformará revolucionariamente la estructura y las superestructuras y sc construirá una nueva relación entre éstas. Por ello el nuevo bloque histórico es el resultado de la articulación interna de las clases populares, edificada alrededor del sistema hegemónico de la clase explotada fundamental. La clase obrera revolucionaria deberá tener en cuenta los intereses de sus grupos aliados, de ahí que la formación de su sistema hegemónico implique el consenso de éstos, tal como ha indicado Portelli [37]. Su concreción dependerá de la capacidad dirigente del proletariado y de la paralela disgregación de las fuerzas adversarias a partir de una crisis orgánica.

El partido, en cuanto «Príncipe moderno», esto es, como dirigente político y como educador, debe conducir a las masas hacia la revolución. La tarea fundamental del partido es, por tanto, la de aglutinar las voluntades populares revolucionarias dispersas, sintetizarlas en una estrategia adecuada, marcar objetivos tácticos coyunturales necesarios y proyectar toda esta gran fuerza sobre las principales metas, impidiendo errores y desviaciones que alejarían a las masas de la conquista del poder. Posteriormente el partido, durante un largo período, deberá seguir siendo el eje de la reconstrucción social, en profundo contacto con las masas por ser tan sólo un instrumento, aunque privilegiado, de las mismas para alcanzar el nuevo modelo revolucionario de civilización al que aspira el marxismo.

De todo ello se deduce que la estrategia para la conquista de la hegemonía y la creación de un nuevo bloque histórico que propone Gramsci no era el simple resultado de una elección táctica, sino la consecuencia orgánica de un profundo análisis estructural del bloque histórico dominante concreto a nivel nacional. La vía de avance hacia el nuevo bloque histórico incluye tanto la fase previa de expansión hegemónica en la sociedad civil para poder tomar el Estado, cuanto la posterior que debe dar paso a un nuevo modo de producción.

La consolidación del nuevo bloque histórico presupone la reforma intelectual y moral con dimensiones de masas mediante la que se abrirá una nueva era y se edificará una nueva civilización. La hegemonía revolucionaria permitirá superar toda alineación ideológica y el extrañamiento económico, propios de la antigua sociedad burguesa, produciéndose la reunificación de la sociedad. La democracia de-

---

[37] H. Portelli, *Gramsci et le bloc historique,* op. cit., p. 319.

ja entonces de ser una mera táctica de gobierno instrumentalizada por la burguesía para convertirse en un medio para socializar el poder. Gramsci concibe, en definitiva, la democracia como el alargamiento de la política y la esfera del poder, como la superación de la división tradicional entre gobernantes y gobernados, ampliando con ello el significado profundo y revolucionario de su noción [38]. La democracia de base permitirá a las masas no sólo el más riguroso control de sus dirigentes, sino la reapropiación exclusiva del protagonismo político, negado anteriormente por el Estado burgués. La democracia no es con ello un expediente secundario del funcionamiento político, sino un medio vital para el propio socialismo. El Estado obrero será, por definición, el más democrático que la humanidad haya conocido hasta el momento, de ahí la importancia revolucionaria del tema. Cuando sea posible la transición a una sociedad sin clases, a una sociedad plenamente comunista, el propio Estado obrero democrático se convertirá en algo obsoleto y dará paso a su propia disolución progresiva, incluyendo el método democrático de gobierno, puesto que ya no será necesario. En suma, éstas son las principales reflexiones de Gramsci sobre el período de transición, basadas en los clásicos del marxismo, aunque con alguna precisión conceptual propia para poner el acento sobre determinados aspectos éticos de la sociedad regulada.

---

[38] U. Cerroni, *Gramsci y la teoría política del socialismo*. En: *Teoría política y socialismo, op. cit., p. 161 y ss.*

Conclusiones

El PCI, la IC y los límites históricos del horizonte teórico gramsciano

Gramsci ha innovado considerables aspectos de la teoría política marxista aun dentro de la «ortodoxia», puesto que siempre estuvo inmerso en el clima de la IC. Por otra parte hay evidentes lazos comunes entre Gramsci y Togliatti, de ahí que sea lícito afirmar que éste desarrolló, tras la segunda guerra mundial, una línea política trazada en embrión por aquél. Especialmente la asunción de la realidad nacional por parte del PCI es lo que le obliga, en último término, a modificar la estrategia bolchevique para conquistar el poder.

Es Gramsci el que, por una parte, revaloriza el factor nacional y, por otra, lo vincula a su concepción estratégica global de la revolución socialista. En efecto, sólo asumiendo la cuestión nacional hasta sus últimas consecuencias, en cuanto factor democrático y popular fundamental, podrá la clase obrera detentar el protagonismo histórico con el consenso de la gran mayoría de la población. En Italia esta tesis tenía unas consecuencias muy precisas y la aportación de Gramsci superó con mucho el estrecho margen que la IC concedía a las «peculiaridades» nacionales que eran vistas como elementos secundarios que debían tenerse en cuenta tan sólo para adaptar el modelo universal único de la revolución bolchevique a cada país.

Desde 1923 Gramsci se dedica a estudiar las condiciones específicas de su país, lo que explica su interés por la historia nacional y por el problema de los intelectuales. Analizadas las críticas sobre el «historicismo» de Gramsci se puede concluir que, en realidad, tienen poco fundamento, puesto que aquél nunca «olvidó» la idea marxista que otorga la primacía, «en última instancia», a los elementos estructurales en toda formación social. Es cierta la influencia de Croce en su pensamiento, pero no es justo confundir las premisas filosóficas de aquél con las de Gramsci. Precisamente su valoración del elementos histórico tiene la función de acentuar la importancia de la cuestión nacional.

Su análisis del pasado histórico le conduce a interrogarse sobre las causas que malograron la formación del Estado moderno en Italia durante los siglos XV y XVI. Gramsci no se conforma con las explicaciones tradicionales que remitían a las invasiones extranjeras para justificar la actitud de los grupos dirigentes itálicos, sino que busca en el interior de la estructura feudal-comunal el origen de la impotencia nacional. En este sentido, sus agudas observaciones destacan el comportamiento «económico-corporativo» de la burguesía mercantilista itálica que fue incapaz de constituirse en clase hegemónica. Este primer fracaso histórico tendría consecuencias muy negativas para el país, no sólo por el gran retraso en la unificación nacional, sino por la tradición de cosmopolitismo y, a la vez, de localismo que generaría. Por una parte, se desarrollaría una intelectualidad con proyección internacional desvinculada del pueblo y, por otra, la articulación, si quiera cultural, entre las regiones italianas se hizo imposible a nivel popular.

Posteriormente, Gramsci centró su atención en el complejo proceso histórico que condujo a la formación del Estado unitario contemporáneo en Italia. Entre otras cosas, sus reflexiones son de gran interés por ser un riguroso análisis marxista del desarrollo histórico de un Estado capitalista concreto. El denominado «Risorgimento» se produjo, en expresión de Gramsci, como una «revolución pasiva» por la que las masas populares fueron excluidas sistemáticamente de toda iniciativa política. La hegemonía del Estado piamontés, bajo la dinastía de los Savoia, que supo neutralizar a los dirigentes de la oposición democrática y ganarse el apoyo de las oligarquías de los antiguos Estados peninsulares que iba absorbiendo, explican el resultado final obtenido. En definitiva, el proceso unificador, dirigido por un bloque social conservador muy restringido, no dió lugar a una revolución burguesa democrática y edificó un Estado aparentemente liberal, pero profundamente centralizado y autoritario, dependiente del capital extranjero y controlado por una estrecha oligarquía que se perpetuaba en el poder a partir del «transformismo» político.

En Italia, según el punto de vista de Gramsci, jamás se llegó a crear un Estado liberal-democrático basado en el parlamentarismo y en el libre juego de los partidos políticos, por la sencilla razón de que éstos no existieron como tales, teniendo en cuenta, además, que todos los gobiernos manipularon a su antojo las elecciones y la composición de las Cámaras. Como resultado de la alianza política entre la burguesía industrial del norte y los terratenientes del sur se produjo la «cuestión meridional», complementada por el problema católico, y la consolidación de un Estado burocrático de grandes proporciones.

Esta fractura estructural del país se basaba en un determinado sistema de alianzas de clase por el que la burguesía industrial del norte, a cambio de apoyo político, respetó las propiedades de los grandes latifundistas del sur, renunciando a toda reforma agraria. Gramsci plantea entonces el problema del sur como la principal *cuestión na-*

cional italiana que sólo puede ser resuelta por la clase obrera en estrecha alianza con el campesinado meridional. La no superación de la cuestión meridional impide vertebrar definitivamente la nación italiana y hace que el propio sur presente rasgos de nacionalidad oprimida.

Toda su investigación histórico-política está dirigida, por tanto, a estudiar las causas que frenaron la unidad nacional y las razones del fracaso del movimiento obrero que desembocaría en el triunfo del fascismo. Italia había sido un país precoz para generar las formas elementales de la nueva sociedad burguesa en la época moderna, pero, sin embargo, fue la nación que más tardíamente se unificó.

Si los demócratas fracasaron durante el «Risorgimento» como educadores del pueblo y como forjadores de una conciencia nacional, tampoco las organizaciones del movimiento obrero fueron capaces de articularse políticamente con coherencia frente al Estado liberal careciendo de un programa alternativo viable. Esto explica la oscilación permanente entre el sindicalismo corporativista y el «subversivismo» anárquico y discontinuo. Ni siquiera el PSI, con todas sus graves contradicciones internas, pudo acabar con ese estado de cosas. En suma, incluso las mejores fuerzas progresistas fracasaron, en la historia contemporánea italiana, en su misión de forjar la unidad nacional bajo su dirección.

Efectuado este análisis del pasado, es comprensible la esperanzada actitud de Gramsci ante el movimiento de los Consejos de fábrica que, por primera vez en su país, parecían representar el origen de algo nuevo. Por fin la clase obrera revolucionaria se hacía dirigente, superando el localismo, el corporativismo y el «subversivismo». Los Consejos, para Gramsci, significaban que la clase obrera se «hacía Estado» y que ésta era capaz de proyectar sobre toda la sociedad sus valores y su modelo renovador de civilización. Estos nuevos órganos sustituian a las organizaciones tradicionales del movimiento obrero y se demostraban capaces de reorganizar, sobre nuevas bases, la vida productiva y política del país. Gramsci defendió con ardor polémico su concepción «consejista» de la revolución y tardó en asumir la necesidad de fundar un nuevo partido que pudiese dirigir con más eficacia a las masas hacia la conquista del poder, para iniciar la construcción del socialismo. Gramsci reconocería más tarde, autocríticamente, sus excesivas ilusiones en el movimiento de los Consejos y los errores que se derivaron de esa concepción política. El fracaso de la ocupación de las fábricas pondría en primer plano la necesidad de crear un nuevo partido obrero revolucionario alineado incondicionalmente sobre las posiciones bolcheviques, y es evidente que Gramsci se volcó en esa tarea.

Sin embargo, la escisión comunista de Livorno tampoco llenó ese hueco tradicional que existía en el movimiento obrero italiano, ya que el nuevo partido fue muy minoritario y careció de una sólida línea estratégica viable, inclinado hacia el radicalismo «izquierdista» y un violento sectarismo antisocialista. La desorientación de Gramsci, alineado pasivamente tras Bordiga, es palpable por su escaso protagonismo directo en esta coyuntura y sólo con la toma del poder por los fascistas, empezará a variar sus posiciones.

Lo más destacable es el hecho de que Gramsci, a partir de 1923, asume con todas sus consecuencias la política del «frente único» y la aplica de forma original en Italia. Ciertamente, el viraje de la IC, impuesto por las desfavorables circunstancias internacionales que no propiciaban el estallido de la revolución en Europa, tuvo importantes consecuencias no coyunturales, aunque ello tardó en ser comprendido. De hecho, la línea del frente único cuestionaba implícitamente el comportamiento sectario y vanguardista de los comunistas hasta el momento y revalorizaba la cuestión de las alianzas. Naturalmente la IC no analizó las causas de sus derrotas, atribuyéndolas a «desviaciones» de la «línea general» o a «traiciones» de los dirigentes reformistas, pero el cambio de actitud denotaba un repliegue realista. Se venía a reconocer que las escisiones comunistas habían sido, en general, minoritarias y que el grueso del proletariado occidental seguía fiel a las organizaciones social-demócratas tradicionales, de ahí la necesidad de hacer política donde éste estuviese encuadrado, para inclinarlo hacia posiciones revolucionarias.

Es, sin duda, en el Congreso de Lyon de 1926, cuando Gramsci, plenamente afianzado en la dirección del PCI, procede a reorganizarlo sobre nuevas bases políticas, ideológicas y organizativas. La importancia histórica de este Congreso radica en las conclusiones que Gramsci extrajo de la situación. Así, por una parte, expuso en lo esencial su pensamiento sobre el desarrollo histórico del Estado italiano y del movimiento obrero de su país, sentando las bases definitivas para su posterior reflexión y, por otra, proporcionó los elementos fundamentales para una nueva estrategia revolucionaria diferenciada. Es el análisis en profundidad del fascismo lo que conduce a Gramsci a perfilar su perspectiva de la revolución en Italia y a conceder la primacía a la cuestión de las alianzas de clase y a los denominados «objetivos intermedios» democráticos. Si el fascismo no podía reducirse a un simple cambio de gobierno burgués, sino que representaba la aparición de un régimen reaccionario de masas de nuevo tipo, que reorganizaba sobre otras bases la dominación capitalista, esto significaba que era posible abarcar a otras clases en una estrategia de derrocamiento de la dictadura.

A partir de aquí, Gramsci se esfuerza por *profundizar* en el concepto de «frente único» (lo que no había podido hacer Lenin) y por «traducirlo» según las necesidades nacionales. Para resolver este problema hacía falta enfrentarse con la cuestión meridional y con la cuestión vaticana, verdaderos rompecabezas de las fuerzas progresistas italianas. A diferencia de Bordiga, que consideraba que no existía propiamente una «cuestión nacional» de la revolución, Gramsci puso el énfasis en la movilización democrática de la gran mayoría de la población contra la dictadura fascista, bajo la hegemonía del proletariado en cuanto verdadera clase nacional unificadora.

Es decir, sólo si el proletariado, mediante una política audaz de alianzas, era capaz de ponerse a la cabeza de las reivindicaciones más profundas de las masas rurales del sur, sería posible resolver las cuestiones citadas. La «República federal de obreros y campesinos» y posteriormente la «Asamblea constituyente» son las propuestas políticas de Gramsci para plasmar la alianza obrero-campesina en Italia alrededor de un programa democrático de ruptura antifascista.

La extraordinaria aportación a la teoría política marxista de Gramsci, plasmada en los QC, se fundamenta en su reflexión sobre las causas del fracaso de todas las revoluciones proletarias en Europa tras 1918. Esto le llevó a destacar la importancia de la sociedad civil en los países capitalistas desarrollados con regímenes liberal-democráticos de larga tradición, lo que obligaba a introducir serias correcciones en la actuación teórica y práctica de las fuerzas revolucionarias.

Por todo ello, a pesar de su aislamiento carcelario, Gramsci siempre continuó sus esfuerzos para elaborar una estrategia revolucionaria original conectada a fondo con la realidad nacional. Esto es lo que explica su interés por el «Risorgimento», por la cuestión meridional, por el problema católico, por la historia del movimiento obrero italiano, por la filosofía de Croce y otros intelectuales, por la lengua y la literatura y otros elementos similares. No se comprendería todo su proyecto teórico sin ese hilo conductor que lo lleva a estudiar las condiciones nacionales para poder así convertir al proletariado en la clase hegemónica.

Esta temática le permitió, además, profundizar en la teoría marxista del Estado, en lo referente a las relaciones entre clases dominantes y aparatos políticos e ideológicos, en la organización material del consentimiento social y en las vías revolucionarias más adecuadas para avanzar hacia el socialismo en los países occidentales altamente complejos y articulados. La conocida distinción metodológica de Gramsci entre la sociedad política (el Estado en sentido estricto) y la sociedad civil reviste un gran interés teórico. El alargamiento de la noción de Estado que efectúa rompe uno de los esquemas tradicionales clásicos de la teoría política que insistía en la dicotomía absoluta entre Estado y sociedad. Para Gramsci el conjunto de aparatos e instituciones «privados», de los que destaca, sobre todo, la Iglesia, la Escuela, la Prensa y, en cierto sentido, los partidos políticos, forman también parte, en rigor, del propio Estado. Esta concepción niega todo carácter instrumental al Estado que ya no es definido, por tanto, como un mero «comité de gestión», ni como una «cosa» separada de la sociedad que se puede «tomar». Los efectos estratégicos de esta tesis son notables: pierde así sentido la idea revolucionaria clásica del asedio exterior a la fortaleza del Estado enquistada en la sociedad. Si el Estado y la sociedad civil están profundamente interrelacionados, es más, si la primacía de los «aparatos privados» es superior a la del aparato directamente coactivo en Occidente, resulta evidente el giro político que ello supone. Esto no significa que Gramsci desconozca o subvalore la importancia decisiva de los aparatos coactivos del Estado, pero insiste en que es un falso error de óptica centrar el combate revolucionario exclusivamente contra los mismos, con una relación de exterioridad, si antes no se han creado las condiciones favorables desde la base, esto es, en la sociedad civil. La característica diferencial de las sociedades de capitalismo desarrollado con regímenes liberaldemocráticos de larga tradición es que la organización del consentimiento está encomendada a esos «aparatos privados» que permean a toda la sociedad con su influencia. Si no se tiene en cuenta esta realidad, las fuerzas revolucionarias fracasarán y cometerán graves errores. En definitiva, hay en Gramsci la constatación de que el Estado es una relación social que expresa una condensación material de fuerzas que están determinadas por las relaciones de producción imperantes. Gramsci proporciona no sólo elementos teóricos nuevos con relación al análisis del Estado moderno, sino que los fundamenta sobre el estudio profundo de un Estado concreto en su desarrollo histórico: el italiano. Por ello pone de relieve el nexo complejo que une el Estado y la Nación, lo que, en la tradición marxista, era abrir un camino poco explorado que iba más allá de los temas referidos al derecho de autodeterminación.

Gramsci define el conjunto de la estructura y las superestructuras de una formación social como un «bloque histórico», aludiendo con ello a su condicionamiento temporal. El bloque histórico incluye tanto la dominación política, basada en un sistema de alianzas dado, como el modo de producción hegemónico. Su afinidad con la noción de formación económico-social es, pues, notoria, si bien Gramsci acentúa su carácter necesariamente histórico, opuesto a los modelos abstractos, tan propio de su concepción filosófica de la realidad. Su estudio de dos tipos muy concretos de Estado moderno, el de los EUA y el régimen fascista italiano, le permiten perfilar sus concecpiones políticas. Es muy significativo el interés de Gramsci por el ejemplo norteamericano, lo que demuestra una notable lucidez y previsión, ya que este país empezaba a erigirse como la mejor alternativa para todo el sistema capitalista mundial, a la vez que como gran potencia imperialista hegemónica. Ciertamente, las condiciones nacionales e históricas de ese país hacían difícilmente exportables sus métodos de acumulación, en opinión de Gramsci, pero es indudable que suponían un vuelco en la tradición capitalista.

Los escritos de Gramsci sobre el taylorismo, el proceso de monopolización en curso y la estructura de clases norteamericana son modélicos y demuestran su gran intuición política sobre las grandes transformaciones estructurales del capitalismo desarrollado. Al mismo tiempo, el análisis del Estado fascista le permite profundizar en su concepción estratégica, a la vez que mostrar los límites históricos de este régimen de excepción. Lo más destacable, es la capacidad de Gramsci por vislumbrar las afinidades que existían entre el «new deal» y el fascismo en cuanto tentativas capitalistas de superar la crisis económica de la posguerra y de reorganizar la producción y la acumulación sobre nuevas bases más centralizadas, no obstante, la diversidad de métodos. Es decir, ambas alternativas inauguran una nueva fase del desarrollo capitalista y acentuaban el rol del Estado «intervencionista» asistencial, a la vez que acrecentaban el poder de los monopolios. Gramsci resume esta experiencia en la noción de «revolución pasiva», ya por él aplicada históricamente al «Risorgimento», en cuanto el «americanismo» y el fascismo supondrían un relanzamiento dinámico y agresivo del sistema capitalista desde el Estado. Esta modernización «por arriba» se basaría en la atomización de la sociedad civil para evitar cualquier participación popular activa, lo que, en el caso fascista, conllevaría, además, la liquidación violenta de la oposición democrática y revolucionaria, hecho que obedece a la diversidad de situaciones y a la mayor o menor intensidad de la lucha de clases en cada país.

Dentro de la concepción revolucionaria de Gramsci adquiere particular relieve el estudio de la función de los intelectuales y el de la conquista de la hegemonía. Para Gramsci los intelectuales, entendido este término en sentido amplio, desempeñan en el Estado moderno un papel de primera magnitud para cohesionar ideológicamente a un bloque histórico determinado. De ahí que toda línea revolucionaria debe incluir forzosamente una política hacia los intelectuales. El proletariado ha de estar en condiciones de dividir a los grupos intelectuales que defienden el sistema establecido, de atraer hacia sus posiciones a su parte más avanzada y, sobre todo, de segregar intelectuales revolucionarios. En Italia la tradición humanista ha creado un tipo muy determinado de intelectual, desvinculado de las masas, que es necesario neutralizar o integrar en un proyecto renovador. Es más, su importante volumen y su notable influencia social hacen de esta tarea una de las cuestiones fundamentales para la revolución socialista a nivel nacional.

El concepto de hegemonía, central en la teoría de Gramsci, no obstante las discutidas interpretaciones que ofrece, permite articular una alternativa de masas, «nacional popular», al sistema capitalista dirigida por la clase obrera. La hegemonía pone el acento en el papel dirigente de una determinada fuerza social, conquistado gracias a su prestigio e influencia, no por métodos autoritarios de puro dominio. El recurso a la fuerza será siempre indispensable, en el pensamiento de Gramsci, para doblegar la resistencia de las clases dominantes, pero, por sí mismo, no podrá dar paso al socialismo. En esta tesis radica una de las aportaciones más importantes de Gramsci, precisamente por el énfasis que pone en el tema del consenso popular mayoritario hacia las fuerzas revolucionarias. Partiendo de Lenin, Gramsci enriquece notablemente el concepto de «hegemonía del proletariado», acentuando así el carácter democrático de la dominación revolucionaria. En este sentido, una de las mayores preocupaciones de Gramsci, a la luz de la experiencia soviética, era preservar, a toda costa, la alianza obrero-campesina, en cuanto base social mayoritaria de apoyo, indispensable para el régimen socialista. La ruptura del consenso entre las clases populares o en el grupo dirigente revolucionario, sólo podrá perjudicar a la causa de la construcción del socialismo. A diferencia de Lenin, que por razones históricas circunstanciales se vio obligado a primar el aspecto directamente coactivo de la dictadura del proletariado, Gramsci subraya el necesario carácter democrático de la fase de transición. En este aspecto, cabría relacionar la teoría gramsciana de la hegemonía con la de Kautsky, referida a la «supremacía» de la clase obrera. Sin embargo, el punto de partida es diferente en ambos dirigentes ya que Kautsky elude los problemas que se derivan del momento de la ruptura revolucionaria, de la conquista del poder político. Por ello, el paralelismo es más evidente, en todo caso, con Bujarín, el teórico de la transición pacífica y gradual del socialismo, una vez controlado el Estado por la vanguardia revolucionaria. Concepción que se expresa en su positiva valoración de la NEP, no concebida como mero repliegue coyuntural defensivo, sino como la estrategia nacional específica soviética de avance revolucionario hacia el socialismo.

Gramsci define el proceso de conquista de la hegemonía como el de una larga «guerra de posiciones» que permita socavar la influencia hegemónica del adversario en el terreno de la sociedad civil, para disgregar su base social de apoyo y privarlo así de aliados. En esta perspectiva de largo alcance no se excluye el momento de la ruptura (crisis orgánica - equilibrio catastrófico), de la toma del poder político, pero se subraya la importancia de la acumulacion de fuerzas y del consenso de masas. Resulta evidente que, con todo, la idea de la «revolución en dos tiempos», deducida de la experiencia bolchevique, no desaparece nunca en la visión de Gramsci, lo que obedece al momento histórico en que vivió y al prisma imperante en la IC. No obstante, esta perspectiva revolucionaria abría un largo proceso de ampliación de las parcelas de poder y de libertad del movimiento obrero, con lo que el horizonte final de la insurrección armada y de la dictadura del proletariado en su forma soviética quedaba cada vez más diluido y relegado en la práctica, mantenido tan sólo como principio doctrinario irrenunciable para las fuerzas revolucionarias. De hecho la novedad de Gramsci estriba en subordinar la visión insurreccional de la revolución en aras de elaborar una estrategia más compleja y no coyuntural para las sociedades capitalistas desarrolladas. En esta línea de avance mayoritario se plantea el problema de las formas democráticas para formar un necesario «bloque histórico» alternativo. En este sentido debe reconocerse que Gramsci no superó el punto de vista instrumental de la propia IC sobre el papel de las consignas y los objetivos democráticos «intermedios», concebidos como meras concesiones parciales inevitables, dado el bajo nivel de conciencia de las masas populares, quedando bloqueada su reflexión teórica al respecto.

La teoría de la revolución en Gramsi supera, de hecho, la estrecha noción de la revolución-violencia, absolutizada por la IC. En esta visión del proceso revolucionario no hay un «antes» y un «después» referido al específico momento de la toma del poder, puesto que Gramsci rechaza este tipo de reducción. A pesar de que no hay un proyecto acabado de transición al socialismo, Gramsci ha hecho posible su posterior desarrollo, especialmente por su insistencia en la idea de que hacer la revolución en Italia significa vertebrar definitivamente a la nación alrededor de la hegemonía del proletariado, que es la clase más interesada en la fusión de todo el pueblo.

En algunos aspectos, su renovación resultó excesivamente anticipada para las posibilidades reales del movimiento obrero en aquella precisa coyuntura histórica, en otros, los límites de su visión son también evidentes. Sólo Togliatti, tras la segunda guerra mundial, desarollaría la estrategia que había indicado Gramsci en sus líneas generales, a pesar de que las implicaciones políticas fuesen obviamente distintas en este caso (democracia progresiva, reformas de estructura, vía nacional al socialismo). Especialmente la relación democracia-socialismo es exclusivamente instrumental en Gramsci, lo que perjudica a la temática de la transición. No hay un nexo claro de unión entre ambos conceptos que tienden a ser vistos como dos etapas diferenciadas y no como momentos de un proceso único. Además, no siempre se distinguen con nitidez las propias nociones de la IC como «gobierno obrero y campesino» y dictadura del proletariado basada en los soviets.

Su teoría del partido revolucionario como «príncipe moderno», es la que mayores problemas plantea en la actualidad por su gran rigidez. En efecto, la idea del partido como encarnación de una clase y como aglutinante en exclusiva de la voluntad colectiva, tras la negativa experiencia del stalinismo, no parece resultar adecuada para la idea de avanzar hacia el socialismo con el consenso de la gran mayoría de la población. Gramsci razonó en los términos, propios de la IC, de que a la clase obrera revolucionaria le correspondía exclusivamente estar representada por un solo partido que, por definición, sólo podía ser el PC. Se descalifica así a todos los demás partidos obreros como instrumentos, conscientes o no, de la ideología burguesa. El sectarismo y el exclusivismo de partido fueron, en este sentido, determinantes. Con todo, Gramsci reconoce el inevitable pluralismo social que se traduce políticamente, pero con una relación de exterioridad, puesto que lo admite para otras clases, pero no lo asume para el proletariado. La idea leninista del partido - vanguardia revolucionaria arraigó profundamente en él y, a pesar de enriquecerla con la temática del «intelectual colectivo», no hizo más que permanecer sustancialmente anclado en esas posiciones. El partido revolucionario, como «príncipe moderno», educador y guía, es el instrumento privilegiado de la revolución. El partido segregará a sus propios «intelectuales orgánicos» para moldear a la sociedad civil, asumiendo un inevitable rol «jacobino», si bien sólo conseguirá ser representativo en la medida que sea democrático y que mantenga la hegemonía.

No hay, con todo, una reflexión a fondo sobre el pluralismo político inevitable en una sociedad dividida en clases, incluso durante la fase de transición. No obstante, sus agudas observaciones sobre los efectos negativos del «parlamentarismo negro» indican que captó los problemas que se derivaban en el Estado soviético por la existencia de un partido único legal de gobierno.

Gramsci vislumbró así los riesgos de un régimen de ese tipo por las inevitables tendencias «totalitarias» que generaría, pero no profundizó en el tema. En última instancia, Gramsci asume el papel «jacobino» del partido revolucionario, con todos sus riesgos, puesto que estuvo muy condicionado por la experiencia histórica soviética. La actitud de justificar antes que la de explicar, tuvo la primacía por razones defensivas inmediatamente políticas. De todo ello se desprende el carácter estrecho y limitado de sus aportaciones sobre el tema del partido.

Sin embargo, Gramsci resultó un pionero excepcional por haber abierto la vía al reconocimiento del terreno nacional y a la posibilidad del proletariado de convertirse en la clase hegemónica en toda la sociedad, poniéndose al frente de la gran mayoría de la población con un programa anticapitalista renovador. En esto radica, sin duda, su grandeza aparte de su ejemplo como combatiente revolucionario, y su gran actualidad. No es casual que la única versión del leninismo con aceptación en el presente dentro del movimiento comunista en los países capitalistas desarrollados, sea precisamente la de Gramsci que, en sus líneas esenciales, ha resistido la prueba histórica de la práctica para dar notables frutos. Gran parte del debate teórico marxista actual, se remite a sus conceptos y, aun sin aceptar todos sus puntos de vista, ha partido de él para elaborar las premisas del «socialismo en libertad».

Indice De Siglas Utilizadas.

Obras de Gramsci:

CPC La costruzione del partito comunista: La construcción del partido comunista.
FGD La formazione del gruppo dirigente: La formación del grupo dirigente (Togliatti ed.).
LC Lettere del carcere: Cartas de la cárcel.
ON Ordine nuovo: Orden nuevo.
QC Quaderni del carcere: Cuadernos de la cárcel.
SF Socialismo e fascismo: Socialismo y fascismo.
SG Scritti giovanili: Escritos juveniles.
SM Sotto la mole: Bajo la mole.

Otras:

GB Gran Bretaña.
EUA Estados Unidos de América.
IC Internacional comunista.
NEP Nueva política económica.
ON Ordine nuovo: Orden nuevo.
PC Partido comunista.
PCI Partito comunista italiano: Partido comunista italiano.
PCR (b) Partido comunista ruso (bolchevique).
PdA Partito d'azione: Partido de acción.
PPI Partito popolare italiano: Partido popular italiano.
PSdA Partito sardo d'azione: Partido sardo de acción.
PSI Partito socialista italiano: Partido socialista italiano.
SPD Sozialdemokratische Partei Deutschlands: Partido socialdemócrata de Alemania.
URSS Unión de repúblicas socialistas soviéticas.

APÉNDICE

La polémica de Gramsci con Serrati, Bordiga y Tasca sobre los Consejos de fábrica y el Partido obrero revolucionario.

Como contrapunto complementario de la teoría de la revolución en Gramsci elaborada en los QC es interesante referirse a sus escritos precedentes puesto que pusieron las bases para el desarrollo posterior de aquella, manteniéndose algunos lazos de continuidad con las tesis «consejistas» (por ejemplo la movilización democrática de los trabajadores). En particular cobra un gran relieve el debate entre los principales dirigentes de la izquierda obrera italiana durante el llamado «bienio rojo» (1919-20) sobre el carácter que debían tener los Consejos de fábrica y la naturaleza del Partido obrero revolucionario. Por esta razón merecen un somero análisis las posiciones de Gramsci confrontadas con las de Serrati, por una parte, y Bordiga y Tasca, por otra [1].

El movimiento de los Consejos de fábrica representó un intento autónomo de la clase obrera italiana para dotarse de sus propias instituciones políticas y construir su propia forma de democracia ya que los socialistas no supieron dar una respuesta adecuada al problema de la «dualidad» del poder. Los Consejos iban más allá, de hecho, que el sindicalismo desde el momento en que superaban el estrecho horizonte económico-corporativo, adquiriendo dimensiones unitarias entre las masas. Desde un punto de vista teórico los Consejos solucionaban diversos problemas políticos: centraban la lucha en la

[1] La mejor obra que estudia los debates sobre la estrategia revolucionaria en Italia durante el bienio es, sin duda, la de F. De Felice-*Serrati, Bordiga, Gramsci e il problema della rivoluzione in Italia,* 1919-20; De Donato, Bari, 71. Vid. asimismo, M. N. Clark-*Il concetto gramsciano di rivoluzione* (1919-20); en «Gramsci e la cultura contemporánea», op. cit., vol. II, p. 161 y sigs. G. Macciotta-*Rivoluzione e classe operaia negli scritti dell ON;* id., p. 193.

fábrica, desarrollaban la conciencia del trabajador en cuanto productor y no como mero asalariado sometido al capitalismo, educaban a los trabajadores en la gestión de la producción y ampliaban al máximo la democracia de base rompiendo las divisiones jerárquicas prefigurando así los elementos de un nuevo modelo de sociedad. Inicialmente los dos grupos que más se dedicaron a extenderlos fueron los anarquistas y el ON, ambos centrados en Turín, venciendo las resistencias de la gran patronal y de la burocracia sindical.

Para los anarquistas los Consejos de fábrica son útiles en el período revolucionario ya que entran en contradicción antitética con el sistema establecido, pero sólo como instrumentos de educación proletaria. Los Consejos, desde su punto de vista, a pesar de ser importantes al agrupar *autónomamente* a todos los obreros, no deben confundirse con los soviets ya que estos son mucho más restringidos y son órganos políticos. En definitiva, para los anarquistas los Consejos sólo pueden concebirse como órganos *antiestatales*. Conscientes de su modesta incidencia, los anarquistas reivindicaron con fuerza que los obreros no organizados tomaran parte en las deliberaciones y decisiones sindicales ya que si no los Consejos se convertirían en meros apéndices de las diversas organizaciones. La burocracia sindical se negó por principio a aceptar este planteamiento, concediendo como mucho que los obreros desorganizados fueran consultados, pero sin que sus opiniones fuesen vinculantes en modo alguno.

Gramsci comparte con los anarquistas el punto de vista de que la revolución proletaria sólo pueden hacerla las masas y no los partidos, criticando las concepciones de los socialistas «estatolátricos» de la II Internacional, retomando las ideas de Rosa Luxemburg sobre la democracia de masas basada en los centros laborales y la voluntad revolucionaria [2]. Sin embargo, dirigió también importantes críticas a los mismos por marginar el tema del poder político. Especialmente negativo le parecía a Gramsci el rechazo mítico de todo tipo de Estado, lo que presuponía negar incluso al propio Estado obrero [3]. Los anarquistas hablan de «libertad» y de «unidad» con un carácter dogmático *absoluto* habiendo heredado lo peor de la tradición «subversivista» popular italiana. Su énfasis en el individualismo origina falta de disciplina y rigor, a pesar de que los anarquistas, lo quieran o no, *también gobiernan* a las masas que agrupan a su alrededor, pero lo hacen mal porque el poder es ejercido caóticamente. Al movimiento anarquista le ha faltado *concreción* en sus propuestas, mientras que el PSI, con todas sus insuficiencias y contradicciones, ha encarnado la voluntad mayoritaria del movimiento obrero italiano contemporá-

---

[2] Crónica XXXV; ON, p. 489.

[3] Vid. su defensa del bolchevismo en-*Che cosa intendiamo per «demagogía»?;* ON, pp. 410-11. También, A. Caracciolo-*A propósito di Gramsci la Russia e il movimento bolscevico;* en, «Studi gramsciani», op. cit., p. 95 y sigs.

neo. Para Gramsci, el anarquismo no tiene futuro porque es una reacción elemental y una ideología *marginal* de los oprimidos [4].

Dada la posición específica y hegemónica que Serrati [5] ocupaba en la dirección del PSI es lógico que se convirtiera en el principal antagonista tanto de Bordiga como de Gramsci, aunque éstos tampoco le dirigieron el mismo tipo de críticas e incluso divergieron entre sí. Serrati, exponente del ala socialista intransigente y defensor de la IC, se opuso siempre no sólo a cualquier ruptura de la organización, dada la tradición unitaria del partido, sino a introducir nuevos elementos en las formas clásicas de lucha, de ahí sus grandes prevenciones ante los Consejos. A pesar de las grandes diferencias que les separaban, Gramsci siempre consideró que Serrati expresaba lo mejor de la tradición revolucionaria del socialismo italiano, debiéndose intentar contar con él. Serrati captó las dificultades de la revolución italiana motivadas por la considerable capacidad de la burguesía para controlar la crisis y la relativa debilidad del PSI originada por su hetereogeneidad, su práctica parlamentaria y sindicalista y sus prejuicios doctrinales. Serrati estaba obsesionado por conservar intacto el *patrimonio* político del PSI compuesto por sus militantes, sus electores, su grupo parlamentario y sus administraciones municipales. El sabía, por ejemplo, que los reformistas dirigían las luchas sindicales, orientando de hecho la acción del partido que siempre adoptaba por ello una actitud seguidista con relación a los movimientos de masas autónomos. Con todo, Serrati estaba muy influenciado por el economicismo y el gradualismo característicos de la II Internacional. Dados sus prejuicios ideológicos consideraba que, desde el momento en que las tesis marxistas habían resultado mayoritarias en los últimos Congresos socialistas, el triunfo de la revolución estaba garantizado. Desde un punto de vista político la conquista del poder por parte del proletariado debía realizarse, adoptando las tesis de Kautsky expresadas en «El camino del poder» (1909), actuando íntegramente la democracia negada cotidianamente por el capitalismo. Esto significa participar en las elecciones, rechazando el abstencionismo extremista, para difundir entre las masas la propaganda socialista e intentar superar el Parlamento burgués sin destruirlo, combinando lo mejor de las instituciones representativas con los nuevos órganos de democracia directa obrera como, por ejemplo, los Consejos de fábrica. Es conocida la crítica bolchevique, especialmente la de Lenin y Trotsky, contra ese punto de vista «centrista», sin embargo la IC mantuvo inicialmente una actitud positiva hacia Serrati, confiando en sus declaraciones revolucionarias. Sólo tras la ocupación de las fábricas

---

4 *Discorso agli anarchici;* ON, pp. 396-401. Vid. al respecto, P. C. Masini-*Anarchici e comunisti nel movimento dei Consigli a Torino (primo dopoguerra rosso,* 1919-20); Barriera di Milano, Turín, 51. Id. *Gramsci e l'ON visti da un libertario; L'impulso,* Livorno, 56.

5 La mejor biografía política de Serrati es la de T. Detti-*Serrati e la formazione del PCI;* ER, Roma, 72.

Lenin reprochó enérgicamente a Serrati su ilusión falsamente «unitaria» que bloqueaba el camino para la construcción de un partido obrero auténticamente revolucionario. Como ha dicho Arfé[6]:

«Serrati no negaba la necesidad de una depuración en las filas del socialismo italiano, pero exigía que se dejara al partido el derecho a escoger el tiempo y el modo».

lo que era una forma de reenviar el problema. Su drama, en la práctica, sería tener que reconocer su error dos años más tarde, al quedar en minoría dentro del PSI, para acabar confluyendo en el PCI en 1924 con los «terzini».

Con relación a la cuestión de las alianzas Serrati, aferrado a un rígido doctrinarismo, no captó la importancia del problema campesino en Italia, demostrando además su incomprensión de la revolución rusa. Por ello se limitó a enunciar la vieja fórmula de la «socialización de las tierras», sin prestar mayor atención a las diversas luchas y reivindicaciones campesinas. No es casual así que su visión de la revolución consistiera en teorizar un inevitable choque frontal futuro, sin mayores concreciones y sin entender la esencia del movimiento consejista. Serrati, aun reconociendo que la situación italiana era prerrevolucionaria, siempre vaciló entre el reformismo radical y la perspectiva insurreccional. En el caso de los Consejos, Serrati coincidía paradójicamente con Bordiga al considerar que éstos no podían equiparse en absoluto a los soviets, debiendo ser exclusivamente órganos defensivos económicos y corporativos que no debían interferir la acción dirigente suprema del partido. Por otra parte, Serrati siempre consideró que incluir a los obreros desorganizados en la toma de decisiones al mismo nivel que los afiliados era un grave error de tipo libertario ya que, por definición, se suponía que no estaban concienciados y que podrían ser instrumentalizados por la reacción o los provocadores. Bajo esta perspectiva la dictadura del proletariado, identificada por Serrati con la dictadura del PSI (sobre todo de su núcleo dirigente más «capacitado» en cuanto órgano «técnico» y «profesional» de la política), sólo podía ser ejercida por la porción «consciente» del proletariado, no por la totalidad de la clase, de ahí su oposición a otorgar el derecho de voto decisorio a los obreros desorganizados y a la consigna «todo el poder a los Consejos de fábrica».

Posiciones muy divergentes mantuvo Bordiga sobre los Consejos y especialmente sobre el partido revolucionario, en polémica constante con Serrati y Gramsci durante todo este período[7]. Para el grupo de «Il Soviet» la guerra mundial había sido la demostración más

---

[6] G. Arfé-*Storia del socialismo italiano* (1892-1926); Einaudi, Turín, 65.

[7] El estudio más completo sobre Bordiga, con la intención de revalorizarlo, es el de A. De Clementi-Amadeo Bordiga; Einaudi, Turín, 71. Vid. además, F. Liborsi *Amadeo Bordiga. Il pensiero e l'azione politica* (1912-70); ER, Roma, 76.

clamorosa de la crisis definitiva del imperialismo y de su inminente derrumbe catastrófico. Por ello, las fuerzas revolucionarias debían mantenerse al margen del sistema burgués, acumulando fuerzas en su interior para poder seguir el camino trazado por los bolcheviques que forzosamente se repetiría en Europa con pequeñas variantes. Esto significaba que no existe propiamente una *«cuestión nacional»* de la revolución al ser el proceso muy similar, de ahí la necesida de «desenmascarar» al enemigo principal, es decir, el reformismo social-demócrata que obstaculiza el ascenso del movimiento obrero. Es más, los maximalistas con su fraseología aparentemente revolucionaria son todavía mucho más nocivos que los reformistas ya que consiguen «engañar» a porciones relevantes del proletariado. La política inmediata que debe seguirse, en una coyuntura considerada prerrevolucionaria, es la de abstenerse de participar en las elecciones burguesas por ser un terreno de lucha que no le incumbe al proletariado ya que colaborar de algún modo con las instituciones liberal-parlamentarias, aún con el ánimo de subvertirlas, no puede sino reforzar su credibilidad y legitimidad ante las masas. El abstencionismo es considerado como la política revolucionaria más adecuada ya que rompe el consenso que engendran las instituciones de la democracia burguesa, de ahí las críticas de Bordiga a Gramsci y otros comunistas partidarios de concurrir a las mismas. Especialmente Serrati era el adversario más combatido porque seguía defendiendo peligrosas «ilusiones democráticas» entre las masas, alejándolas de sus verdaderos objetivos, es decir, de la guerra civil revolucionaria. Esto significa que, incluso ante una ofensiva reaccionaria antidemocrática, el proletariado no debe hacer absolutamente nada para defender las instituciones parlamentarias puesto que le son ajenas. Como dijo Bordiga en el II Congreso de la IC [8], ni siquiera sirve el argumento de algunos comunistas (incluido Lenin) de que los revolucionarios deben utilizar el Parlamento burgués como tribuna de denuncia puesto que para ello basta y sobra con la propia prensa. Además los diputados comunistas no podrían destruir el Parlamento desde dentro ya que quedarían prisioneros de su engranaje. Bordiga, al igual que los principales teóricos del consejismo obrero de base (sobre todo Pannekoek y Gorter), aunque por otras razones, rechazaba en términos absolutos la acción política en el Parlamento, considerado sólo como un instrumento burgués de sujeción sobre el proletariado. Como ha señalado De Felice [9], es evidente la influencia del espontaneísmo libertario y de las teorías de la «acción directa» propios del sindicalismo revolucionario en Bordiga y su grupo.

Bordiga, al centrar su interés exclusivo en la cuestión del partido revolucionario de vanguardia, subvaloraba la importancia de la unidad sindical, considerada como una preocupación de los reformistas,

[8] Sobre la cuestión del parlamentarismo, en-*La ilusión democrática* (antología); Etcétera, Barcelona, 76, pp. 12-17.

[9] F. De Felice-*Serrati, Bordiga, Gramsci...*, op. cit., p. 222.

y de los Consejos. La prioridad absoluta por la escisión política orientó toda su acción durante el bienio y si no la realizó antes fue tan sólo para incrementar la fuerza de su fracción y organizarla a nivel nacional. En última instancia, aunque la ruptura fuera minoritaria sería revolucionaria ya que, en todo caso, era preferible ser «pocos pero buenos», no importando quedar inicialmente aislados. Es más, los revolucionarios no tenían que preocuparse por atraer a los maximalistas desde el momento en que éstos objetivamente eran contrarrevolucionarios, siendo preferible empujarlos definitivamente a la derecha para «clarificar espacios». Por eso la debilidad de los revolucionarios sería prontamente superada al distinguirse inmediatamente los campos políticos y desplazarse la correlación de fuerzas, haciendo que cada vez más obreros conscientes afluyeran al nuevo partido. La consigna serratiana del unitarismo a ultranza era presentada por Bordiga como un chantaje ideológico ya que la verdadera unidad revolucionaria sólo podría conseguirse al margen y contra los reformistas, preservando a toda costa la pureza doctrinaria.

La idea del partido revolucionario en Bordiga es extraordinariamente rígida y sectaria al concebirlo como una reducida vanguardia, muy disciplinada y centralizada, depositaria de un programa revolucionario y dirigente *en exclusiva* del proletariado [10]. El extremado ideologismo de Bordiga que mitifica el rol vanguardista del partido revolucionario explica la aguda polémica que sostuvo con Gramsci sobre el *carácter* de los Consejos. Para Bordiga debían estar en todo momento subordinados al partido, dada su naturaleza económico-corporativa pues de lo contrario se produciría una integración reformista en el sistema capitalista. Como ha señalado Caracciolo [11], los Consejos, desde la perspectiva de Bordiga, al agrupar también a los obreros *desorganizados* —que por el mero hecho de serlo se les suponía menos conscientes (Serrati y Bordiga)—, sólo podrían desempeñar un rol verdaderamente revolucionario tras la toma del poder, al adquirir el Estado socialista un carácter *soviético*. Bordiga nunca vio con buenos ojos la proliferación de los Consejos por su carácter «espontaneísta» aparentemente apolítico, pero no pudo oponerse a los mismos dada su extraordinaria popularidad. Si no pudo rechazar su existencia paralela al partido siempre negó que pudieran asimilarse a los soviets al no concederles un papel político y magnificando los errores que esa concepción había producido en las revoluciones alemana y húngara. Bordiga argumentaba que el proletariado no podía liberarse en el terreno económico mientras la burguesía controlase al Estado, siendo además absurdo, desde su punto de vis-

---

[10] F. Fernández Buey-*Gramsci, Bordiga. Los Consejos de fábrica;* Anagrama, Barcelona, 75, pp. 89-91.

[11] A. Caracciolo-*Serrati, Bordiga e la polemica gramsciana contro il «blanquismo» o settarismo di partito; en, A. Caracciolo y G. Scalía-La cittá futura. Saggi sulla figura e il pensiero di Antonio Gramsci;* Feltrinelli, Milán, 59, pp. 91-114.

ta, *contraponer* (sic) un órgano esencialmente corporativo al partido revolucionario [12].

El ideologismo bordiguiano se manifestaría también en su superficial análisis de la formación social italiana y en su desconocimiento del problema campesino y meridional. Bordiga nunca puso de relieve las particularidades del capitalismo italiano y sus efectos sobre las clases sociales a nivel nacional olvidándose así de las indicaciones de Lenin que recordaban que el socialismo se construye con las masas que ha formado el capitalismo, con todas sus contradicciones, no con un proletariado revolucionario mítico y ficticio. En todos los números de la revista «II Soviet» se aprecia una *considerable ausencia de análisis* de la realidad italiana y todo su discurso es teórico e ideológico sobre la «revolución proletaria», sin la menor mención a otros movimientos populares autónomos, muy activos durante el bienio, por ese purismo obrerista radical que permeaba los criterios de ese grupo.

Más complejo resulta seguir la evolución del pensamiento político de Gramsci y el ON durante esta coyuntura sobre el proceso de la revolución en Italia. Es indudable que el gran impacto de la revolución bolchevique influyó en la mitificación de los soviets como órganos de poder de base de las masas que se expresaban y autoorganizaban al margen de las organizaciones burocráticas tradicionales con vocación de convertirse en «anti-Estado». Para Gramsci la clase obrera rusa ha demostrado su madurez no sólo conquistando el poder, sino sabiéndolo conservar frente a la agresión imperialista, haciendo las concesiones defensivas indispensables (Gramsci captó perfectamente el significado de Brest-Litovsk, a diferencia de Trotsky, Rosa Luxemburg o Bordiga). Ante la aguda crisis del Estado liberal italiano, desbordado por las crecientes movilizaciones de masas, Gramsci considera que la revolución proletaria está a la orden del día ya que viene determinada no sólo por el voluntarismo sino también por razones objetivas. En efecto, la guerra imperialista y la rebelión de las colonias [13] aceleran la crisis general del sistema burgués ya que capas cada vez más numerosas de la población se proletarizan. Siguiendo los análisis de Luxemburg, Gramsci señala que entre las condiciones materiales que posibilitan la revolución está, en primer lugar, el desarrollo monopolista del capitalismo y el carácter cada vez más socializado del proceso productivo, en creciente contradicción con el carácter privado de la apropiación y, en segundo lugar, el crecimiento cuantitativo y cualitativo del proletariado en todos los sentidos.

Ya en esta coyuntura Gramsci *intuyó* las «peculiaridades» nacionales de la revolución italiana dada la estructura específica del ca-

---

12 Por la constitución de los Consejos obreros en Italia, en: F. Fernández Buey-*Gramsci, Bordiga,* op. cit., pp. 98-124.

13 *La guerra delle colonie;* ON, p. 240.

14 *Gli avvenimenti del 2-3 dicembre;* ON, pp. 61-67. También, *Operai e contadini;* ON, pp. 316-18.

pitalismo autóctono basado en el desequilibrio territorial permanente entre el norte y el sur como condición indispensable para su desarrollo. Sin embargo, el ON centró entonces toda su acción en potenciar y extender al movimiento de los Consejos de fábrica al individualizar su carácter democrático, abierto y no sectario, de ahí su propuesta al conjunto de los revolucionarios para transformarlos en soviets y «hacer como en Rusia» [15]. Por ello, la *traducción* italiana, como decía Gramsci, de la consigna revolucionaria rusa «todo el poder a los soviets» debía ser «todo el poder del Estado a los Consejos obreros y campesinos», como extensión del principio originario «todo poder de la empresa a los Consejos de fábrica» [16]. Gramsci consideró que los Consejos, en cuanto órganos unitarios, podrían desarrollar conjuntamente tareas políticas, económicas y educativas, superando en la práctica el corporativismo del sindicalismo reformista y el antipoliticismo de los anarquistas (84). Los Consejos dan una disciplina permanente a las masas ya que los obreros toman responsabilidades directas, organizándose colectivamente de forma nueva. Los Consejos están destinados a ser el sistema de democracia directa obrera que «se hace Estado» [17], superando los estrechos límites de clase del liberalismo político. La *lucha por el control* que los Consejos impulsaban es objetivamente revolucionaria ya que pone en cuestión el principio de la apropiación privada de los capitalistas, desbordando el sistema. En suma, esta lucha representa el terreno específico en que la clase obrera se pone al frente de las otras clases oprimidas de la población y consigue obtener el consenso para su propia dictadura [18].

Esta concepción radicalmente «de base» parecía entrar en contradicción con la tradición marxista que otorgaba la primacía política al partido obrero revolucionario y por ello Gramsci fue combatido, en nombre de la ortodoxia, precisamente por figuras tan dispares como Serrati y Bordiga. Incluso en la actualidad se sigue debatiendo el alcance exacto de la teoría de Gramsci que *parece* subordinar el rol de partido, aunque, en realidad, siempre existió en su pensamiento un nexo importante entre ambas esferas [19]. Efectivamente la desconfianza de Gramsci hacia las organizaciones tradicionales del movimiento obrero en creciente proceso de burocratización lo llevó a teorizar la

---

[15] Para las relaciones de Gramsci con el ON son útiles las obras de R. Guiducci-*Gramsci e l'ON;* Ragionamenti, I, n. 1, Roma, 55 y, sobre todo, P. Spriano-*Gramsci e l'ON;* ER, Roma, 65.

[16] *Democrazia operaia,* ON, p. 12.

[17] *Operai e contadini;* ON, p. 318.

[18] *I sindacati e la dittatura;* ON, p. 42.

[19] Sobre la polémica relacionada con la primacía que Gramsci otorgaba a los Consejos sobre el partido y los sindicatos son especialmente útiles los estudios de J. M. Cammett-*Gramsci e le origini del comunismo italiano;* Mursia, Milán, 74. A. Caracciolo-*Sulla questione partito-Consigli di fabbrica nel pensiero di Gramsci'*Ragionamenti, II, n. 10-12, Roma, 57. N. Matteucci-*Partito e Consigli di fabbrica nel pensiero di Gramsci;* Il Mulino, IV, n. 42, 55.

complementariedad en un plano de estricta igualdad del partido, los sindicatos y los Consejeros de fábrica, atribuyéndoles fuciones distintas. El fracaso de la revolución alemana en 1919, debido, en parte, al control que los dirigentes social-demócratas impusieron a los Consejeros obreros, motivó las prevenciones de Gramsci sobre los vínculos de éstos con el partido [20]. Así definía Gramsci las relaciones entre ambas organizaciones:

«Según la concepción desarrollada en el ON, concepción, que para ser tal, estaba organizada alrededor de una idea, la idea de libertad (y concretamente, en el pleno de la creación histórica actual, alrededor de la hipótesis de una acción autónoma revolucionaria de la clase obrera), el Consejo de fábrica es una institución de carácter «público», mientras que el partido y el sindicato son asociaciones de carácter «privado». En el Consejo de fábrica el obrero entra como productor, como consecuencia de su carácter universal, de su posición y de su función en la sociedad, del mismo modo que el ciudadano entra a formar parte del Estado democrático parlamentario. En el partido y en el sindicato el obrero entra a formar parte «voluntariamente», firmando un «contrato» que puede romper en cualquier momento: el partido y el sindicato, por su carácter de «voluntariedad», por su carácter «contractualista», no pueden de ningún modo ser confundidos con el Consejo, institución representativa que se desarrolla no aritméticamente sino morfológicamente y tiende, en sus formas superiores, a dar el relieve *proletario* del aparato de producción y de cambio creado por el *capitalismo* con el fin del beneficio» [21].

El sindicalismo nació históricamente para defender las reivindicaciones económicas y sociales primarias e inmediatas de la clase obrera dentro del sistema burgués. Por su parte, el partido socialista contribuyó a elevar la conciencia política superando, en parte, el corporativismo, pero, por sí solo, tampoco ha resultado suficiente para asegurar la unidad del proletariado. En cambio, los Consejos no sólo han alargado la base sindical, sino que rompen la división del trabajo impuesta por el capitalismo a los trabajadores y modifican las relaciones masas-partidos-sindicatos al centrarse sobre la *fábrica* como terreno fundamental de lucha [22]. La *función del partido* seguía siendo importante en cuanto factor dirigente y educador a *nivel nacional* de las masas. En última instancia, es el partido quien desorganiza al Estado burgués presentándose como anti-Estado, pero más como mediador que como protagonista. El partido no puede creer ser la *encarnación* del movimiento revolucionario como pensaban Serrati y Bordiga. Para Gramsci es un error creer que la revolución depende del aparato político del proletariado y privilegiarlo significa perjudicar la necesaria autonomía de las masas, de ahí sus críticas a las «alucinaciones particularistas» de Bordiga sobre el rol del partido. Hasta la ocupación de las fábricas Gramsci intentó renovar al PSI desde el

[20] *Il partito e la rivoluzione;* ON, p. 68.
[21] *Il programma dell'ON,* p. 150.
[22] *Sindacati e Consigli;* ON, p. 34 y 131. *Sindacalismo e Consigli;* id., p. 44.

interior para alinearlo sobre posiciones consecuentemente revolucionarias, aunque acabó vacilando sobre las medidas más idóneas para este fin, hasta inclinarse finalmente por la escisión. En este caso Gramsci procuró no obsesionarse por la cuestión organizativa del partido revolucionario ya que, para él, lo esencial era no perder el contacto directo con el proletariado. Un partido comunista muy revolucionario, pero minoritario y conspirativo, no serviría para nada, pese a la opinión contraria de Bordiga.

Dentro del ON las posiciones sobre los Consejos y el partido obrero revolucionario tampoco eran homogéneas, produciéndose en ocasiones diferencias entre sus miembros, fundamentalmente entre Gramsci y Tasca [23]. Este subvaloró el rol de los Consejos, a los que adjudicaba tan sólo una función auxiliar de defensa sindical [24]. Desde esa perspectiva los Consejos debían limitarse a extender indirectamente la organización sindical a los obreros desorganizados y permitir así la democratización de la misma. Igualmente sobre el tema de la escisión los criterios tampoco estaban unificados en el ON [25]. Sólo con la ocupación de las fábricas se recompondría este grupo, inclinándose Gramsci posteriormente sin vacilaciones por la ruptura del PSI para evitar que el movimiento obrero quedase desorientado entre el reformismo y el anarco-sindicalismo, tal como indicaba la IC. Esta nueva orientación del ON se hizo ya bajo la decisiva influencia de Bordiga, cuyas concepciones sectarias fueron patrimonio inicial de *todos* los comunistas italianos, hecho agravado por el control absoluto que el grupo de «Il Soviet» tendría sobre el futuro PCI. El propio Gramsci subvaloró las propuestas de la IC para ampliar las bases de la escisión puesto que acabó suponiendo que la mera existencia de un núcleo revolucionario atraería a la mayoría del proletariado a su alrededor.

Como ha señalado Berti [26], los límites del ON consistieron: 1) en su falta de homogeneidad interna, 2) en la influencia ideológica del idealismo y el «espontaneísmo» soreliano, 3) en el pasado presuntamente intervencionista de algunos de sus miembros, 4) en su aislamiento turinés y su incapacidad por dotarse de una estructura nacional, 5) en su subvaloración práctica del rol del partido revolucionario y 6) en su creencia ilusoria de que el proletariado italiano estuviese mayoritariamente alineado sobre el movimiento de los Consejos.

En conclusión, cabe señalar que Gramsci concibe la revolución durante el bienio como un complejo *proceso dialéctico* y no como un acto puntual que presenta mayores dificultades en las sociedades ca-

---

23 Para la polémica Gramsci-Tasca vid. los artículos del ON: *La relazione Tasca e il Congresso camerale di Torino;* ON, p. 127, *Il programma dell'ON;* id., p. 146 y sigs.

24 A. Tasca-*I primi dieci anni del PCI;* Laterza, Bari, 71, p. 99 y sigs.

25 E. Ragionieri-*Palmiro Togliatti;* ER, Roma, 76, p. 53.

26 G. Berti-I primi dieci anni di vita del PCI. Documenti inediti dell'archivio Angelo Tasca; Feltrinelli, Milán, 67, p. 28.

pitalistas avanzadas que en Rusia. Precisamente los demás intentos revolucionarios (Alemania, Austria, Hungría) han fracasado por no haber sabido superponer al momento de la revolución-destrucción, el siguiente y por no haber consolidado una política de alianzas adecuada. Gramsci era consciente de que en Italia existía el peligro de que el proletariado turinés se lanzara a la conquista del Estado antes de que la mayoría de la población estuviese dispuesta a seguirlo. De ahí la importancia de las elecciones y el rechazo del abstencionismo ya que la participación permite vincular la vanguardia revolucionaria a amplios sectores populares decisivos. Es más, los avances electorales del PSI impiden a la burguesía gobernar con holgura por lo que ésta recortará las libertades democráticas demostrando su verdadera naturaleza represiva, enajenándose definitivamente todo apoyo popular [27]. El problema de las relaciones del movimiento obrero con las instituciones liberal-democráticas consiste en saber evitar tanto el «cretinismo parlamentario», propio de los reformistas legalistas, como el vanguardismo conspirativo. En definitiva, se vislumbra en Gramsci una táctica de la revolución «en dos tiempos» (según el modelo ruso) por la que se reconoce que todavía no se dan las condiciones plenas para instaurar inmediatamente la dictadura del proletariado, pero se afirma de manera inequívoca la dirección revolucionaria. Incluso en el momento culminante del proceso revolucionario italiano, señalado por la ocupación de las fábricas, Gramsci era consciente de que no bastaba ese hecho para tomar el poder (según Tasca, Lenin también compartía ese criterio) [28]. por ello el problema de la revolución en Italia en esa coyuntura no sólo consistía en saber individualizar sus etapas, sino en forjar una política de alianzas más amplia y actuar con otros criterios.

Tras las densas experiencias políticas de ese bienio se abre una nueva fase con la fundación del PCI y el ascenso del fascismo, modificándose la orientación de Gramsci al concentrar todo su interés en la consolidación del nuevo partido obrero revolucionario.

---

27 *Il problema del potere;* ON, pp. 56-60.

28 A. Tasca-I *primi dieci anni...,* op. cit., p. 115. Asimismo, L. Paggi-*Gramsci e il moderno principe,* op. cit., p. 321.

pueblos avanzados que en Francia. Por ejemplo los [illegible] Alemania y Austria [illegible] por no haber [illegible] el movimiento [illegible] [illegible] saber [illegible] una política de [illegible] [illegible] la consigna de que [illegible] que el proletariado [illegible] del Estado [illegible] [illegible]

[illegible]

[illegible]

[illegible]

BIBLIOGRAFIA GENERAL

INTRODUCCIÓN

AMENDOLA, G.: *Comunismo, antifascimo, resistenza,* Editori Riuniti (ER), Roma, 67.

ANDERSON, P.: *Consideraciones sobre el marxismo occidental,* Siglo XXI, Madrid, 78.

BERMUDO AVILA, J.M.: *De Gramsci a Althusser,* Horsori, Barcelona, 79.

BIONDI, M.: *Guida bibliográfica a Gramsci,* Bettini, Cesena, 77.

BOGGS, C.: *El marxismo de Gramsci,* Proemia, México, 78.

BUZZI, A. R.: *La teoría política de Antonio Gramsci,* Fontanella, Barcelona, 69.

LEONE DE CASTRIS, A. y otros: *Su Gramsci,* Lavoro critico nº. 9, Dédalo libri, Bari, 77.

CERRONI, U.: *Lessico gramsciano,* ER, Roma, 78.

COLOMBO, C.: *Gramsci e il suo tempo,* Longanesi, Milán, 77.

FERNÁNDEZ-BUEY, F.: *Actualidad del pensamiento de Gramsci (antología),* Grijalbo, Barcelona 76.

FERRI, F. y otros: *George Sorel. Studi e richerche,* Obschki, Florencia, 74.

FONTANA, J.: *Gramsci i la ciencia histórica,* Nous Horitzons, nº. 12. México, 67.

GENSINI, G. y otros: *Gramsci e noi (1937-77), la scuola del Partito. Quaderno 1,* PCI. Roma, 77.

GIORDANO, A.: *Gramsci, la vita, il pensiero, i testi esemplari,* Sansoni, Milán, 71.

GRISONI, D. y MAGGIORI, R.: *Leer a Gramsci,* Zyx, Madrid, 74.

GUIDUCCI, R.: *Socialismo e veritá,* Einaudi, Turín, 56.

JOCTEAU, G. C.: *Leggere Gramsci. Una guida alle interpretazioni,* Feltrinelli, Milán, 75.

LASO PRIETO, J. M.: *Introducción al pensamiento de Gramsci,* Ayuso, Madrid, 73.

MACCIOCCHI, M. A.: *Gramsci y la revolución de Occidente,* Siglo XXI, Madrid, 75.
MAITAN, L.: *Attualitá di Gramsci e politica comunista,* Schwarz, Milán, 57.
MARRAMAO, G.: *Marxismo e revisionismo in Italia,* De Donato, Bari, 71.
MERLI, S.: *I nostri conti con la teoria della «rivoluzione senza rivoluzione» di Gramsci,* Giovane crítica, nº. 17, 67.
MEROLLE, V.: *Gramsci e la filosofia della prassi,* Bulzoni, Roma 74.
MILIBAND, R.: *Marxismo y política,* Siglo XXI, Madrid, 78.
MITJA SERVISE, C.: *En los orígenes del pensamiento político de Gramsci,* Tesina, UAB, Facultad de Derecho, 79.
NARDONE, G.: *Il pensiero di Gramsci,* De Donato, Bari, 70.
ORFEI, R.: *Antonio Gramsci, coscienza critica del marxismo,* Relazioni sociali, Milán, 69.
OTTINO, C. L.: *Concetti fondamentali della teoria politica di Antonio Gramsci,* Feltrinelli, Milán, 56.
PAGGI, L.: *Studi e interpretazioni recenti di Gramsci,* Critica marxista, n.º 3, 66.
PAULESU QUERCIOLI, M.: *Gramsci vivo nelle testimonianze dei suoi contemporanei,* Faltrinelli, Milán, 77.
PERLINI, T.: *Gramsci e il gramscismo,* Celuc, Milán, 74.
POZZOLINI, A.: *Che cosa ha veramente detto Gramsci,* Ubaldini, Roma, 68.
POULANTZAS, N.: *Estado, poder y socialismo,* Siglo XXI, Madrid, 79.
PRESTIPINO, G.: *Da Gramsci a Marx,* ER, Roma, 79.
RIECHERS, Ch.: *Antonio Gramsci. Marxismus in Italien,* Eusopäische Verlagsanstalt, Frankfurt, 70.
RODRÍGUEZ LORES, J.: *Die Grundstruktur des marxismus. Gramsci und die philosophie der praxis,* Makol Verlag, Frankfurt, 71.
ROMANO, S. F.: *Gramsci,* Utet, Turín, 65.
SACRISTÁN, M.: *La interpretación de Marx por Gramsci,* Realidad nº. 14. Madrid, 67.
SALINARI, C. y SPINELLA, M.: *Il pensiero di Antonio Gramsci,* ER, Roma, 76.
TAMBURRANO, G.: *Antonio Gramsci. La vita, il pensiero, l'azione,* Lacaita, Bari, 63.
TEXIER, J.: *Gramsci,* Grijalbo, Barcelona, 76.
THERBORN, G.: *¿Cómo domina la clase dominante? Aparatos de Estado y poder estatal en el feudalismo, el capitalismo y el socialismo,* Siglo XXI, Madrid, 79.
TOGLIATTI, P.: *Antonio Gramsci,* ER, Roma, 67.
TOSIN, B.: *Con Gramsci,* ER, Roma, 76.

CAPÍTULO I

ALTHUSSER, L. y BALIBAR, E.: *Para leer el «Capital»,* Siglo XXI, México, 72.

ANDERSON, P.: *El Estado absolutista,* Siglo XXI, Madrid, 79.
BADALONI, N.: *Il marxismo di Gramsci,* Einaudi, Turín, 75.
BONDARCUK, V.: *Psicologia sociale in Gramsci.* En: Istituto Gramsci, *Gramsci e la cultura contemporánea. Atti del Convegno internazionale tenuto a Cagliari il 23-27 aprile 1967,* ER, Roma, 67, vol. II.
CARACCIOLO, A.: *Gramsci e la storia del suo tempo.* En: Istituto Gramsci, *Politica e storia in Gramsci. Atti del Convegno internazionale di studi gramsciani.* Firenze, 9-11 dicembre 1977, ER, Roma, 77, vol. I.
CASSATA, L.: *Althusser, Gramsci e la sovrastructtura,* Rinascita, XXV, n.° 15, abr. 69.
CESSI, R.: *Problemi della storia d'Italia nell'opera di Gramsci. Lo storicismo e il problemi della storia d'Italia nell'opera di Gramsci.* Ambos ensayos: Istituto Gramsci, *Studi gramsciani. Atti del Convegno tenuto a Roma nei giorni 11-13 gennaio 1958,* ER, Roma, 58.
CHEMOTTI, S.: *Umanesimo, Rinascimento, Machiavelli nella critica gramsciana,* Bulzoni, Roma, 75.
COFRANCESCO, D.: *Appunti sull'ideologia. Marxismo e libertá,* Feltrinelli, Milán, 68.
CIPOLLA, C. M.: *La dedandencia económica de Italia.* En: Id. y otros, *La decadencia económica de los imperios,* Alianza, Madrid, 73.
GALASSO, G.: *Gramsci e i problemi della storia italiana.* En: Gramsci e la cultura contemporánea, vol. I, *op. cit.,. Croce, Gramsci e altri storici,* Il Saggiatore, Milán, 78.
GALLI, G.: *Gramsci e la teoria delle «élites».* En: Gramsci e la cultura contemporánea, vol. II, *op. cit.*
GALLINO, L y otros: *Gramsci y las ciencias sociales,* Pasado y Presente, Córdoba, 70.
GARIN, E.: *L'umanesimo italiano,* Laterza, Bari, 70.
IACONO, A. M.: *Sul rapporto tra filosofía e senso comune in Gramsci. la critica a Bucharin e a De Man.* En: Politica e storia in Gramsci, vol. II, *op. cit.*
JAKUBOWSKY, F.: *Las superestructuras ideológicas en la concepción materialista de la historia,* Comunicación, Madrid, 73.
LOPUCHOV, B.: *Gramsci e l'elemento storico-nazionale nella lotta politica.* En: Gramsci e la cultura contemporánea, vol. II, *op. cit.*
LUPORINI, C.: *La metodología filosófica del marxismo nel pensiero di A. Gramsci.* En: Studi gramsciani, *op. cit.*
MAREK, F.: *Gramsci e la concezione marxistica della storia.* En: Gramsci e la cultura contemporánea, vol. II, *op. cit.*
MASIELLO, V.: *Classi e Stato in Machiavelli,* Adriática, Bari, 71.
MATTEUCCI, N.: *Gramsci e la filosofía della prasi,* Dotte-Giuffré, Bolonia, 51.
MOLAS, I.: *A cinco siglos de Maquiavelo,* Destino, n.° 1.662, Barcelona, 69.

NADA PETRONE, A. M.: *L'ascesa della borghesia nell'Italia comunale,* Loescher, Turín, 76.
PIZZORNO, A.: *Sobre el método de Gramsci.* En: L. Gallino y otros, *Gramsci y las ciencias sociales, op. cit.*
ROMEO, R.: *Risorgimento e capitalismo,* Laterza, Bari, 72.
SANCTIS, F. de: *Saggi critici (antología),* Principato, Milań, 65.
SGAMBATI, V.: *Per un analisi del rapporto tra Gramsci e gli elitisti.* En: Politica e storia in Gramsci, vol. II. *op. cit.*
SOLÉ-TURA, J.: *Reinterpretación de Maquiavelo,* Convivium n.º 32, Barcelona, 70.
VILAR, P. y FRAENKEL, B.: *Althusser, método histórico e historicismo,* Anagrama, Barcelona, 72.
VILAR, P.: *Historia marxista, historia en construcción. Ensayo de diálogo con Althusser,* Anagrama, Barcelona, 74.
ZANGHERI, R.: *La mancata rivoluzione agraria nel Risorgimento e i problemi economici dell'unitá.* En: Studi gramsciani, *op. cit.*

CAPÍTULO II.

BOBBIO, N.: *Gramsci y la concepción de la sociedad civil,* Avance, Barcelona, 76.
BOBBIO, N. y otros: *Gramsci y el «eurocomunismo»,* Materiales, Barcelona, 78.
BUCI-GLUCKSMANN, Ch. *Gramsci el l'Etat. Pour une theorie matérialiste de la philosophie,* Fayard, Paris, 75.
Sui problemi politici della transizione. Classe operaia e rivoluzione passiva. En: Politica e storia in Gramsci, vol. I, *op. cit.*
BUCI-GLUCKSMANN, Ch. y BADALONI, N.: *Gramsci: el Estado y la revolución,* Anagrama, Barcelona, 76.
CERRONI, U.: *Gramsci e il superamento della separazione tra societá e Stato.* En: Studi gramsciani, *op. cit.*
El pensamiento jurídico soviético, Cuadernos para el diálogo, Madrid, 77.
FELICE, F. de: *Rivoluzione passiva, fascismo, americanismo in Gramsci,* vol. I, *op. cit.*
GARAUDY, R.: *Le grand tournant du socialisme,* L'homme et la societé, n.º 21, jul.-ag., 71.
LÓPEZ CALERA, N. M.: *Gramsci y el derecho,* Sistema, n.º 32, sept. 79.
MANCINA, C.: *A propósito di alcuni temi gramsciani,* Salemi, Roma, 77.
MANGONI, L.: *Cesarismo, bonapartismo, fascismo,* Studi storici, nº. 3, XVII, 76. *Il problema del fascismo ni «Quaderni del carcere».* En: Politica e storia in Gramsci, vol. I, *op. cit.*
PORTELLI, H.: *Gramsci y el bloque histórico,* Siglo XXI, México, 77.
RAGIONIERI, E.: *La concezione dello Stato in Gramsci,* Rinascita, nº. 22, may., 76.

SPINELLA, M.: *Sul «blocco storico» in Gramsci,* Utopia, II, nº. 2, 72.
VACCA, G.: *La «questione politica degli intellettuali» e la teoria marxista dello Stato nel pensiero di Gramsci.* En: Politica e storia in Gramsci, vol. I, *op. cit.*

CAPÍTULO III

ALTHUSSER, L.: *Ideología y aparatos ideológicos de Estado,* Nueva visión, Buenos Aires, 74.
AMATO, G. y otros: *Egemonía e democrazia. Gramsci e la questione comunista nel dibattito di Mondoperaio, Avanti!,* Roma, 77.
ANDERSON, P.: Las antinomias de Antonio Gramsci, Fontamara, Barcelona, 78.
ASOR ROSA, A.: *Intellettuali e classe operaia (saggi sulle forme di uno storico conflitto e di una possibile alleanza),* La nuova Italia, Florencia, 73.
AUCIELLO, N.: *Socialismo ed egemonia in Gramsci e Togliatti,* De Donato, Bari, 74.
BERNSTEIN, E.: *Socialismo evolucionista. Las premisas del socialismo y las tareas de la social-democracia,* Fontamara, Barcelona, 75.
BROCCOLI, G.: *Antonio Gramsci e l'educazione come egemonia,* La nuova Italia, Florencia, 72.
CAMBARERI, S.: *Il concetto di egemonia nel pensiero di A. Gramsci.* En: *Studi gramsciani, op. cit.*
CATALANO, F.: *Il concetto di egemonia in Gramsci,* Quarto Stato, IV, n.º 8-9, abr.-may., 49.
CLAUDIN-URONDO, C.: *Lenin y la revolución cultural,* Anagrama, Barcelona, 79.
COEN, F.: y otros, *Hegemonia i leninisme en Gramsci,* Taula de canvi, n.º 5, Barcelona, 77.
GARIN, E.: *Politica e cultura in Gramsci (il problema degli intellettuali).* En: *Gramsci e la cultura contemporánea,* vol. II, *op. cit.*
GIOVANNI, B.: de y otros: Egemonia, Stato, Partito in Gramsci, ER, Roma, 77.
GRUPPI, L.: *I rapporti tra pensiero ed essere nella concezione di A. Gramsci.* En: *Studi gramsciani, op. cit.*
Althusser: ideologia e apparati ideologici di Stato, Crítica marxista, IX, n.º 1, en.-febre., 71.
Il concetto di egemonia in Gramsci, ER, Roma, 72.
KAUTSKY, K.: *El camino del poder,* Grijalbo, México, 68.
La doctrina socialista. Bernstein y la social-democracia alemana, Fontamara, Barcelona, 75.
La dictadura del proletariado, Ayuso, Madrid, 75.
LENIN, V. I.: *Obras completas;* Cartago, Buenos Aires, 69-72.
LOMBARDI, F.: *Las ideas pedagógicas de Gramsci,* A. Redondo, Barcelona, 72.

LUXEMBURG, R.: *La acumulación del capital,* Grijalbo, México, 67.
Huelga de masas, partido y sindicatos, Grijalbo, México, 70.
¿Reforma o revolución? Y otros escritos contra los revisionistas, Fontamara, Barcelona, 75.
MANACORDA, M. A.: *Il principio educativo in Gramsci,* Armando, Roma, 70.
MANCINA, C.: *Egemonia, dittatura, pluralismo: una polémica su Gramsci,* Crítica marxista, n.° 3-4, XIV, may.-ag., 76.
NATTA, A.: *Egemonia, cultura e partito di A. Gramsci,* Rinascita, XXVIII, n.° 5, en., 71.
ORMEA, F.: *El pensamiento político en Gramsci,* A. Redondo, Barcelona, 72.
PORTELLI, H.: *Gramsci et la question religieuse,* Anthropos, Paris, 74.
POULANTZAS, N.: *Hegemonía y dominación en el Estado moderno,* Pasado y presente, Córdoba, 69.
Poder político y clases sociales en el Estado capitalista, Siglo XXI, Madrid, 72.
SALVADORI, M. L.: *Gramsci e il problema storico della democrazia,* Einaudi, Turín, 70.
Gramsci y el PCI: dos concepciones de la hegemonía. En: N. Bobbio y otros, *Gramsci y el «euro-comunismo», op. cit.*
TAMBURRANO, G.: *Gramsci e l'egemonia del proletariato.* En: *Studi gramsciani, op. cit.*
TOGLIATTI. P.: *Il leninismo nel pensiero e nell'azione di A. Gramsci. Gramsci e il leninismo.* Ambos estudios en: *Studi gramsciani, op. cit.*
VACCA, G.: *Saggio su Togliatti e la tradizione comunista;* De Danoto, Bari, 94.

CAPÍTULO IV

AIMO, M. A.: Stato e rivoluzione negli scritti sulla questione meridionale. En: *Gramsci e la cultura contemporanea,* vol. II, *op. cit.*
AUBET, M. J.: Rosa Luxemburg y la cuestión meridional, Anagrama, Barcelona, 77.
BADALONI, N.: *Libertá individuale e uomo collettivo in Gramsci.* En: *Politica e storia in Gramsci,* vol. I, *op. cit.*
BADÍA, G.: Gramsci et Rosa Luxemburg, La nouvelle critique, n.° 30, 70.
BASSO L. y otros: *Rosa Luxemburg hoy,* Extraordinario n.° 3, Materiales, Barcelona, 77.
BONOMI, G.: *La teoria de la rivoluzione in Gramsci,* Annali Feltrinelli, XV, Feltrinelli, Milán, 74.
CERRONI, U. y otros: *Revolución y democracia en Gramsci,* Fontamara, Barcelona, 76.
CICERCHIA, C.: *Il rapporto col leninismo e il problema della rivoluzione italiana.* En: A. Caracciolo y G. Scalia, *La cittá futura, op. cit.*

FELICE F. de: *Questione meridionale e problema dello Stato in Gramsci,* Rivista storica del socialismo, IX, n.º 29, sept.-dic., 66.

GALASSO, G.: *I cattolici nella societá e nella storia dell'Italia contemporanea.* En: *Politica e storia in Gramsci,* vol. I, *op. cit.*

GERRATANA, V.: *La nueva estrategia que se abre paso en los «Quaderni».* En Fernández-Buey y otros, *Gramsci hoy, op. cit.*

GIARIZZO, G.: *Il Mezzogiorno di Gramsci.* En: *Politica e storia in Gramsci,* vol. I, *op. cit.*

GIOVANNI, B. de: *Gramsci y Togliatti: novedad y continuidad.* En: Fernández-Buey y otros, *Gramsci hoy, op. cit.*

GRUPPI, L.: *Gramsci e la rivoluzione italiana.* En: *La dotrina marxista dello Stato,* Calendario del popolo, sep.-oct., 69.

LUXEMBURG, R.: *La cuestión nacional y la autonomía,* Pasado y presente, México, 79.

MELIS, G.: *A. Gramsci e la questione sarda (antología),* Della Torre, Cagliari, 75.

PELLICANI, L.: *Gramsci e la questione comunista,* Vallecchi, Florencia, 76.

RAGIONIERI, E.: *Gramsci e il dibattito teorico nel movimiento operaio internazionale.* En: *Gramsci e la cultura contemporanea,* vol. I, *op. cit.*

ROSA, G. de: Gramsci e la questione cattólica. En: *Politica e storia in Gramsci,* vol. I, *op. cit.*

SALVADORI, M. L.: *Gramsci e la questione meridionale. En: Gramsci e la cultura contemporanea,* vol. I, *op. cit.*

SALVEMINI, G.: *Scritti sulla questione meridionale (1896-1955),* Einaudi, Turín, 55.

SERENI, E.: *Antifascismo, democrazia, socialismo nella rivoluzione italiana: analisi strutturale e metodologia storica,* Crítica marxista, V, n.º 5-6, sept.-dic., 66.

SOTGIU, G.: *Gramsci e il movimiento operaio in Sardegna.* En: *Gramsci e la cultura contemporanea,* vol. II, *op. cit.*

STURZO, L.: La battaglia meridionalista, Laterza, Bari, 79.

VILLARI, R.: *Gramsci e il «Mezzogiorno».* En: *Politica e storia in Gramsci,* vol. I, *op. cit.*

CAPÍTULO V

BONOMI, G.: *Partido y revolución en Gramsci,* Avance, Barcelona, 76.

CERRONI, U. y otros: *Teoría marxista del partido político,* vol. II, Pasado y presente, Córdoba, 69.

Teoría política y socialismo, Era, México, 76.

CRISTOFOLINI, P.: *Dal dispotismo al «moderno Principe».* En: *Politica e storia in Gramsci,* vol. II, *op. cit.*

GIOVANNI, B. de: *Lenin, Gramsci e la base teorica del pluralismo,* Crítica marxista, n.º 3-4, XIV, may.-ag., 76.

MASSARI, O.: *Il «moderno Principe» nella politica, storia di Gramsci (Considerazioni sulla problematica del partito moderno).* En: *Politica in Gramsci,* vol. II, *op. cit.*
MICHELS, R.: *Los partidos políticos. Un estudio sociológico de las tendencias oligárquicas de la democracia moderna,* II vols., Amorrortu, Buenos Aires, 69.
NAPOLITANO, G.: *Il «nuovo blocco storico» nell'elaborazione di Gramsci e del PCI (a proposito di alcune tesi di R. Garaudy),* Rinascita, XXVII, n.º 12, mar., 70.
NATTA, A.: *Il partito politico nei Quaderni del carcere.* En: AA.VV., *Prassi rivoluzionaria e storicismo in Gramsci,* Crítica marxista, Quaderni, n.º 3, 67.
ONOFRI, F.: *Classe operaia e partito,* Laterza, Bari, 57.
PAGGI, L.: *Antonio Gramsci e il moderno principe. Nella crisi del socialismo italiano,* vol. I, ER, Roma, 70.
PINTOR, L.: *Il partito di tipo nuovo,* Il Manifiesto I, n.º 4, sep. 69.
ROSSANDA, R. y SARTRE, J. P.: *De Marx a Marx. Masas, espontaneidad, partido,* Anagrama, Barcelona, 75.
ROSSANDA, R. y otros: *Teoría marxista del partido político,* vol. III, Pasado y presente, Córdoba, 76.

APENDICE

G. Arfé-*Storia del socialismo italiano* (1892-1926); Einaudi, Turín, 65.
G. Berti-I *primi dieci anni di vita del PCI.* Documenti inediti dell'archivio Angelo Tasca; Feltrinelli, Milán, 67.
A. Bordiga-*La ilusión democrática* (antología); Etcétera, Barcelona, 76.
J. M. Cammett-*Gramsci e le origini del comunismo italiano;* Mursia, Milán, 74.
A. Caracciolo-*Sulla questione partito-Consigli di fabbrica nel pensiero di Gramsci;* Ragionamenti, II, n. 10-12, Roma, 57.
— *A propósito di Gramsci, la Russia e il movimento bolscevico,* en «Studi gramsciani», op. cit.
— *Serrati, Bordiga e la polémica gramsciana contro il «blanquismo» o settarismo di partito,* en id. y G. Scalía-*La cittá futura. Saggi sulla figura e il pensiero di Antonio Gramsci;* Feltrinelli, Milán.
M. N. Clark-*Il concetto gramsciano di rivoluzione* (1919-20), en «Gramsci e la cultura contemporánea», II, op. cit.
A. De Clementi-*Amadeo Bordiga;* Einaudi, Turín, 71.
F. De Felice-*Serrati, Bordiga, Gramsci e il problema della rivoluzione in Italia,* 1919-20; De Donato, Bari, 71.
T. Detti-*Serrati e la formazione del PCI;* ER, Roma, 72.
F. Fernández Buey-*Gramsci, Bordiga. Los Consejos de fábrica;* Anagrama, Barcelona, 75.

R. Guiducci-*Gramsci e l'ON;* Ragionamenti, I, n. 1, Roma, 55.
F. Livorsi-*Amadeo Bordiga. Il pensiero e l'azione politica* (1912-70); ER, Roma, 76.
G. Macciotta-*Rivoluzione e classe operaia negli scritti dell'ON,* en «Gramsci e la cultura contemporánea», II, op. cit.
P. C. Masini-*Anarchici e comunisti nel movimento dei Consigli a Torino (primo dopoguerra rosso, 1919-2υ);* Barriera di Milano, Turín, 51.
— *Gramsci e l'ON visti da un libertario; L'impulso,* Livorno, 56.
N. Matteucci-*Partito e Consigli di fabbrica nel pensiero di Gramsci;* Il Mulino, IV, n. 42, 55.
E. Ragionieri-*Palmiro Togliatti;* ER, Roma, 76.
P. Spriano-*Gramsci e l'ON,* ER, Roma, 65.
A. Tasca-I *primi dieci anri del PCI;* Laterza, Bari, 71.

INDICE